A CRIANÇA DO FOGO

S.K. TREMAYNE

A CRIANÇA DO FOGO

Tradução
Regiane Winarski

1ª edição

Rio de Janeiro | 2019

Copyright © S. K. Tremayne 2016

Título original: *The Fire Child*

Capa: adaptada do original de Richard Augustus
Imagens de capa: © Sylvia Cook / Arcangel Images (garoto); Shutterstock.com
(todas as demais)

Texto revisado segundo o novo
Acordo Ortográfico da Língua Portuguesa

2019
Impresso no Brasil
Printed in Brazil

CIP-BRASIL. CATALOGAÇÃO NA PUBLICAÇÃO
SINDICATO NACIONAL DOS EDITORES DE LIVROS, RJ

T725c

Tremayne, S. K.
A criança do fogo / S. K. Tremayne; tradução de Regiane
Winarski. – 1ª ed. – Rio de Janeiro: Bertrand Brasil, 2019.
368 p.: il.; 23 cm.

Tradução de: The fire child
ISBN 978-85-286-2316-1

1. Ficção inglesa. I. Winarski, Regiane. II. Título.

18-49533

CDD: 823
CDU: 82-3(410)

Leandra Felix da Cruz – Bibliotecária – CRB-7/6135

Os direitos morais do autor foram assegurados.
Todos os direitos reservados. Não é permitida a reprodução total ou parcial desta
obra, por quaisquer meios, sem a prévia autorização por escrito da Editora.

Direitos exclusivos de publicação em língua portuguesa somente para o Brasil
adquiridos pela:
EDITORA BERTRAND BRASIL LTDA.
Rua Argentina, 171 – 3º andar – São Cristóvão
20921-380 – Rio de Janeiro – RJ
Tel.: (21) 2585-2000 – Fax: (21) 2585-2084

Atendimento e venda direta ao leitor:
sac@record.com.br

Nota do autor

A mina Morvellan é inventada. No entanto, foi baseada nas espetaculares minas históricas espalhadas pelos penhascos irregulares de West Penwith, na Cornualha. Em particular, as minas de estanho e cobre de Botallack, Geevor e Levant serviram de inspiração.

O estanho é extraído na Cornualha há talvez quatro mil anos. Aos dez anos de idade, minha avó materna, Annie Jory, foi *"bal maiden"* — uma garota empregada para quebrar pedras com um martelo — nas ricas minas de St. Agnes, no norte da Cornualha.

Este livro, portanto, foi escrito em memória aos meus ancestrais córnicos: fazendeiros, pescadores, contrabandistas e mineiros.

Para Danielle

Agradecimentos

Eu gostaria de agradecer, como sempre, a Eugenie Furniss, Jane Johnson, Sarah Hodgson, Kate Elton e Anne O'Brien, pelos conselhos sábios e pelas muitas orientações editoriais. Meus agradecimentos também a Sophie Hannah.

As fotos no livro, de ambientes históricos da mineração na Cornualha, foram feitas pelo fotógrafo córnico John Charles Burrow (1852–1914). As imagens datam dos anos 1890, quando Burrow foi contratado pelos donos das quatro minas mais profundas da Cornualha: Dolcoath, East Pool, Cook's Kitchen e Blue Hills, para capturar cenas da vida subterrânea.

As fotografias originais ficam agora no Royal Cornwall Museum, em Truro, na Inglaterra.

178 dias antes do Natal

Manhã

Os túneis seguem por baixo do mar. É um pensamento que não consigo afastar com facilidade. Os túneis seguem por baixo do mar. Por um quilômetro e meio ou mais.

Estou na velha sala de jantar, onde as janelas da minha enorme casa nova são voltadas para o norte: na direção do Atlântico, dos penhascos de Penwith e de uma escuridão delineada. Essa forma escura em par é a mina Morvellan: a casa do poço e a casa da bomba.

Mesmo em um dia de junho sem nuvens como hoje, as ruínas de Morvellan parecem obscuramente tristes ou estranhamente reprensivas. É como se estivessem tentando me dizer alguma coisa, mas não podem ou não querem. São eloquentemente mudas. O agitado Atlântico faz todo o barulho, as ondas explosivas levando as marés sobre os túneis.

— Rachel?

Eu me viro. Meu novo marido está na porta. A camisa dele é ofuscantemente branca, o terno é imaculado, quase tão escuro quanto o cabelo, e a barba por fazer do fim de semana foi removida.

— Estava procurando você em toda parte, querida.

— Desculpe. Eu estava andando por aí. Explorando. Sua casa é incrível!

— *Nossa* casa, querida. *Nossa.*

Ele sorri, se aproxima, e nos beijamos. É um beijo matinal, um beijo que diz "estou indo para o trabalho", sem segundas intenções... mas, mesmo assim, me arrepia, me dá aquele sentimento assustador e delicioso de saber que alguém tem esse poder sobre mim, um poder que anseio por aceitar.

David segura minha mão.

— Finalmente. Seu primeiro fim de semana em Carnhallow...

— Humm.

— *Fale...* eu quero saber se você está bem! Deve ser um desafio: a distância de tudo, todo o trabalho que precisa ser feito. Vou entender se você estiver receosa.

Eu levanto a mão dele e a beijo.

— Receosa? Não seja bobo. Eu adorei a casa. Amo você e amo a casa. Amo tudo, amo o desafio, amo Jamie, amo que estejamos escondidos, amo, amo, amo. — Observo os olhos verde-acinzentados e não pisco. — David, eu nunca fui tão feliz. Nunca na vida. Sinto que encontrei o meu lugar e o homem com quem nasci para ficar.

Minhas palavras soam melosas demais. O que aconteceu com a Rachel Daly feminista ferrenha que eu era? Para onde ela foi? Meus amigos provavelmente chamariam a minha atenção. Seis meses atrás *eu* chamaria a minha atenção: da garota que abriu mão da liberdade e do emprego e da vida supostamente animada em Londres para ser a noiva de um viúvo mais velho, mais rico, mais alto. Uma das minhas melhores amigas, Jessica, riu com prazer dissimulado quando contei meus planos repentinos. *Meu Deus, querida, você vai se casar com um clichê!*

Isso me magoou por um segundo. Mas logo percebi que não importava o que meus amigos achavam, porque eles ainda estão em Londres, enfiados em vagões do metrô, entrando em escritórios enfadonhos, mal conseguindo pagar a prestação da casa todos os meses. Agarrando--se à vida londrina como alpinistas escalando uma parede de pedra.

E eu não estou mais me agarrando a nada para sobreviver. Estou longe, com meu novo marido e o filho e a mãe dele, no finalzinho da Inglaterra, na distante Cornualha ocidental, um lugar no qual a Inglaterra, como estou descobrindo, torna-se uma coisa estranha e mais rochosa, uma terra de granito duro encantador que brilha depois da chuva, uma terra cortada por rios que correm como segredos profundos, onde penhascos terríveis escondem enseadas tímidas e exóticas, uma terra onde charnecas abrigam casas maravilhosas. Como Carnhallow.

Eu amo até o nome da casa. Carnhallow.

Minha cabeça sonhadora se apoia no ombro de David. Quase como se estivéssemos dançando.

Mas o celular dele toca e rompe o encanto. Ele tira o aparelho do bolso, olha a tela e me beija de novo, os dois dedos erguendo o meu queixo. Em seguida, afasta-se para atender a ligação.

Houve uma época em que eu acharia esse gesto condescendente, acho. Agora, me faz querer sexo. Mas eu sempre quero sexo com David. Eu quis assim que meu amigo Oliver disse: *Venha conhecer uma pessoa, acho que vocês vão se dar bem*, naquela galeria de arte, e eu me virei e ali estava ele, dez anos mais velho, vinte e cinco centímetros mais alto que eu.

Eu quis David no nosso primeiro encontro, três dias depois, quis quando ele comprou minha primeira bebida, quis quando ele contou uma piada perfeitamente calculada e obviamente paqueradora, quis quando conversamos sobre o tempo chuvoso de março e ele tomou um gole de champanhe e disse: "Ah, mas enquanto o sargento Março é brigão, o capitão Abril controla as operações e o general Junho segue a amante", e eu quis mais do que sexo quando ele me contou sobre a casa e sua história, e me mostrou fotos do lindo filho.

Esse foi um dos momentos em que me *apaixonei*: quando percebi como David era diferente de qualquer outro homem que eu já tinha conhecido e como é diferente de mim, uma garota vinda de imóveis sociais do sudeste de Londres. Uma garota que fugia da realidade nos livros. Uma garota que não gosta da parte refrigerada do supermercado porque lembra a época em que sua mãe não tinha dinheiro para pagar o aquecimento.

E então, David.

Estávamos em um bar do Soho. Estávamos bêbados. Quase nos beijando. Ele me mostrou a foto do seu filho encantador novamente. Não sei bem por quê, mas eu soube imediatamente. Eu queria um filho assim. Aqueles olhos azuis singulares, o cabelo escuro herdado do lindo pai.

Eu pedi a David que me contasse mais; mais sobre a casa, mais sobre o pequeno Jamie, sobre a história familiar.

Ele sorriu.

— Tem um bosque em torno de Carnhallow House chamado Ladies Wood. Estende-se até o vale Carnhallow, até a charneca.

— Certo. Um bosque. Eu adoro bosques.

— As árvores em Ladies Wood são predominantemente sorveiras, com alguns freixos, avelaneiras e carvalhos. Nós sabemos que esses mesmos bosques de sorveira datam pelo menos da Conquista Normanda, porque estão marcados nos mapas anglo-saxões, e sempre voltam a aparecer depois. Isso quer dizer que as sorveiras estão lá no vale Carnhallow há mil anos.

— Ainda não entendi.

— Você conhece o significado do meu sobrenome? O que "Kerthen" significa em córnico?

Balancei a cabeça, tentando não me distrair com o sorriso dele, com o champanhe, com as fotos do garoto, da casa, com a ideia toda.

— Isso pode te surpreender, David, mas não estudei córnico na escola.

Ele riu.

— "Kerthen" significa sorveira. O que quer dizer que os Kerthen moram em Carnhallow há pelo menos mil anos, em meio às sorveiras, das quais recebemos nosso nome. Quer mais champanhe?

Ele se inclinou para me servir; ao fazer isso, deu-me um beijo nos lábios pela primeira vez. Pegamos um táxi dez minutos depois. Isso foi suficiente. Só isso.

As lembranças somem. Estou de volta ao presente enquanto David termina a ligação e franze a testa.

— Olha, sinto muito, mas tenho mesmo que ir. Não posso perder o voo de uma hora... estão em pânico.

— É bom ser indispensável.

— Acho que não podemos chamar advogados corporativos de indispensáveis. Tocadores de viola são mais importantes. — Ele sorri. — Mas o direito corporativo é ridiculamente bem pago. E o que você vai fazer hoje?

— Vou continuar explorando, acho. Antes de tocar em qualquer coisa, preciso saber o básico. Eu nem sei quantos quartos são.

— Dezoito — diz ele. E acrescenta, com a testa franzida: — Eu acho.

— David! Escute o que você está dizendo. Nossa! Como você pode não saber quantos quartos tem a casa?

— Vamos experimentar todos. Eu prometo. — Ele puxa o punho da camisa e olha o relógio de prata. — Se você quiser fazer uma pesquisa mais séria, os livros da Nina estão na Sala de Estar Amarela. São os mesmos que ela estava usando para as reformas.

O nome desperta um pouco de mágoa, mas eu escondo.

Nina Kerthen, nascida Valéry. A primeira esposa de David. Não sei muito sobre ela; já vi algumas fotos, sei que era bonita, parisiense, jovem, elegante e loura. Sei que ela morreu em um acidente na mina Morvellan, dezoito meses atrás. Sei que seu marido e, em particular, o filho, meu enteado de oito anos, Jamie, ainda devem estar sofrendo, ainda que tentem não demonstrar.

E sei com muita clareza que um dos meus trabalhos aqui em Carnhallow é resgatar coisas: ser a melhor madrasta do mundo para esse garotinho adorável e triste.

— Darei uma olhada — digo com animação. — Nos livros. Talvez eu pegue algumas ideias. Vá pegar seu avião.

Ele se vira para um último beijo, e eu dou um passo para trás.

— Não... vá! Me beije de novo e vamos acabar no quarto de número quatorze, e aí vão ser seis horas.

Não estou mentindo. A gargalhada de David é sombria e sexy.

— Falo com você por Skype hoje à noite e nos vemos na sexta.

Com isso, ele parte. Ouço a porta bater por longos corredores, depois o ruído do Mercedes. Em seguida, vem o silêncio; é o silêncio especial do verão de Carnhallow, acompanhado do distante sussurro do mar.

Eu pego o celular e abro o aplicativo de anotações.

Continuar a reforma de Nina nessa casa enorme não será fácil. Tenho algum talento artístico para ajudar: tenho diploma em fotografia do Goldsmiths College. Um diploma que acabou não servindo para nada, pois, basicamente, me formei na mesma tarde que a fotografia desmoronou como carreira paga, e acabei lecionando para jovens que nunca se tornariam fotógrafos.

Acho que esse foi outro motivo para eu ter ficado feliz em abrir mão da vida em Londres: a insignificância estava começando a me afetar. Eu nem estava mais tirando fotos. Só pegava ônibus na chuva até meu apartamento em Shoreditch. Que eu não podia pagar.

Mas agora, que não tenho emprego, ironicamente posso aplicar meus dons artísticos. Ainda que não sejam nada de mais.

Armada com o celular, começo minha exploração, tentando criar um mapa mental decente de Carnhallow. Estou aqui há uma semana, mas passamos a maior parte desse período no quarto, na cozinha ou nas praias, aproveitando o delicioso clima de verão. A maior parte dos meus pertences ainda está em caixas. Tem até uma mala ainda fechada da nossa lua de mel: nossa gloriosa, hedonista e sensualmente cara viagem a Veneza, onde David me comprou o seu martíni favorito no Harry's Bar, perto da praça de São Marco; o gim em um copinho, quase congelado e "ligeiramente envenenado com vermute", como David chamou. Amo o jeito como ele diz as coisas.

Mas isso já é passado, e aqui é o meu futuro. Carnhallow.

Seguindo para o sul como uma exploradora da Antártida, percorro o salão chamado New Hall, examinando a mobília e a decoração, fazendo anotações no caminho. As paredes são de painéis entalhados, eu acho, decorados com gravuras das muitas minas córnicas de estanho e cobre que já pertenceram aos Kerthen: os áditos e túneis de Botallack e Morvellan, os dutos e passagens de Wheal Chance e Wheal Rose. Em todas as partes, há fotos antigas das minas em seu auge: fotografias melancólicas de trabalho paralisado, de indústria esquecida, homens de casaca empurrando carrinhos de mão, chaminés soltando fumaça perto do mar.

New Hall termina em uma porta dupla grandiosa. Sei o que tem depois: a Sala Amarela. Ao abrir a porta e entrar, olho ao redor com uma espécie de desejo impotente.

Porque essa sala, já reformada, com as janelas dando vista para o verde sonhador e florido do gramado sul, deve ser o aposento mais bonito de todos, e por isso mesmo um dos mais intimidadores.

Preciso deixar o resto de Carnhallow tão impressionante quanto essa sala. Não será nada fácil. Nina tinha um gosto excelente. Mas a beleza da Sala Amarela mostra o potencial de Carnhallow. Se eu conseguir me equiparar ao que Nina fez aqui, Carnhallow ficará absurdamente linda. Além de minha.

A ideia é tão atordoante que me deixa eufórica. E feliz.

Tenho algumas anotações no celular sobre a Sala de Estar Amarela. Não são muita coisa, mas evidenciam a minha ignorância. Fiz anotações sobre um "porco azul na mesa", "urnas funerárias do século XVIII?" e "facas mamelucas". Além disso, "baralho do pai do David", "jogavam variações de gamão" e "casco de tartaruga banhado em metal".

O que devo fazer com tudo isso? Como começo? Já dei uma olhada rápida nos livros da Nina. São livros cheios de conselhos sábios, mas intrigantes, sobre móveis georgianos e prata vitoriana, livros cheios de palavras que encantam e confundem: pedra de Ham cunhada, papel de parede estampado, centro de mesa antigo.

Tudo soa tão exótico e obscuro e impossivelmente luxuoso. Eu cresci em um apartamentinho de conjunto habitacional lotado. A coisa mais cara que tínhamos era uma televisão enorme, provavelmente roubada. Agora, estou prestes a gastar milhares de dólares em "tigelinhas de prata Stuart" e a "enchê-las de água de rosas". Ao que parece.

Meu devaneio, em parte ansioso, em parte arrebatado, me leva ao canto da sala, a uma pequena mesa lateral encerada. Cassie, a empregada tailandesa, colocou um vaso de prata lá, cheio de lírios e rosas. Mas o vaso não parece certo. Talvez eu possa começar por ele. Com isso. Só isso. Um passo, depois outro.

Coloco o celular sobre a mesa e ajeito o vaso, centralizando-o com cuidado. Mesmo assim, não me agrada. Talvez devesse ficar na esquerda, descentralizado? Um bom fotógrafo nunca coloca o objeto a ser fotografado exatamente no meio.

Por uns dez minutos, tento encontrar a melhor posição para o vaso. Imagino Nina Kerthen atrás de mim, balançando a cabeça em consternação educada. E agora a dúvida volta. Eu tenho certeza de que Nina Kerthen teria acertado. Ela teria feito tudo de forma impecável. Com o cabelo louro caindo sobre os olhos azuis ligeiramente puxados e inteligentes enquanto ela os apertava e se concentrava.

Abandono a tarefa e olho para baixo, suspirando. A madeira de teixo envernizada da mesa reflete meu rosto na escuridão. Há uma rachadura ao longo da mesa, partindo a imagem em duas. Muito apropriado.

As pessoas me dizem que sou atraente, mas nunca me *sinto* verdadeiramente bonita. Não com meu cabelo ruivo e minhas sardas cobrindo o rosto, e aquela pele celta que nunca bronzeia. Eu me sinto errada ou quebrada. E, quando olho intensamente para mim mesma, não consigo ver beleza nenhuma, só as linhas cada vez mais profundas perto dos olhos, rugas demais para os meus trinta anos.

Uma brisa deliciosa me desperta. Vem da janela aberta e carrega o aroma das flores do jardim de Carnhallow, e dispersa meus pensamentos bobos e me faz lembrar do meu prêmio. *Não*. Eu não estou quebrada, e já chega de dúvida. Sou Rachel Daly e superei desafios maiores do que escolher papel de parede e descobrir o que é uma baixela.

Os setenta e oito quartos podem esperar, assim como a Ala Oeste. Preciso de ar fresco. Guardo o celular no bolso, vou até a Porta Leste e a abro na serenidade do sol, tão lindo no meu rosto virado para o alto e para o gramado sul. O jardim maravilhoso.

Segundo me disseram, os jardins de Carnhallow foram a única coisa que o pai de David, Richard Kerthen, manteve bem cuidada enquanto ele gastava o que restava da fortuna dos Kerthen no jogo, a caminho de um ataque cardíaco. E Nina aparentemente nunca fez muita coisa nos jardins. Portanto, aqui fora posso apreciar um domínio mais puro: posso admirar, de forma genuína, a grama recém-cortada na sombra dos olmos córnicos, os canteiros de flores lotados com as cores de verão. E posso amá-lo diretamente, como se o bosque lindo e profundo fosse meu, protegendo e envolvendo Carnhallow como se a casa fosse uma caixinha de joias escondida no meio de espinhos.

— Olá.

Um pouco sobressaltada, eu me viro. É Juliet Kerthen, a mãe de David. Ela mora sozinha, desafiadora, em um apartamento independente convertido de um canto da Ala Oeste, que de resto está em ruínas, sem reformas. Juliet apresenta os primeiros sinais da doença de Alzheimer, mas, como David diz, está "em um estado de nobre negação".

— Lindo dia — diz ela.

— Lindo mesmo, não é? É, sim.

Encontrei Juliet umas poucas vezes. Gosto muito dela; ela tem o espírito vívido. Não sei se ela gosta de mim. Sou tímida demais para ir mais longe, para fazer novos amigos, para bater à porta da casa dela com uma torta de amora e maçã. Porque Juliet Kerthen pode ser velha e frágil, mas também é intimidadora. A filha adequada de olhos azuis e maçãs do rosto apropriadas de Lorde Carlyon. Outra antiga família córnica. Ela faz com que eu me sinta a garota da classe trabalhadora de Plumstead que eu sou. Provavelmente acharia minha torta meio vulgar.

Mas ela é perfeitamente simpática. A culpa é minha.

Juliet protege os olhos do brilho do sol com a mão erguida.

— David sempre diz que a vida é um dia perfeito de verão inglês. Lindo, precisamente por ser tão raro e passageiro.

— É, parece algo que o David diria.

— Como você está se adaptando, querida?

— Bem. Muito bem mesmo.

— Ah, é? — Os olhos apertados me examinam, mas de forma simpática. Eu também a examino. Ela está vestida como uma pessoa idosa, porém bem-arrumada. Um vestido que deve ter uns trinta anos, um cardigã castanho de casimira, sapatos caros, provavelmente feitos sob medida para ela em Truro, quarenta anos atrás, e agora, acho, engraxados por Cassie, que todos os dias checa se a idosa está viva.

— Você não acha imponente demais?

— Deus, não. Bem, sim, um pouco, mas...

Juliet me dá um sorriso gentil.

— Não deixe que afete você. Eu lembro quando Richard me trouxe a Carnhallow pela primeira vez. Foi uma dificuldade e tanto. O finalzinho do trajeto. Aquelas estradinhas horríveis pela charneca de St. Ives. Acho que Richard estava orgulhoso de a casa ser distante. Além do toque mítico. Aceita uma xícara de chá? Tenho um excelente chá vermelho. Fico entediada de tomar sozinha. Tem gim também. Estou na dúvida.

— Sim. Chá seria ótimo. Obrigada.

Eu a sigo rodeando a Ala Leste, a caminho do lado norte da casa. O sol brilha intenso e prateado no mar distante. As minas nos penhascos aparecem. Estou falando sobre a casa, tentando garantir a Juliet, e talvez a mim mesma, de que estou totalmente otimista.

— O que me impressiona é quanto fica escondida. Estou falando de Carnhallow. No meio desse valezinho fofo, com sol para todo lado. Mas a poucos quilômetros dos pântanos, de tanta *escuridão*.

Ela se vira e assente.

— Realmente. Se bem que o outro lado da casa é completamente diferente. Na verdade, é bem inteligente. Richard sempre disse que provava que a lenda era verdadeira.

Franzo a testa.

— Como assim?

— Porque o outro lado da casa tem vista para o norte, para as minas, nos penhascos.

Balanço a cabeça sem entender.

Ela pergunta:

— David não lhe contou sobre a lenda?

— Não. Acho que não. Hum, ele me contou muitas histórias. As sorveiras. O malvado Jago Kerthen... — Não quero dizer: *Talvez tenhamos ficado tão bêbados de champanhe no primeiro encontro e depois feito um sexo tão incrível que esqueci metade do que ele havia me contado.* O que é totalmente possível.

Juliet se volta para as formas escurecidas das minas.

— Bem, esta é a lenda. Acreditava-se que os Kerthen deviam ter um dom maligno, um sexto sentido ou algum tipo de clarividência, porque sempre encontravam fontes de estanho ou cobre enquanto outros mineradores não encontravam nada. Há um nome córnico para quem tem esse dom: *tus-tanyow*. Significa povo do fogo, povo com luz. — Ela abre um sorriso alegre. — Você irá ouvir os habitantes locais contando a história no Tinners, um pub adorável em Zennor. Você tem que conhecer, mas fuja da torta de sardinha. Richard falava muito sobre isso, sobre a lenda. Porque os Kerthen construíram a casa bem aqui, em cima do velho mosteiro, virada para Morvellan, mas isso foi séculos antes de eles descobrirem *estanho* em Morvellan. Para alguém sugestionável, é fácil acreditar que a lenda seja real. Como se os Kerthen *soubessem* que encontrariam estanho. Já sei, vamos tomar chá vermelho *e* gim, talvez os dois combinem.

Ela anda bruscamente em direção ao canto noroeste de Carnhallow. Eu vou atrás, ansiosa pela amizade e pela distração. Porque a história dela me inquieta de um jeito que eu não sei bem explicar. Afinal, é apenas uma história boba sobre uma família histórica que ganhou muito dinheiro enviando garotos para aquelas minas antigas. Onde os túneis passam no fundo do mar.

162 dias antes do Natal

Manhã

David está me desenhando. Estamos sentados sob o sol alto de verão no gramado sul, uma jarra de suco de pêssego e limão recém-preparado em uma bandeja de prata sobre a grama perfumada. Estou com um chapéu de palha meio inclinado. Carnhallow House, a *minha* casa grande e linda, brilha sob o sol. Nunca me senti tão chique. E possivelmente nunca me senti tão feliz.

— Não se mexa — diz ele. — Fique parada por um segundo, querida. Estou desenhando o seu lindo nariz arrebitado. Narizes são difíceis. Tem tudo a ver com o sombreado.

Ele olha para mim com a expressão concentrada e volta a olhar para o papel, o lápis se movendo rapidamente, sombreando e tracejando. Ele é um bom artista, provavelmente bem melhor do que eu (como estou percebendo agora). Com mais talento natural. Sei desenhar um pouco, mas não com tanta habilidade, e certamente não tão rápido.

Descobrir o lado artístico de David tem sido um dos prazeres inesperados desse verão. Eu sempre soube que ele se interessava por arte; afinal, eu o conheci em uma exibição particular na galeria Shoreditch. E, quando estávamos em Veneza, ele pôde me mostrar todas as suas obras de arte venezianas favoritas. Não só as óbvias de Ticiano e

Canaletto, mas também as de Brâncusi no Guggenheim, o teto barroco da igreja de São Pantaleão e uma Madonna do século IX em Torcello, com os olhos atentos de amor assombrado, mas eterno. O amor infinito de uma mãe. Era tão linda e triste que me deu vontade de chorar.

Mas só percebi realmente que ele era bom em *fazer* arte quando me mudei para Carnhallow. Já vi alguns dos trabalhos de David quando jovem na parede da sala de estar e no escritório dele: pinturas semiabstratas dos memoriais de pedra celtas, dos pântanos e das praias. São tão bons que achei que eram trabalhos profissionais caros, comprados por Nina em uma casa de leilão de Penzance. Parte da trabalhosa reforma dela, da dedicação àquela casa.

— Pronto — diz ele. — O nariz está pronto. Agora, a boca. Bocas são fáceis. Dois segundos. — Ele se inclina para trás e olha o desenho. — Ah. Perfeita.

Ele bebe um pouco de suco de pêssego com limão com satisfação. O sol aquece meus ombros expostos, bronzeando-os. Pássaros cantam em Ladies Wood. Eu não ficaria surpresa se eles cantassem em perfeita harmonia. É agora. O momento perfeito de boa sorte. O homem, o amor, o sol, a linda casa em um lindo jardim, em um lindo canto da Inglaterra. Sinto necessidade de dizer alguma coisa legal, de retribuir ao mundo.

— Sabe, você é muito bom.

— Como, querida?

Ele está desenhando de novo. Mergulhado em concentração masculina. Gosto de como ele se concentra. Franzindo a testa, mas não como se estivesse com raiva. Apenas como um homem trabalhando.

— O desenho. Eu sei que já falei isso antes, mas você tem muito talento.

— Ah — diz ele como um adolescente, porém sorrindo como um adulto, as mãos se movendo bruscamente sobre o papel. — Talvez.

— Você nunca quis viver disso?

— Não. Sim. Não.

— Como?

— Houve uma época, depois de Cambridge, em que cheguei a pensar nisso. Eu teria gostado de experimentar viver de arte. Mas não tive escolha. Eu precisava trabalhar e ganhar um monte de dinheiro chato.

— Porque seu pai torrou toda a fortuna?

— Ele até vendeu a prataria da família, Rachel, para pagar as dívidas imbecis de jogo. Vendeu como um viciado que estivesse vendendo a TV. Eu tive que comprar tudo de volta, a prataria Kerthen. E me fizeram pagar caro. — David suspira, toma outro gole de suco. O sol cintila no copo inclinado em sua mão. Ele saboreia o frescor e olha para trás de mim, para a floresta iluminada pelo sol.

— Claro que estávamos ficando sem dinheiro de qualquer jeito; não foi só culpa do meu pai. Carnhallow era absurdamente cara para se manter, mas a família nunca deixou de tentar. Apesar de a maioria das minas estar gerando perdas por volta de 1870.

— Por quê?

Ele pega o lápis e o bate entre os dentes brancos, pensando no desenho e me respondendo com distração.

— Eu tenho que desenhar você nua. Sou constrangedoramente bom em desenhar mamilos. É um dom.

— David! — Eu dou uma gargalhada. — Eu quero saber. Quero entender as coisas. Por que estavam gerando perdas?

Ele continuou desenhando.

— Porque a mineração córnica é um ramo difícil. Tem mais estanho e cobre embaixo da Cornualha do que já foi minerado em todos os quatro mil anos da história da mineração córnica, mas é basicamente impossível de extrair. E, sem dúvida, não é lucrativo.

— Por causa dos penhascos e do mar?

— Exatamente. Você já viu Morvellan. Era a nossa mina mais lucrativa nos séculos XVIII e XIX, mas é muito perigosa e inacessível.

— Continue.

— Há um motivo para Morvellan ter aquela arquitetura estranha, as duas casas. A maioria dos poços de mina córnicos foi exposta ao ar, só as bombas ficavam protegidas atrás de pedra... porque as máquinas eram consideradas mais importantes do que os homens, talvez. Mas nos penhascos, acima de Zawn Hanna, os Kerthen tiveram um problema: por causa da proximidade do mar e das consequentes tempestades, tivemos que proteger o topo do poço com uma casa própria, ao lado da casa da bomba. — Ele olha para mim e para além de mim, como se estivesse olhando para as próprias minas. — Criando, sem querer, aquela simetria peculiar e diagonal. — O lápis dele gira lentamente nos dedos. — Agora compare isso com as minas abertas da Austrália ou da Malásia. O estanho está bem ali, na superfície. Eles podem simplesmente arrancar do chão com uma pá de plástico. E foi por isso que a mineração córnica morreu. Quatro mil anos de mineração perdidos em duas gerações.

A alegria dele se alterou. Consigo sentir os pensamentos sombrios se voltando para Nina, que se afogou em Morvellan. Devia ser minha culpa por deixar a conversa enveredar nessa direção. Vale abaixo. Na direção dos fossos de mina nos penhascos. Tenho que compensar.

— Você quer mesmo que eu pose nua?

O sorriso dele volta.

— Ah, sim. Ah, eu quero muito, sim. — Ele ri e solta o desenho terminado do bloco, inclina a cabeça bonita e avalia o trabalho. — Humm. Não está ruim. Mas ainda não acertei o nariz. Sou melhor mesmo em mamilos. Certo — ele vira o pulso para olhar a hora —, prometi levar Jamie para a escola...

— No fim de semana?

— Partida de futebol, lembra? Ele está muito animado. Você pode ir buscá-lo mais tarde? Vou me encontrar com Alex em Falmouth.

— Claro que posso. Vou adorar.

— Nos vemos no jantar. Você é ótima modelo.

Ele me beija com delicadeza antes de sair andando em torno da casa a caminho do carro, chamando Jamie, como se já fôssemos uma família. Segura e feliz. Esse sentimento me aquece como o verão.

Fico sentada sob o sol, os olhos semicerrados, a mente parcialmente adormecida. O sentimento de pura falta de propósito é delicioso. Tenho coisas a fazer, mas nada em particular que deva ser feito agora. Vozes murmuram na casa e na entrada. A porta do carro bate no calor. O ruído do motor some quando o carro parte em direção à floresta densa, subindo o vale até a charneca. Cantos de aves o substituem.

De repente, percebo que não vi o desenho que David fez de mim. Curiosa, talvez com certa cautela (eu não gosto de ser desenhada, da mesma forma que não gosto de ser fotografada; só aceito para agradar David), eu me inclino e pego a folha de papel.

Está previsivelmente excelente. Em quinze minutos, ele me capturou, da leve tristeza nos olhos que nunca some ao sorriso sincero, ainda que inseguro. Ele me vê verdadeiramente. E, mesmo assim, pareço bonita; a sombra do chapéu é lisonjeira. E no desenho está o meu amor por ele, vívido na timidez feliz do meu olhar.

Ele vê o amor, o que me agrada.

Só tem um defeito. O nariz. Já me disseram que meu nariz é bonito, arrebitado, com uma pontinha virada para cima. Mas ele não desenhou o *meu* nariz. Esse nariz é mais fino, aquilino, mais bonito; essa estrutura óssea é do rosto de outra pessoa, uma pessoa que ele desenhou mil vezes, a ponto de virar hábito. E eu sei quem é. Já vi as fotos e os desenhos.

Ele me fez parecida com a Nina.

Tarde

O desenho está sobre a grama, caído da minha mão. Estou acordada e surpresa por ter dormido. Devo ter adormecido no calor indulgente do sol. Ao olhar ao redor, vejo que nada mudou. As sombras se alongaram. O dia ainda está lindo, o sol ainda brilha.

Eu durmo muito em Carnhallow, e durmo bem. Parece que estou compensando vinte e cinco anos de despertadores. Às vezes, sinto-me tão relaxada que sou invadida por uma culpa latente, junto com um toque de solidão.

Ainda não fiz amigos aqui, e, nessas últimas semanas solitárias, quando não estou na casa, estou usando as horas para dirigir e caminhar pela paisagem selvagem de Penwith. Adoro fotografar as silenciosas pilhas de minério, os vilarejos de pescadores maltratados pelo sal e as enseadas escuras e profundas, onde as ondas se jogam de forma psicótica nos penhascos, exceto nos dias mais calmos. Mas meu lugar favorito até o momento é Zawn Hanna, a enseada no final do nosso vale. A mina Morvellan fica logo acima, mas eu ignoro as formas escuras e fico olhando para o mar.

Quando uma chuva ocasional de verão me prende em casa, tento completar meu mapa mental de Carnhallow. Finalmente, contei os setenta e oito quartos, e no fim das contas há realmente dezoito, dependendo da classificação dada aos aposentos pequenos, tristes e ecoantes no último andar, que deviam ser alojamentos de criados, apesar de terem o estranho toque das celas do mosteiro que deve ter existido naquele local, eu presumo, no vale luxuriante.

Em alguns dias, sozinha na poeira do último andar, quando o vento do mar atravessa as sorveiras, parece que consigo ouvir as palavras dos monges capturadas na brisa: *Ave Maria, gratia plena: Dominus tecum...*

Em outras ocasiões, fico na sala de estar, meu cômodo favorito de Carnhallow, além da cozinha e dos jardins. Já dei uma olhada na maioria dos livros, das edições de Nina sobre prataria antiga e porcelana Meissen às muitas monografias de David sobre artistas modernos: Klee, Bacon, Jackson Pollock. Ele tem uma preferência particular por expressionistas abstratos.

No fim de semana passado, eu o vi ficar sentado observando as manchas pretas e vermelhas de um quadro de Mark Rothko por uma hora, depois fechou o livro, olhou para mim e disse:

— Nós somos todos astronautas, não somos? Astronautas interestelares, viajando tão longe na escuridão que nunca poderemos voltar. — Em seguida ele se levantou e me ofereceu gim Plymouth em um copo georgiano.

Porém, minha maior descoberta pessoal não foram porcelanas nem quadros, mas um pequeno volume de fotografias cheio de orelhas, escondido entre dois livros grandes e grossos sobre Van Dyck e Michelangelo. Quando abri o livreto surrado, ele revelou imagens monocromáticas surpreendentes das minas históricas dos Kerthen e dos mineiros nelas.

Acho que as fotos deviam ser do século XIX. Olho para elas quase todos os dias. O que me impressiona nelas é que os mineiros trabalhavam praticamente sem luz; eles tinham apenas o leve cintilar das velas presas em seus chapéus. O que significa que o momento em que o flash de magnésio da câmera explodiu foi também o único em que os mineiros viram por completo o local em que trabalhavam, onde passavam todas as horas acordados, cavando, cortando e perfurando. Uma fração preciosa de claridade. Em seguida, de volta à escuridão eterna.

Pensar nesses mineiros que passaram a vida nas pedras abaixo de mim me põe em movimento. Comece a trabalhar, Rachel Daly.

O desenho está dobrado sobre a bandeja, que está quente do sol. Carrego-a com os copos com aroma de limão para o frescor da casa, para a aeração da cozinha. E abro o meu aplicativo. Só faltam dois lugares importantes para explorar; eu os deixei por último porque são os que mais me preocupam. São os piores desafios oferecidos por Carnhallow.

O primeiro é o porão e as adegas.

David me mostrou esse impressionante labirinto no dia em que cheguei, e não voltei lá desde então porque o porão é um lugar deprimente: uma rede de corredores deploráveis, cobertos de poeira, onde sinos enferrujados estão pendurados sob molas e nunca mais serão ouvidos.

Há muitas escadas que levam ao porão. Pego a primeira, do lado de fora da cozinha. Acendendo luzes não confiáveis no alto da escada, sigo pelos degraus de madeira que rangem e olho ao redor.

Existem placas antigas em portas descascando: Sala de Escovação, Despensa do Mordomo, Quarto do Lacaio, escondido nas sombras, cinzento. No final do corredor sujo à frente, consigo ver a passagem alta de pedra em arco da adega. David e Cassie a visitam com frequência. É a única parte do enorme porão de Carnhallow que é usada. Aparentemente, há janelas ogivais no cômodo cobertas por tijolos que mostram a origem monástica de Carnhallow mil anos atrás. Um dia, vou me sentar naquela adega e tirar a poeira dos velhos rótulos franceses, vou estudar sobre o vinho da mesma forma que estou aprendendo lentamente sobre todo o resto, mas hoje preciso dar uma olhada geral.

Entro em outro corredor e encontro mais placas: Padaria, Sala de Limpeza, Laticínios. Pilhas de destroços que sujam, e às vezes obstruem, os corredores são impressionantes. Uma máquina de costura antiga. Metade de uma motocicleta vintage desmontada e esquecida. Canos de argila quebrados de talvez duzentos anos antes. Um guarda-roupa vitoriano mofado. Um tipo de abajur possivelmente feito de penas de cisne. Uma enorme roda de carruagem. Parece que, à medida que foram morrendo ou se dispersando ou decaindo, os Kerthen não conseguiram se desapegar de nada, pois simbolizaria dolorosamente o seu declínio. Então, tudo foi escondido ali embaixo. Sepultado.

Com o celular na mão, eu paro. O ar está estático e frio. Duas geladeiras antigas enormes estão dispostas num canto por nenhum motivo óbvio. Repentinamente, imagino como seria ficar presa em uma delas. Batendo na porta, aprisionada no espaço apertado e malcheiroso, esquecida em um corredor de porão que ninguém nunca irá usar. Morrendo ao longo dos dias em um caixão retangular.

Um tremor percorre meu corpo. Eu sigo em frente, viro à esquerda e encontro uma porta ainda mais antiga. O trabalho em pedra na moldura da porta parece medieval, e a placa de madeira pintada pendurada por um prego diz DESTILARIA.

Destilaria?

Destilaria de quê? A placa balança.

DESTILARIA.

Sufocando minha ansiedade, eu empurro a porta. As dobradiças estão duras e enferrujadas; preciso me apoiar nela e empurrar com força, e finalmente ela se abre com um estrondo, como se eu tivesse quebrado alguma coisa. Sinto a casa me olhando de cara feia.

O aposento está muito escuro. Não há interruptor aparente, e a única luz vem do corredor atrás de mim. Meus olhos se ajustam lentamente à escuridão. No meio dessa pequena sala, há uma mesa de madeira surrada. Poderia ter centenas de anos ou apenas ter sido malcuidada. Há várias garrafas empoeiradas nas prateleiras. Algumas têm rótulos pequenininhos, pendurados em exóticas correntes de metal, como pequenos colares para escravas diminutas. Quando me aproximo, vejo os nomes escritos à mão, com pena e tinta antiga.

Tanaceto. Absinto. Confrei. Verbasco.

Destilaria.

DESTILARIA.

Acho que agora entendo, talvez. É um lugar de preparações. Para fazer remédios à base de ervas, tinturas. Uma destilaria.

Quando me viro para sair, vejo uma coisa totalmente inesperada. Três ou quatro caixas grandes de papelão no canto do aposento, parcialmente escondidas por uma estante com vidros antigos. As caixas têm o nome *Nina* escrito com vigor nas laterais.

Então são coisas dela? Da mulher morta, da mãe morta, da esposa morta. Roupas ou livros, talvez. Ainda não prontos para serem jogados fora.

Agora me sinto inadequada, uma invasora. Não fiz nada de errado, eu sou a nova esposa, uma das donas de Carnhallow, e David quer que eu explore a casa para poder reformar esse labirinto de poeira. Mas o ato de quase invadir esse aposento e dar de cara com essas caixas infelizes me faz corar.

Tentando não correr, refaço meus passos e subo a escada com uma sensação clara de alívio. Respirando fundo. Uma olhada em meu relógio me lembra. Logo terei de ir buscar Jamie, o que quer dizer que tenho tempo suficiente para minha última tarefa.

Há mais uma parte que desejo ver: a intocada Ala Oeste. E, no centro dela, Old Hall. David me disse que é impressionante.

Mas ainda não coloquei os pés nesse lugar. Só vi a desolada parte externa. Pego o corredor depois da escadaria principal, vou de leste a oeste e de agora para o passado.

Deve ser aqui. Uma porta enorme, sem pintura e feita de madeira bem pesada. A maçaneta é um anel de metal forjado retorcido. É difícil girar, mas a porta se abre com facilidade. Eu entro pela primeira vez em Old Hall.

As altas janelas em arco são góticas, com tiras de chumbo entre elas. Obviamente, da época do mosteiro. A câmara de pedra com teto abobadado é fria; também é desprovida de carpete e de mobília. David diz que séculos atrás a sala era usada para fazer o pagamento dos mineiros. Consigo vê-los agora. Homens humildes, fazendo fila em silêncio, sendo chamados pelos sobrenomes. Os capitães das minas olhando com braços fortes cruzados.

A sala é imponente, mas também opressiva. Eu tremo como uma criança aqui dentro. Acho que a atmosfera deve estar relacionada ao tamanho do aposento. Aqui, no coração vazio e gélido da casa, eu me dou conta das proporções de Carnhallow. Ampla e envolvente. É aqui que compreendo realmente que estou em uma casa com espaço para cinquenta pessoas. Para mais de trinta criados e uma família grande e ampla.

Hoje, apenas quatro pessoas moram aqui. E uma delas, David, passa a maior parte do tempo em Londres.

Três horas. Está na hora de ir buscar meu enteado. Saio da casa, entro no Mini, ligo o motor... e sigo lentamente pelo caminho estreito, passando pelo bosque ensolarado. É uma estrada difícil, mas linda. Inspiradora. Talvez um dia meus filhos brinquem aqui. Eles vão crescer no esplendor de Carnhallow, cercados de espaço e beleza, praias e árvores. Vão ver campânulas na primavera e colher cogumelos em outubro. E teremos cachorros. Cachorros felizes e saltitantes que vão pegar gravetos cheios de musgo nas clareiras de Ladies Wood.

Finalmente, chego à estrada principal e sigo para oeste, passando entre as charnecas verdes e rochosas e o oceano agitado à direita. Essa estrada menor sinuosa atende à maioria dos antigos vilarejos mineiros em West Penwith.

Botallack, Geevor, Pendeen. Morvah.

Depois de Morvah, a estrada caía em uma bifurcação. Eu pego a esquerda e sigo pela terra infértil da charneca até a escola de Jamie, em Sennen, uma escola preparatória particular.

Duas curvas à esquerda, mais um quilômetro e meio de charneca, e a paisagem muda subitamente. Perto da costa sul, o sol ilumina um mar mais calmo. Quando estaciono perto do portão do colégio e abro a porta, o ar está um pouco mais suave.

Jamie Kerthen já está à minha espera. Ele caminha na minha direção. Está de uniforme da escola, apesar de ser sábado. Isso porque Sennen é uma escola bem formal que exige o uso de uniforme sempre que os alunos estão na propriedade. Gosto disso. Quero isso para meus filhos também. Formalidade e disciplina. Mais coisas que eu não tive.

Saio do carro e sorrio para o meu enteado. Preciso resistir à tentação de correr e abraçá-lo com força. É cedo demais para isso. Mas meus sentimentos de proteção são reais. Eu quero protegê-lo para sempre.

Jamie responde com um meio sorriso, mas para de repente e fica grudado no chão, olhando-me de um jeito estranho e concentrado por muito tempo. Como se não conseguisse lembrar quem eu sou e por que estou aqui. Apesar de estarmos agora morando juntos há semanas.

Tento não ficar nervosa. O comportamento dele é peculiar, mas eu sei que ele ainda está sofrendo pela perda da mãe.

Para piorar, tem outra mãe saindo agora, guiando o filho, e passa por nós no caminho. Não sei quem ela é. Não conheço ninguém na Cornualha. Mas meu isolamento não vai diminuir se as pessoas me acharem estranha, distante. Por isso, abro um sorriso largo e digo, alto demais:

— Oi, eu sou Rachel! A madrasta de Jamie!

A mulher olha para mim e olha para Jamie. Ele ainda está parado, imóvel, os olhos grudados nos meus.

— Hum, sim... oi. — Ela fica um pouco vermelha. Seu rosto é redondo e bonito, e sua voz, elegante e clara, e parece constrangida pela mulher estranha e barulhenta e o enteado cauteloso dela. E por que não ficaria? — Tenho certeza de que voltaremos a nos encontrar. Mas ah... eu tenho que ir — diz ela.

A mulher se afasta correndo com o filho e olha para mim, a testa franzida e a expressão intrigada. Ela deve sentir pena do garotinho assustado com uma madrasta idiota. Volto o sorriso grudado em meu rosto para o meu enteado.

— Oi, Jamie! Tudo bem? Como foi o futebol?

Será que ele vai ficar ali parado em silêncio por muito mais tempo? Eu não consigo suportar. A estranheza se prolonga por vários segundos dolorosos. Mas ele acaba cedendo.

— Dois a zero. Nós ganhamos.

— Que bom, ah, que bom! Isso é fantástico!

— Rollo marcou um gol de pênalti e um de cabeça.

— Isso é *incrível*! Você pode me contar mais no caminho de casa. Quer entrar?

Ele assente.

— Tudo bem.

Jamie joga a bolsa esportiva no banco de trás, entra e coloca o cinto de segurança. Quando ligo o carro, ele tira um livro da bolsa e começa a ler. Ele me ignora novamente.

Eu mudo a marcha, faço uma curva fechada e tento me concentrar nas estradas estreitas, mas estou incomodada com minhas preocupações. Agora que estou pensando bem, não é a primeira vez que Jamie age de um jeito estranho, como se desconfiasse de mim, nas últimas semanas, mas aquela foi a ocasião em que ficou mais evidente.

Por que ele está mudando? Quando o conheci em Londres, ele era só gargalhadas e tagarelice. O dia em que nos conhecemos foi maravilhoso. Aquele dia foi, na verdade, o primeiro em que senti amor real pelo pai dele. O jeito como o homem e o garoto interagiam, seu amor e compreensão, suas brincadeiras e respeito mútuo, unidos na dor, mas sem demonstrar... isso me comoveu e me impressionou. Era tão diferente de mim e do meu pai. E, mais uma vez, eu quis um pouco desse afeto paterno para meu filho. Eu queria que o pai dos meus filhos fosse exatamente como David. Eu queria que *fosse* David.

O sexo, o desejo e a amizade já estavam acontecendo, David já tinha me encantado. Mas foi Jamie quem cristalizou esses sentimentos em amor pelo pai dele.

Mas, desde que me mudei para Carnhallow, percebo que Jamie ficou mais fechado. Distante ou observador. Como se me avaliasse. Como se achasse que há algo estranho. Algo errado comigo.

Meu enteado olha para mim silenciosamente pelo espelho retrovisor nesse momento. Seus olhos são grandes, do violeta-azulado mais claro que já vi. Ele é um menino lindo; excepcionalmente chamativo.

Isso faz de mim uma pessoa fútil, o fato de a beleza de Jamie tornar mais fácil para mim amá-lo? Se sim, não tem muito que eu possa fazer;

eu não consigo evitar. Uma criança bonita é uma coisa poderosa, não muito fácil de resistir. E eu também sei que a beleza infantil dele disfarça um sofrimento sério, o que me faz sentir a força do amor ainda mais. Nunca vou substituir a mãe que ele perdeu, mas posso aliviar sua solidão.

Uma mecha de cabelo preto caiu sobre a testa branca dele. Se ele fosse meu filho, eu a colocaria no lugar. Finalmente, ele fala.

— Quando o papai vai viajar de novo?

Eu respondo rapidamente.

— Segunda de manhã, como sempre, depois de amanhã. Mas ele só vai ficar fora alguns dias. Voltará para Newquay no final da semana. Não será por muito tempo, de verdade.

— Ah, certo. Obrigado, Rachel. — Ele solta um suspiro apaixonado. — Eu queria que o papai ficasse mais tempo em casa. Queria que ele não viajasse tanto.

— Eu sei, Jamie. Eu também queria.

Desejo dizer alguma coisa mais construtiva, mas nossa nova vida é como é: David vai para Londres todas as segundas de manhã e volta todas as sextas à noite. Ele faz o trajeto de avião, pelo aeroporto de Newquay. Quando chega, pega a A30 com o Mercedes prateado e percorre o último quilômetro e meio pela charneca até Carnhallow.

É uma agenda puxada, mas as viagens semanais são a única forma de David manter a carreira lucrativa na advocacia de Londres e ter uma vida familiar em Carnhallow, algo que ele está determinado a fazer porque os Kerthen vivem em Carnhallow há mil anos.

Jamie fica em silêncio. Levamos vinte e cinco silenciosos minutos para percorrer os tortuosos quilômetros. Finalmente, chegamos à ensolarada Carnhallow, e meu enteado sai do carro carregando a bolsa. Mais uma vez, tenho necessidade de falar. De continuar tentando. Em algum momento, o laço vai se formar. Assim, falo sem parar enquanto procuro a chave. *Quem sabe você podia me contar sobre sua partida de futebol. Meu time era o Millwall, foi lá que eu cresci, e o time nunca foi muito bom...* Mas eu hesito. Jamie está com a testa franzida.

— Qual é o problema, Jamie?

— Nada — responde ele. — Nada.

A chave desliza na fechadura, eu abro a porta grande. Mas Jamie ainda me encara do mesmo jeito intrigado e incrédulo. Como se eu fosse uma figura sinistra de um livro de ilustrações que ganhou vida de forma inexplicável.

— Na verdade, tem uma coisa.

— O que é, Jamie?

— Eu tive um sonho muito estranho ontem.

Eu faço que sim e tento dar outro sorriso.

— É mesmo?

— É. Foi com você. Você estava...

Ele para de falar. Mas não posso deixar isso passar. Sonhos são importantes, principalmente os da infância. São ansiedades subconscientes que aparecem. Eu me lembro dos sonhos que tive quando criança. Sonhos de fuga, sonhos de fugas desesperadas de perigos.

— Jamie. O que foi? O que houve no sonho?

Ele muda de postura, desconfortável. Como alguém pego em uma mentira.

Mas isso não é mentira.

— Foi horrível. O sonho. Você estava no sonho, e, e... — Ele hesita e balança a cabeça, olhando para as pedras da porta. — E tinha sangue nas suas mãos. Sangue. E uma lebre. Tinha uma lebre, um animal, e o sangue cobria você completamente. Todo. Sangue. Sangue por todo lado. Tremendo e sufocando.

Ele levanta o rosto novamente. O rosto dele está contraído de emoções. Mas não são lágrimas. Parece mais raiva, ou mesmo ódio. Não sei o que dizer. Mas sequer tenho a chance de falar algo. Sem outra palavra, ele desaparece dentro de casa. E eu fico ali parada na entrada de Carnhallow. Totalmente perplexa.

Consigo ouvir o mar agitado ao longe, batendo nas pedras embaixo de Morvellan, atingindo lentamente os penhascos e as minas. Como uma atrocidade que nunca vai terminar.

149 dias antes do Natal

Hora do almoço

— Verdejo, senhor?

David Kerthen assentiu para o garçom. Por que não beber? Era hora do almoço de sexta-feira, e ele já estava a caminho de casa, tendo terminado o trabalho cedo para variar, em vez de dez horas da noite. Portanto, hoje ele podia beber. Quando o avião pousasse em Newquay, ele já estaria totalmente sóbrio. Não havia quase nenhuma chance de ser pego pela polícia na A30, de qualquer modo. A polícia da Cornualha conseguia ser espetacularmente inútil.

Talvez a bebida também permitisse que ele esquecesse. Na noite anterior, a terceira seguida, ele sonhou com Carnhallow. Dessa vez, sonhou com Nina andando pelos aposentos, sozinha e nua.

Ela fazia muito isso: andava nua pela casa. Ela achava erótico, e ele também: o contraste de sua pele pálida com as pedras monásticas ou com os tapetes Azeri.

Enquanto bebia seu Verdejo, David se lembrou da noite em que eles voltaram da lua de mel. Ela tirou a roupa e eles dançaram; ela estava nua, e ele estava de terno, e o champanhe estava absurdamente gelado. Eles tinham enrolado os tapetes de New Hall para se mover com mais facilidade, ele tinha passado o braço pela cintura fina dela, uma das mãos segurando a outra. Então, ela fugiu das mãos dele, correu para longe, misteriosa e excitante, para desaparecer nos corredores escuros, um borrão de nudez jovem.

As lembranças o envenenavam. A felicidade deles desde o início fora exagerada. O sexo sempre era compulsivo demais. Ele ainda tinha pesadelos, carregados de desejo trágico ou de necessidade infantil, seguidos de arrependimento.

Ele olhou para o relógio, que marcava 13h30. Oliver estava atrasado. A mesa estava apenas parcialmente ocupada, mas o restaurante japonês escuro e caro estava nitidamente cheio.

David desabotoou o paletó do terno e olhou ao redor, observando o clima de Mayfair, verificando a atmosfera de Londres. A riqueza da Londres moderna era escandalosa; a cidade estava tomada de sucesso. Dava para sentir o cheiro da opulência, e esse cheiro nem sempre era bom. Mas era empolgante e necessário. Porque David era beneficiário do triunfo comercial de Londres. Como Conselheiro da Rainha, ele sempre conseguia uma mesa no Nobu, tinha um escritório moderno nas serenas ruas georgianas de Marylebone e, o melhor de tudo, um salário de meio milhão de libras, com o qual poderia reformar Carnhallow.

Mas é claro que o faziam trabalhar por isso. O horário era puxado. Por quanto tempo ele aguentaria? Dez anos? Quinze?

No momento, ele precisava de mais álcool. Assim, bebericou o Verdejo, sozinho.

David não gostava de ficar sozinho no almoço. Fazia com que ele se lembrasse dos dias depois da queda de Nina. Das deprimentes e solitárias refeições feitas na velha sala de jantar, com sua mãe em exílio autoimposto nos aposentos dela, recusando-se a conversar. David fez uma careta em pensamento ao se lembrar da ansiedade que o acompanhara de volta ao trabalho após o enterro. Deixava Jaime aos cuidados de sua mãe e da empregada durante toda a semana. Na verdade, ele fugiu. Porque não era capaz de encarar a forma como todas as emoções diferentes se juntaram em uma sinfonia de remorso. Londres foi a sua fuga.

David terminou o que havia na taça e fez um sinal pedindo outra. Ao fazer isso, reparou Oliver se aproximando da mesa.

— Desculpe-me — disse ele. — Tive uma reunião interminável. Pelo menos estamos elegantemente atrasados?

— Sim, uma semana depois de eles terem perdido a estrela Michelin.

Oliver sorriu e puxou a cadeira.

— Ah, não parece ter afetado muito o movimento.

— Tome uma taça, você está com cara de quem está precisando.

— Estou, estou. Shh! Por que eu entrei para o serviço público? Achei que estaria servindo ao país, mas acontece que estou servindo a um bando de imbecis. *Políticos*. Podemos comer aquele peixe?

O garçom estava esperando, os dedos sobre o tablet.

David sabia o cardápio de memória.

— Macarrão inaniwa com lagosta, tataki de atum-rabilho. E aquela coisa de repolho com missô.

O garçom assentiu.

Oliver disse:

— Nós somos amigos há muito tempo mesmo. Você sabe exatamente o que eu quero. Como se fosse minha esposa. — Ele ergueu a taça com cerimônia.

David ficou feliz em acompanhá-lo em um brinde à amizade de ambos. Oliver era o único amigo que ele ainda tinha da Westminster School, e ele valorizava a *longevidade* autêntica do relacionamento deles. Eram amigos há tanto tempo que agora compartilhavam uma espécie de linguagem particular. Como uma daquelas línguas obscuras faladas por duas pessoas em Nova Guiné. Se uma delas morresse, uma língua inteira se perderia, com todas as suas histórias secretas, suas metáforas e lembranças.

O terceiro integrante do trio já estava morto. Edmund. Outro advogado. Gay. Os três haviam formado uma gangue na escola. Um trio de conspiradores.

E ali estavam eles, vinte e três anos depois, compartilhando as antigas piadas de escola. E falando sobre Rachel.

— Mas é isso. — Oliver se encostou, o rosto redondo um pouco rosado do esforço de ingerir um almoço de trezentas libras. — Bom, eu não esperava que fosse tão longe tão rápido.

— Mas você nos juntou.

— Bom, eu sei que apresentei vocês, sim. E também sabia que você ia gostar dela.

— E como você sabia disso?

— Ela é inteligente. É pequenina. É muito decorativa. — Oliver secou os lábios com um guardanapo. — Acho que Deus a elaborou para você.

— Então, por que a surpresa?

Oliver deu de ombros.

— Eu achava que você faria o de sempre.

— E o que é o de sempre?

— Dormir com ela, se entediar um pouco e seguir para a próxima.

David suspirou.

— Nossa! Você me faz parecer horrível. Eu sou mesmo tão ruim assim?

— Você não é ruim, apenas irritantemente bem-sucedido com as mulheres. Estou com inveja, só isso.

— Bom, não fique. Só faço isso por orientação médica. Dizem que ter muitas parceiras reduz as taxas de câncer de próstata.

Oliver gargalhou e comeu o último pedaço de *poussin yasai zuke*. Ele balançou a cabeça.

— Mas, ah, Rachel Daly acabou sendo diferente. De todas as mulheres que você levou para a cama. *Rachel Daly*. E você se casou com ela em um mês.

David se encostou e girou o vinho dentro da taça.

— Oito semanas, na verdade. Mas foi um pouco rápido, sim.

— Isso é eufemismo.

— Mas eu *realmente* me apaixonei, Oliver. Isso é tão implausível assim? E ela se deu tão bem com Jamie. Pareceu a coisa certa a fazer.

— David observou o rosto do amigo em busca de um significado escondido. — Você está querendo dar a entender que foi cedo demais... depois de Nina?

— Não. — Oliver balançou a cabeça com ênfase e, talvez, certo constrangimento. — Não, não, não. Claro que não. Apenas Rachel é tão, bem, diferente das suas namoradas habituais.

— Você quer dizer que ela é da classe trabalhadora.

— Não, eu quis dizer que ela é de classe baixa. Você sabe de onde ela é?

— Das comunidades de Plumstead. Das favelas de Tooting Bec. Que importância isso tem?

— Na verdade, nenhuma. É que é um *salto* e tanto. Ela é tão diferente da Nina. Quero dizer, elas se parecem fisicamente, o mesmo rosto de elfa, aquele jeito de moleca que você sempre procura, mas em todos os outros aspectos...

— Mas é essa a questão. — David se inclinou para a frente. — Foi um dos motivos para eu ter me apaixonado pela Rachel tão rapidamente. Ela é *diferente*. — Agora falava um pouco alto demais, a fala alimentada pelo vinho. Mas ele não se importava com isso. — Todas aquelas garotas chiques de Notting Hill, de Paris e de Manhattan... Rachel é incrivelmente diferente de tudo aquilo. Ela teve experiências que eu não consigo imaginar. Tem opiniões que nunca escutei, tem ideias surpreendentes, ela também é uma *sobrevivente*, passou por coisas sérias, mas saiu de tudo isso intacta, inteligente, engraçada. — Ele fez uma pausa. — E, sim, ela é sexy.

A mesa ficou em silêncio. David queria dizer: *Ela é quase tão sexy quanto a Nina, é a única mulher que conheci que talvez um dia se compare a Nina*, mas não o fez porque não queria pensar em Nina. Então, pediu dois Tokays.

Oliver deu um sorriso afável.

— Imagino que você e Rachel também tenham coisas em comum.

— Você quer dizer que meu pai e o dela eram uns filhos da mãe e que nós dois somos clara e ridiculamente impulsivos.

— Não, eu estava pensando que... vocês dois são um pouco surtados.

— Ah. — David riu. — Sim. Possivelmente isso é verdade. Mas garotas problemáticas são melhores na cama.

— Que fofo!

— Porém, o mesmo se aplica a homens, sem dúvida. Talvez por isso eu costumasse ser bom com as mulheres. Eu tenho problemas. — David olhou para o outro lado do restaurante, para uma jovem família. Para uma criança dando risadas, feliz com os pais. Suas palavras saíram por reflexo. — Deus, eu sinto falta do Jamie.

Oliver deu um sorriso solidário. David chamou o garçom e pediu a conta. As taças de vinho dos dois cintilavam sutilmente na luz baixa do restaurante.

Oliver se rencostou na cadeira.

— É pior sentir falta dos filhos? Pior do que sentir falta de namoradas ou de companheiras? Eu não tenho como saber.

David balançou a cabeça.

— Acredite em mim. É pior. E o pior de tudo é que não há nada que você possa fazer. Mesmo quando você passa bons momentos com seus filhos, isso apenas faz com que você lamente por não ter tido mais momentos assim. Ter filhos é como uma revolução industrial das emoções. De repente, você consegue produzir quantidades gigantescas de preocupação e culpa.

— Bem, pelo menos você irá vê-lo esta noite.

David sorriu.

— Vou. Chegou o fim de semana. Graças a Deus.

Quando o almoço terminou, eles saíram na tarde luminosa e fresca, numa Londres em sua forma mais benigna possível: os plátanos de Picadilly transformando a luz do sol da cidade em tons de verde. Após trocarem apertos de mão e tapinhas nas costas, Oliver foi andando para St. James e David se dirigiu para o outro lado, chamou um táxi ainda meio atordoado pelo álcool e seguiu até o escritório em Marylebone. Lá, pegou a mala e voltou no mesmo táxi para Heathrow.

No entanto, conforme o tráfego seguia por Hammersmith, o efeito bom da bebida começou a passar. Os pensamentos ruins voltaram, as ansiedades cansativas e inevitáveis.

Jamie. Seu amado filho.

Não se tratava apenas da saudade que sentia de Jamie; havia também o fato de que o garoto estava se comportando de um jeito estranho de novo. Não tão ruim quanto nos primeiros meses terríveis depois do enterro de Nina, mas havia algo errado. E era consternador. David tivera esperanças de que levar Rachel para Carnhallow fosse marcar o início de um novo capítulo na vida deles, que fosse traçar um limite emocional em tudo e fazer com que eles seguissem para um futuro mais iluminado, mas não foi isso o que aconteceu. Jamie parecia estar regredindo. As últimas cartas dele para a mãe (David as encontrara no quarto do filho, na semana anterior) eram particularmente perturbadoras.

Um pânico silencioso o fez afrouxar a gravata, como se estivesse fisicamente sufocado na parte de trás do táxi. Se pudesse contar a alguém, ele ao menos se sentiria menos sobrecarregado. Mas não podia contar a ninguém, nem à nova esposa, nem aos amigos mais antigos, nem mesmo a Oliver, como ficara provado no almoço. Edmund era o único que sabia de tudo. E agora Edmund estava morto, e David estava sozinho. David era o único que sabia a verdade.

Exceto, talvez, pelo próprio Jamie.

E ali estava novamente a fonte de seu constante tormento. Quanto seu filho sabia? O que ela havia contado a ele? O que o garoto vira ou ouvira?

David olhou para o tráfego infinito. Agora, tinha parado completamente. Como sangue congelado nas veias.

136 dias antes do Natal

O sol de agosto está forte, o mar distante parece metal laminado. David está me levando para caminhar no último dia de suas férias de verão. Ele diz que essa caminhada de domingo irá nos levar para longe de todos os turistas, até o ponto mais alto das charnecas de Penwith.

David está de calça jeans, suéter e botas. Ele se vira e pega minha mão para me ajudar a passar por uma inclinação de granito. Nós seguimos andando. Ele está me contando um pouco da história de Carnhallow, de Penwith, do oeste da Cornualha.

— Nanjulian significa vale das aveleiras. Zawn Hanna significa enseada murmurante, mas você sabe disso. Carn Lesys é o moledro de luz...

— Lindo. Moledro de luz!

— Maen Dower é pedra perto do mar. Porthnanven, porto do alto vale.

— E Carnhallow significa rocha em uma charneca. Certo?

Ele sorri, os dentes brancos emoldurados por um bronzeado de férias e pela barba escura por fazer. Quando fica alguns dias sem se barbear, David se parece com um pirata. Ele só precisa de um brinco de argola de ouro e de um sabre.

— Rachel Kerthen. Você andou pela biblioteca!

— Não consigo evitar. Amo ler! E você não quer que eu saiba tudo isso?

— Claro. Claro. Mas também gosto de lhe contar as coisas. Faz com que eu me sinta útil quando venho para casa. E, se você souber tudo... — ele dá de ombros com alegria —, o que irá restar para ser contado?

— Ah, tenho certeza de que você nunca vai ficar sem *coisas para dizer*.

Ele ri.

Eu continuo.

— Também pesquisei Morvellan. Quer dizer mar agitado, não é?

Ele assente.

— Ou mar perverso. Possivelmente.

— Mas "Mor" é mar, não é? É a mesma raiz de Morvah.

— É. Mor-vah. Túmulo no mar. É por causa de todas as pessoas que morreram em naufrágios.

Mal consigo ouvir a resposta dele; tenho de correr um pouco para acompanhá-lo conforme andamos entre as urzes e os tojos. David se esquece de que é muito mais alto do que eu, e que por isso anda bem mais rápido. A ideia dele de caminhada vigorosa é o mesmo que uma corridinha para mim.

Agora ele faz uma pausa para que eu o alcance; nós seguimos andando, respirando fundo. O ar da charneca tem cheiro de coco por causa dos tojos aquecidos pelo sol. Para mim, é o mesmo cheiro de Bounty, o chocolate com coco que eu raramente ganhava quando criança.

— Na verdade, esse nome sempre me parece sinistro — digo. — Morvah.

— É. E a paisagem não ajuda, todas aquelas rochas reunidas perto da selvageria das ondas. Há uma frase famosa de um guia de viagens que descreve aquele trecho da estrada: "a paisagem chega a um ápice de malignidade em Morvah". Muito adequada. Espere, outra inclinação. Me dê a sua mão.

Juntos, pulamos a pedra quente e continuamos descendo o caminho de lama seca. Quase não choveu durante as duas semanas das férias de verão de David. Tivemos quinze dias de sol praticamente impecável. E David tem sido igualmente perfeito: amoroso, encantador, generoso. Ele me levou a pubs da região, comprou vinho no Lamorna Wink e sanduíches de caranguejo nas margens do rio Restronguet. Apresentou-me a seus amigos ricos donos de iates em St. Mawes e Falmouth, levou-me às cavernas escondidas de Kynance Cove, onde fizemos amor como adolescentes, com areia no cabelo e conchinhas sob a minha pele formigante, e depois seus braços escuros e musculosos me aconchegaram.

Está sendo maravilhoso. E por esse motivo eu não falei nada sobre as minhas dúvidas. Não mencionei o comportamento estranho de Jamie, os olhares fixos, o silêncio, aquele sonho estranho de sangue nas minhas mãos, além de uma lebre. Eu não quis destruir nossa felicidade de verão com apreensões vagas. Decidi que o sonho deve ter sido resultado dos traumas de Jamie, da dor. O silêncio deriva da confusão de uma criança se acostumando com a nova madrasta, uma transição bastante dolorosa. Quero compartilhar essa dor, então eu a diluo.

Além do mais, nós três nos divertimos muito nesses quinze dias. A presença contínua de David aparentemente acalmou Jamie. Tenho lembranças maravilhosas de mim, David e Jamie nessas duas semanas passeando pelos caminhos litorâneos de Minack, observando aves marinhas brincando nas ondas, deitados na grama quente no alto dos penhascos, fazendo piqueniques, admirando a relva-de-espanha a caminho de casa.

Mas hoje estamos só eu e David. Rollo, amigo de Jamie, está fazendo aniversário, com direito a uma festa. Cassie irá buscá-lo mais tarde. Tenho momentos preciosos com meu marido antes de ele voltar ao trabalho. Antes de o verão perfeito terminar.

Ainda estamos falando sobre a língua. Quero saber mais.

— Você já tentou aprender córnico?

— Deus, não — diz ele, caminhando pela trilha cheia de pedras. — É uma língua morta. Qual é o sentido? Se o córnico sobreviver como cultura, não será porque reviveram a língua. Será pelas pessoas. Sempre as pessoas. — Ele indica o ambiente alterado pelas intempéries, as rochas erodidas, as árvores atrofiadas. — Sabia que essas trilhas foram feitas pelos mineiros? Eles andavam nas charnecas por horas, em meio à floresta e às urzes. — Ele está virado para longe de mim agora, falando na brisa fresca. — Imagine a vida: cambaleando pela escuridão, andando até o fosso das minas, passando por penhascos. Depois, descendo centenas de braças por uma hora... e engatinhando por um quilômetro e meio abaixo do mar, tirando estanho de rochas o dia todo. — Ele balança a cabeça, como se duvidasse de si mesmo. — E o tempo todo eles ouviam as rochas do oceano rolando acima deles nas tempestades; e às vezes o mar invadia e escorria água pelos túneis... — Ele olha para o céu. — Eles tentavam correr, mas o mar normalmente os levava. Arrastava-os de volta, puxava-os. Centenas de homens, durante centenas de anos. E todo esse tempo a minha gente, os Kerthen, permaneceu em Carnhallow. Comendo capão.

Eu olho para ele. Não sei bem o que dizer. Ele continua:

— E quer saber de outra coisa?

— Hum. O quê?

— De acordo com a minha mãe, nas noites realmente tranquilas de verão, quando os moinhos estavam parados e a família estava na Sala de Estar Amarela tomando clarete, eles conseguiam ouvir as picaretas dos mineiros oitocentos metros abaixo. Trabalhando no estanho que pagava pelo vinho.

O rosto dele fica momentaneamente fechado. Tenho vontade de curá-lo, assim como quero curar o filho dele. E talvez eu possa tentar. Eu me aproximo, acaricio seu rosto e o beijo delicadamente. Ele olha para mim e dá de ombros, como quem diz: *O que eu posso fazer?*

A resposta, claro, é *nada*.

Nós damos as mãos e subimos a colina, aproximando-nos do ponto mais alto das charnecas. Aqui tem outra mina em ruínas, com arcos nobres, como uma igreja normanda.

Depois que recupero o fôlego da subida, encosto a mão na alvenaria caprichada da casa da bomba. A vista é magnífica. Consigo ver boa parte da Cornualha Ocidental: o verde-escuro vívido da floresta em torno de Penzance, a estrada cinza que serpenteia até Marazion e os mistérios oníricos da península Lizard. E, claro, a visão ampla e metálica do mar em torno do monte de São Miguel. A maré está alta.

— A mina Ding Dong — diz David, dando tapinhas na parede cintilante de granito. — Tem a reputação de ser a mais antiga da Cornualha. Acredita-se que tenha sido explorada pelos romanos, e pelos fenícios antes deles. Ou talvez pelas fadas. Vamos nos sentar longe do vento? Eu trouxe morangos.

— Ora, obrigada, sr. D'Urberville.

Ele ri. Nós nos sentamos em um tapete que David trouxe na mochila. Estamos protegidos da brisa do alto da charneca, com a casa da bomba às nossas costas. O sol irradia um calor vívido sobre o meu rosto.

Duas pessoas vestindo jaqueta azul descem o vale. Fora isso, estamos sozinhos. David me entrega um morango tirado de uma caixa de plástico.

Eu me aproximo do meu marido. Estamos tendo um momento lindo. Nós dois, sozinhos no sol.

Abruptamente, ele diz:

— Não se preocupe com Jamie.

Meu coração acelera. Não haveria outro momento para tocar no assunto, para falar em voz alta, é agora. Mas eu não quero magoar nem chatear o David. Não sei se tenho algo importante a dizer, então não vou dizer nada direto.

— Jamie ainda está sofrendo o luto, não está? É por isso que fica meio distante às vezes?

David suspira.

— Claro.

Meu marido passa um braço protetor por trás do meu pescoço.

— Não faz nem dois anos... E foi horrível e confuso. Ele pode andar desatento, distraído, mas está melhorando. Ele ficou bem nessas duas semanas. Não se preocupe com isso. Ele vai passar a amar e aceitar você.

— Eu não me preocupo.

David levanta meu queixo com uma das mãos, como se fosse beijar os meus lábios, mas só beija a minha testa.

— Tem certeza, Rachel?

— Claro que tenho certeza! Ele é um garoto adorável. Angelical. Eu me apaixonei por ele assim que o vi. — Sorrio e beijo David nos lábios. — Na verdade, foi quando o conheci que realmente comecei a me apaixonar por você.

— Não foi quando você viu as fotos de Carnhallow, então?

— Ah. Olha só. Engraçadinho. Idiota.

Nós fazemos um silêncio agradável. David come um morango e joga o cabinho verde na grama.

— Quando eu era garoto, meus primos e eu vínhamos aqui durante as férias de verão, quando meu pai estava em Londres. — Ele faz uma pausa e acrescenta: — Acho que foi a época mais feliz da minha infância.

Aperto a mão dele enquanto escuto.

— Verões sem fim. É disso que eu me lembro, de dias de verão sem fim. Nós íamos para Penberth revirar a praia, procurando madeira, mastros velhos, gaiolas de pegar caranguejo, pacotes de picles coreanos. Qualquer coisa. — Ele me abraça enquanto fala. — O mar tem uma cor única em Penberth. É meio esmeralda transparente. Acho que é o amarelo-pálido da areia visto através do azul, as águas despoluídas. E havia os pores do sol incríveis. Pintavam as colinas e as pedras de dourado, enchiam os vales com um brilho roxo. E eu ficava olhando para a minha sombra e a dos meus primos na praia, cada vez mais longas... seguindo para sempre, até se perderem no calor e na penumbra e na escuridão do verão. Nós sabíamos que essa era a hora de voltar para Carnhallow para jantar, para comer frios e panquecas quentinhas. Ou morangos e coalhada na cozinha. Com as janelas abertas para as estrelas. E eu me sentia totalmente feliz porque meu pai estava em Londres.

Fico surpresa e emocionada. David é advogado e sabe ser eloquente, mas raramente fala assim.

— Você ficava tão solitário assim no resto do tempo?

— Nas férias, não. Mas no resto do tempo? Sim. Antes de eu ficar mais durão.

— Por quê? Como?

— Fui mandado para um colégio interno, Rachel, aos oito anos. E não havia motivo para me tirarem de casa, minha mãe não trabalhava. Foi só a escolha dele. Ele tinha um filho, apenas um. E me mandou para longe.

— Por quê?

— Isso é o pior, eu não sei. Porque ele sentia ciúmes do laço entre mim e minha mãe? Porque achava chato me ter por perto? Minha mãe queria que eu ficasse, e existem ótimas escolas tradicionais na Cornualha. Talvez ele tenha feito para magoá-la. Um puro ato de sadismo. E agora ele está morto. Eu nunca vou saber. — Ele hesita, mas não por muito tempo. — Às vezes acho que a melhor coisa que um pai ou uma mãe podem fazer é viver tempo suficiente para que os filhos cresçam, e cheguem à idade em que possam perguntar: *Como vocês puderam errar tanto?*

Outro morango. Outro cabinho jogado na grama. O sol está descendo no oeste, deixando algumas nuvens em tom dourado-arroxeado. Algumas delas parecem ameaçadoras, em forma de bigorna: uma tempestade de verão, talvez. As tempestades chegam muito rápido na Cornualha Ocidental, o tempo vai de idílios de verão a chuvas brutais em minutos.

— Nos dias claros, conseguimos ver as ilhas Scilly daqui — diz David. — Tenho que levar você lá um dia. É lindo, a luz é maravilhosa. As Ilhas dos Abençoados. O paraíso pagão.

— Eu adoraria ir.

Ele come metade do último morango, vira-se e dá a outra metade para mim, na boca. Um morango comido da mão dele. Eu como o morango, sinto a doçura intensa. Ele diz:

— Quem sabe um dia você possa me contar sobre a *sua* infância? Tento não me encolher ao ouvir isso.

Ele continua.

— Sei que você me contou um pouco. Você me contou do seu pai, como ele tratava a sua mãe, mas não contou muito mais. — Ele olha para mim sem piscar, talvez vendo a ansiedade na minha expressão. — Me desculpe. Falar do meu passado me fez pensar no seu. Você não precisa me contar *nada*, querida, se não quiser.

Eu olho para ele, também sem piscar. E sinto um desejo enorme de ceder e confessar. Mas tenho um bloqueio, como sempre. Não posso contar, não devo contar. Se eu contar tudo, ele talvez me afaste. Ou não?

David acaricia meu rosto.

— Desculpe, querida. Eu não devia ter pedido.

— Não. — Eu me levanto e limpo a grama da calça. — Não peça desculpas. Você deveria mesmo querer saber, afinal é meu marido. E um dia eu vou contar.

Quero que isso seja verdade. Quero muito que seja verdade. Quero contar tudo a ele, desde a história complicada de como pude entrar na faculdade até a dissolução da minha família. *Eu vou contar tudo.*

Um dia. Mas não hoje, acho. Não aqui e agora.

David percebe minha tristeza? Aparentemente, não. Brusco e confiante, ele se levanta e inclina a cabeça para oeste. Na direção das nuvens escuras, que, de azuis, se tornam pretas.

— Venha, é melhor voltarmos antes que a chuva caia. Eu disse ao Alex que tomaria uma bebida com ele no Gurnard's. É a última oportunidade antes de eu voltar a trabalhar. Você pode me deixar lá.

Tarde

Eu faço o que ele pede.

Nós entramos no carro e eu dirijo pelo vento forte e depois pela chuva forte até o pub no alto do penhasco, Gurnard's Head, onde David pula do carro e grita na chuva:

— Não se preocupe, eu pego um táxi.

Ele sai correndo, protegendo-se embaixo da mochila, e entra no pub. Está indo ver Alex Lockwood. Acho que ele é banqueiro. É outro dos amigos ricos de David, um dos caras altos que sorriem educadamente para mim em bares de iate, como se eu fosse uma curiosidade peculiar e passageira, para depois se virarem e conversarem com David.

Eu me afasto do pub e acelero pela estrada, torcendo para chegar em casa antes de os relâmpagos começarem. Porque é uma tempestade grande de final de verão que vem do Atlântico.

Quando chego aos quilômetros finais que levam a Carnhallow, a chuva está tão forte que os limpadores de para-brisa já não adiantam muito. Um verdadeiro aguaceiro. Tenho de diminuir para oito, seis, cinco quilômetros por hora.

Eu poderia ser ultrapassada por uma vaca.

Finalmente, chego ao portão da propriedade dos Kerthen e ao caminho longo e traiçoeiro pelo Vale Carnhallow, pelas sorveiras e pelos carvalhos. Não gosto desse caminho sinuoso durante o dia, e está realmente escuro agora; as nuvens de tempestade transformaram o dia em noite. Estou com os faróis acesos para conseguir percorrer a penumbra, mas o carro está derrapando, acelerando no concreto molhado e rachado, quase fora de controle.

O que é isso?

Alguma coisa surge diante dos meus faróis. É uma mancha através do para-brisa molhado, um borrão cinza em movimento; eu viro o volante e ouço um baque horrível.

Paro o carro de repente. O vento está salgado e barulhento quando abro a porta, corro pela pista sem me importar com a chuva, para ver o que atropelei.

Tem um coelho caído na grama, golpeado pelos meus faróis. O corpo pulsante está ferido, há cortes vermelhos nos flancos, exibindo músculos e muito sangue. Sangue demais.

O pior é a cabeça. O crânio está meio esmagado, mas um olho vivo brilha na órbita, olhando com arrependimento enquanto aninho o corpo quebrado. Uma lágrima leitosa escorre, o animal treme e, enquanto estou agachada na grama, morre nos meus braços.

Com um sentimento de autorrepulsa, eu coloco o corpo delicadamente no chão, onde repousa sem vida. Em seguida, olho para as minhas mãos.

Estão cobertas de sangue.

Eu olho para o animal. Observo com medo suas orelhas finas, distintas, aveludadas. Não é um coelho. É uma lebre.

110 dias antes do Natal

Hora do almoço

Estou mentindo para o meu marido.

— Estou dizendo, eu vou fazer compras. Estamos precisando de comida.

A voz cética dele se espalha pelo carro, sem corpo. Ele está me ligando de Londres.

— Compras em St. Just? St. Just, em Penwith?

— Por que não?

Ele ri.

— Querida. Você sabe o que dizem, as gaivotas em St. Just voam de cabeça para baixo porque não tem nada em que valha a pena cagar.

Dou uma risada curta. Mas ainda estou mentindo. Não vou dizer por que vou fazer compras, ainda não. Não até eu saber.

— Como está o tempo aí?

Eu olho pelo para-brisa enquanto o carro percorre uma estrada costeira. A torre franzina da igreja de St. Just é uma silhueta cinza no horizonte cinza.

— Parece que vai chover. Também está meio frio.

Ele suspira.

— É, o verão acabou. Mas foi bom, não foi? — A pausa dele é sincera. Esperançosa. — Está tudo bem agora, tudo está ficando melhor, com Jamie e tudo, e você está se sentindo melhor.

— Sim — digo, e mais uma vez minto, e essa mentira é provavelmente mais importante. Não estou me sentindo melhor; ainda estou pensando na lebre que matei. Não contei a ninguém. Assim que o acidente aconteceu, eu limpei o carro e joguei o corpo longe, limpei o sangue das mãos e tentei apagar o acontecimento da minha mente. Minha primeira reação foi ligar para o David, contar o que aconteceu, compartilhar a história. Mas um minuto de reflexão deixou claro que, por mais trivialmente perturbador que fosse, seria melhor ficar quieta. Assim que eu tocasse no assunto, mesmo como um comentário passageiro e frívolo — ah, seu filho disse *isso* e depois aconteceu mesmo, que *engraçado* —, poderia parecer para David que eu realmente acredito que o filho dele pode prever acontecimentos, que é clarividente, que é um Kerthen da lenda. Meus comentários poderiam me fazer parecer maluca. E eu não posso parecer maluca. Porque eu não sou maluca.

Não acredito que Jamie tenha poder nenhum. O acidente foi uma coincidência estranha. Animais morrem nas estradas estreitas, rurais e sinuosas de Penwith o tempo todo: texugos, raposas, faisões e lebres. Já vi lebres mortas em outras ocasiões e elas sempre me deixam triste; as lebres parecem bem mais preciosas do que os coelhos. Mais selvagens, mais poéticas. Amo o fato de haver lebres em Penwith. Mas elas são mortas regularmente, quando as pessoas percorrem aqueles cantos com muros de granito em alta velocidade. Meu encontro na alagada pista de Ladies Wood foi, consequentemente, as ansiedades de Jamie confundindo-se com um simples acidente. E, mesmo assim, continua me assombrando um pouco. Talvez tenha sido o corpo inerte nas minhas mãos. Como o de um bebê morto.

— Rachel?

— Sim, desculpe. Estou dirigindo.

— Você está bem, querida?

— Estou ótima. Preciso encontrar uma vaga. Tenho que desligar.

Ele diz tchau e acrescenta *nos falamos pelo Skype mais tarde*, depois desliga. Procuro um lugar para estacionar o carro nas ruas. Não demoro para encontrar. Nunca é difícil estacionar aqui. Remota, regularmente maltratada pelo tempo, a "última cidade da Inglaterra", um dos últimos lugares na Cornualha a falar córnico, St. Just, em Penwith, nos melhores dias passa uma sensação vazia e melancólica; desprovida de suas minas e mineiros, mas não das lembranças. Mas também é a cidade mais próxima com as lojas de que preciso, a mais perto de Carnhallow, e eu preciso dessa loja agora.

Abro a porta do carro e sinto a umidade inevitável no ar. É ameaçador quando garoa; é uma forma específica de chuva córnica que é meio neblina, meio chuvisco. Como um tratamento de spa, porém frio.

A farmácia fica na rua principal, na mesma esquina em que fica a igreja medieval. A praça central tem lojas do século XVIII e grandes pubs vitorianos, que mantêm sinais do passado mineiro mais rico, os dias de jantares de escritórios das mineradoras e ponche de rum quente, os dias em que aventureiros e investidores comemoravam a explosão de outro veio de cobre, quando os eufóricos chefes das minas levavam as namoradas ao *saloon* para tomar gim e melaço.

Quando atravesso a rua, tenho a estranha sensação de que estou sendo observada, e empurro a porta. Ela abre com um repicar antiquado.

A garota no balcão olha para mim. Ela é muito jovem. Muito pálida.

Lentamente, ando pela farmácia aromática. A garota ainda está me encarando, mas é um olhar caloroso e simpático. Percebo, com surpresa, que ela tem quase a minha idade; eu passo tanto tempo sozinha ou com David que às vezes esqueço que também sou jovem. Só tenho trinta anos.

A bela tatuagem de uma mandala em seu pescoço indica que ela talvez seja artística ou musical, o tipo de amizade que eu normalmente faria sem esforço algum em Shoreditch. Talvez ela esteja trabalhando aqui para sustentar a carreira artística; seja como for, ela parece divertida e alternativa. Eu gostaria de ir até ela, fazer uma piada e dar uma gargalhada... fazer amizade. Era o que eu teria feito em Londres.

Mas ainda estou tendo dificuldades para fazer amizades aqui, e não sei bem por quê. Nas últimas semanas e meses, a Cornualha, ou Carnhallow, ou os Kerthen, de alguma forma me calaram. Ou talvez seja Jamie; o garoto absorve as minhas emoções, ainda que nós dois mal nos comuniquemos.

As prateleiras não têm o que eu quero. Precisarei de coragem para iniciar uma conversa. Aproximo-me do balcão um pouco ansiosa.

— Você tem algum, hum, teste de gravidez?

A garota me olha. Talvez consiga ver como isso é importante, pela falha na minha voz. A gravidez é minha fuga da preocupação e do crescente sentimento de inutilidade: vou me tornar mãe, vou conhecer outras mães de primeira viagem. Terei um papel apropriado e um trabalho real e uma coisa extraordinária para dar a David e Jamie. Vou esquecer as minhas ansiedades. E farei meu marido feliz; sei que David quer muito que eu fique grávida.

Estou com cinco dias de atraso, como percebi de manhã enquanto olhava para o calendário meio confusa e com um formigar de esperança.

A garota está de testa franzida.

— Não tem nenhum teste nas prateleiras?

— Não que eu tenha encontrado.

— Ah, hum. Não sei se ainda temos algum. Vou olhar.

Ela desaparece. Quando olho ao redor, vejo um pôster de remédio para crianças na parede. O pôster mostra uma mãe com um bebezinho angelical, absurdamente fofo e impecável. A mãe sorri tão radiante quanto os fiéis no Juízo Final. *Porque um filho nos nasceu.*

— Aqui — diz a garota da loja. — Tinha um monte lá atrás. Devo ter me esquecido de colocar nas prateleiras. Desculpe!

Desperto do meu devaneio.

— Obrigada. Que bom! Posso levar dois?

A garota sorri. Dois para garantir que você realmente está grávida. Eu pego as caixinhas e saio no chuvisco e no vento. Pessoas com casacos grossos se viram na minha direção como se tivessem estado ali o tempo todo, à minha espera. *Olhem para ela. Esquivando-se por aí.*

Será que eu estou grávida? É o que eu quero, preciso, desejo há tanto tempo, para completar as coisas. Meu coração cantarola diante dessa ideia. Uma filha, um filho, não ligo. E um irmão para Jamie. Isso vai consertar o mundo. *Trago bons presságios.*

A tensão é enorme. Não consigo esperar para chegar em casa. Vou descobrir agora mesmo. Saio do carro de novo e vou para um daqueles lindos pubs antigos, o Commercial Hotel.

O pub está inevitavelmente quase vazio. Há apenas um jovem no final do bar encerado, encarando uma caneca de Guinness. Ele lança um breve olhar na minha direção e volta a observar a cerveja.

Vou ao banheiro feminino. Pego a caixinha, me abaixo na privada. Faço xixi.

E, então, vem a espera. Estou tentando não rezar. Não posso me encher de esperanças. Mas, ah, as minhas esperanças! Minhas maravilhosas esperanças.

Eu conto o tempo, preciso contabilizar cada momento até poder ligar para o meu marido e dar a maravilhosa notícia, a notícia que mudará tudo, a notícia que vai nos tornar uma família propriamente dita, verdadeiramente feliz.

Fecho os olhos, aguardo os segundos finais e olho para baixo. Uma linha significa não grávida, duas linhas significam grávida. Eu preciso de duas linhas. Que me deem duas linhas azuis.

Olho para o bastão.

Uma linha.

A tristeza vem com tudo. Por que me enchi tanto de esperanças? Foi besteira. Nós só estamos tentando há poucos meses. As chances são bem baixas.

Eu devia me dar ao trabalho de usar o segundo teste? Já tive minha resposta. Uma linha. Não grávida. Melhor tocar a vida...

Mas quem sabe?

Eu espero e fico contando os segundos idiotas. Eu olho para o bastão. Uma linha. Destruindo meus sonhos.

Jogo os testes no lixo com vigor, faço uma pausa quando saio da cabine, vou até o espelho e lanço a mim mesma um olhar intenso e esclarecedor. Observando meu rosto branco e sardento, meu cabelo ruivo, de Rachel Daly. Tenho de tomar tenência, sair desse buraco de autopiedade... e me considerar com sorte. Tenho um marido rico e sexy, tenho um enteado lindo, estou morando em uma casa magnífica que adoro.

Mas é uma casa para a qual não quero voltar... ainda. Não com todo aquele espaço e silêncio. Não estando nesse humor tão cabisbaixo. Tentando não pensar na lebre. Naquela coincidência estranha. No sangue em minhas mãos. De novo.

Vou até o bar e avalio a variedade de bebidas: cervejas locais, Doom Bar, cervejas de St. Austell. Mas não gosto de cerveja. Então, peço à bocejante atendente do bar uma Coca com rum. Por que não? Afinal, eu não estou grávida.

— Aqui está, querida.

Pego a bebida e me sento a uma mesa. O jovem ainda está observando atentamente a Guinness, como se fosse uma dançarina erótica.

Enfio a mão na bolsa e pego um livro. É um volume grosso sobre mineração de estanho, retirado da biblioteca de David. As rapsódias de David sobre a vida mineradora de antigamente me deixaram interessada. Essa é outra forma de eu entender minha nova família. Os Kerthen donos de minas.

O livro é velho e tem aquela tipografia vitoriana densa e irritante, bem difícil de ler, mas é cheio de historinhas curiosas, emocionantes e até sinistras sobre a vida dos mineiros.

O autor visitou as minas da Cornualha Ocidental nos anos 1840, perto do auge da produção, e viu a riqueza, a energia e o horror. Ele fala do sofrimento e das mutilações: dos muitos aleijados que conheceu nos vilarejos, homens com rostos permanentemente enegrecidos de explosões; homens sem dedos, mãos ou braços, por dispararem com pólvora nas pedras; homens cegos e destruídos sendo levados por garotos de um lado para outro nos humildes vilarejos córnicos, com uma vida miserável vendendo chá de porta em porta.

Em alguns lugares, diz ele, um mineiro a cada cinco morria de forma violenta. Às vezes morriam pelas mãos uns dos outros, em brigas entre bêbados. A violência alcoolizada dos "homens selvagens das minas de estanho" era lendária. Em meados do século XIX, diziam que na Cornualha Ocidental, sempre que havia um aglomerado de três casas, duas eram tavernas.

Mas o autor também via uma beleza vívida: barcos que velejavam pela costa à noite ancoravam para observar, impressionados, a vista de Pendeen, Botallack e Morvellan ardendo nos penhascos sem parar, as vigas dos guinchos a vapor subirem e descerem, as bobinas dos motores a cavalo, os gritos dos supervisores, o brilho das portas das casas das caldeiras, o barulho dos britadores. E as luzes brilhando nas janelas das casas de máquina de três andares, na metade dos penhascos. E o mais magnífico de tudo: as grandiosas chamas das fundições iluminadas por fontes de metal derretido, que subiam até quase cinco metros e caíam novamente na base, como gêiseres majestosos de mercúrio.

E agora, incrivelmente, não há mais *nada*. Depois de quatro mil anos. Os homens não trabalham mais seminus envoltos pelo terrível calor no final dos túneis no fundo do mar; não descem mais um quilômetro e meio por cordas, como macacos, no meio do fedor de enxofre; e garotos de oito anos não são mais enviados pelo poço da mina para produzir metade do estanho e do cobre do mundo e muitos milhões em lucro. Tudo o que sobrou foram ruínas junto ao mar, as ruínas nas charnecas e nos bosques. Scorrier, South Crofty, Wheal Rose, Treskerby, Hallenbeagle, Wheal Busy, Wheal Seymour, Creegbrawse, Hallamanning, Poldise, Ding Dong, Godolphin e Providence.

Não existem mais.

Levanto o olhar do livro na esperança de ver um rosto, de trocar um sorriso com a atendente do bar. Mas agora percebo que o pub está vazio. O jovem da cerveja foi embora e até a atendente do bar sumiu. Estou totalmente sozinha. Parece que não existe mais ninguém.

Tarde

A casa está silenciosa quando volto. A casa está sempre silenciosa. A magnífica porta da frente se abre, e eu sou recebida por uma imobilidade perfeita, pelo aroma de cera e pelo longo e alto New Hall.

Algo passa entre as minhas pernas e me assusta. É Genevieve. A gata cinzenta de Nina. Enroscando-se nos meus tornozelos.

Quando Nina morreu, David encarregou Juliet de cuidar dela, porque ele não gosta de gatos. Mas às vezes ela sai do apartamento de Juliet e vai até a casa.

Eu me inclino, faço um carinho atrás de sua orelha e sinto o osso do crânio. O pelo dela é da cor de neblina invernal do mar.

— Oi, Genevieve! Vai pegar um rato, nós estamos precisando de ajuda.

A gata ronrona e seus olhos verdes olham para mim com astúcia. Abruptamente, ela sai andando na direção de Old Hall.

O silêncio retorna.

Onde está todo mundo?

Juliet deve estar no apartamento dela. Mas onde está Jamie? Vou para a direita, em direção à cozinha, onde encontro vida humana. É Cassie, ocupada descarregando a lava-louças, ouvindo K-Pop no iPod. Cassie é jovem, agradável, tailandesa, tem trinta e dois anos. Está com a família há dez anos. Nós não interagimos muito. Em parte, porque ela ainda não fala a língua muito bem, em parte porque eu não sei lidar com ela. Não sei lidar com "criados". Sou da classe que serve. Sinto-me constrangida. Melhor deixá-la em paz.

Mas sinto a necessidade de interagir agora.

Cassie não me percebe. Está com os fones de ouvido enquanto trabalha e cantarola junto alegremente.

Dou um passo à frente e toco delicadamente em seu ombro.

— Cassie.

Na mesma hora, ela dá um pulo, assustada, e quase deixa cair a caneca que tem nas mãos.

— Ah — diz ela, arrancando os fones dos ouvidos. — Desculpa, srta. Rachel.

— Não, foi culpa minha. Eu assustei você.

O sorriso dela é suave e sincero. Sorrio em resposta.

— Eu estava pensando. Quer uma xícara de chá?

Ela me olha com simpatia e receio.

— Chá. Você quer que eu "faz" uma xícara de chá para você?

— Não. Eu pensei... — Dou de ombros. — Bom, pensei que você e eu poderíamos conversar e... sabe como é. Tomar um chazinho e bater papo. Duas garotas juntas. Para nos conhecermos um pouco melhor. Essa casa é tão grande! Dá até mesmo para se perder.

— Cha... zinho? — A perplexidade dela está clara agora, e eu me encho de preocupação. — Tem algum problema que você precisa me contar?

— Não, eu...

— Posso chamar Jamie, tá? Ele está na sala de visitas. Mas... algum problema? Eu "fez" alguma coisa...

— Não, não, não. Não é nada. Eu só, só achei que nós poderíamos...

Não adianta. Talvez eu devesse contar a verdade a ela. Sentar-me com ela e um bule de chá e contar tudo. Confessar tudo. Confessar que estou tendo dificuldade de encontrar meu papel. Que os amigos de David são gentis, mas são amigos dele, mais velhos, mais ricos, diferentes. Que Juliet é adorável, mas é frágil e reclusa, e eu não posso ficar invadindo o espaço dela. Que não tenho mais ninguém com quem conversar, nenhum adulto... tenho de esperar David chegar em casa para ter conversas interessantes, ou ligar para a Jessica em Londres e implorar por fofocas relacionadas à minha vida antiga. Eu poderia contar os fatos a Cassie. Contar que o isolamento está começando a me corroer.

Mas não posso dizer nada disso. Ela acharia bizarro. Então abro um sorriso largo e digo:

— Tudo bem, Cassie. Tudo está ótimo. Eu só queria ter certeza de que você estava bem, só isso.

— Ah, sim! — Ela ri e levanta os fones de ouvido. — Eu "está" bem, feliz. Ok, tem música nova, amo Awoo, conhece? Lim Kim! — Ela ri de novo e cantarola alguns versos. — *Mamaligosha, Mamaligotcha... sempre Mamaligosha!* Me ajuda a trabalhar. A srta. Nina dizia que eu "canta" muito, mas acho que ela fazia piada. A srta. Nina muito engraçada.

Ela coloca os fones no lugar e sorri de novo, mas o sorriso está meio triste agora e talvez um pouco mais tenso. Como se eu fosse uma decepção depois de Nina, embora ela seja gentil demais para dizer.

Mais uma vez, o constrangimento volta. Cassie está esperando que eu saia para poder terminar suas tarefas. Eu retribuo o sorriso e, derrotada, saio da cozinha.

Não tenho muito mais para fazer. A casa me olha com zombaria. *Por que você não faz algumas reformas? Compre um tapete. Mostre-se útil.* Eu fico parada no corredor como uma invasora assustada. Tenho de ir ver o Jamie, verificar como ele está.

Eu o encontro rapidamente, na Sala de Estar Amarela, sentado no sofá. Ele não reage quando abro a porta, não se move nem um milímetro. Ainda está vestindo o uniforme da escola, e observa um livro com atenção. Parece sério para a idade dele. Uma mecha de cabelo escuro está caída sobre a testa, uma única pena escura na neve. A beleza do garoto é triste, às vezes. Não sei bem por quê.

— Oi. Como foi a escola?

Primeiro, ele quase não se mexe, depois se vira para mim e franze a testa por um segundo, como se tivesse ouvido algo intrigante sobre mim, mas não tivesse entendido. Ainda.

— Jamie?

A testa continua franzida, mas ele responde.

— Foi boa. Obrigado.

Ele volta para o livro e me ignora completamente. Eu abro a boca para dizer alguma coisa, mas percebo que também não tenho nada a dizer ao meu enteado. Estou perdida aqui. Não sei como me conectar com as pessoas, como encontrar coisas em comum, como formar o laço vital... com ninguém. Não sei como conversar com a Cassie e não sei o que dizer ao Jamie. Era melhor falar comigo mesma.

Paro perto das estantes e me esforço para pensar em um assunto que possa interessar ao meu enteado, mas, antes que eu consiga, Jamie fala.

— Por quê?

Mas ele não está falando comigo. Está olhando para o quadro grande na parede em frente ao sofá. É um quadro abstrato enorme, uma coluna de tiras horizontais de cor obscura e latejante, azul sobre preto sobre verde.

Não gosto muito desse quadro; é a única das compras de Nina que eu não aprovo. As cores são lindas e, sem dúvida, custou milhares... mas as cores foram evidentemente escolhidas para representar a costa de Morvellan. Os campos verdes, o céu azul, as casas pretas das minas entre os dois. Tem um aspecto dominante e agourento. Um dia, vou retirá-lo. Esta casa é minha agora.

Jamie ainda está olhando rigidamente para o quadro. Mais uma vez, ele diz para si mesmo, como se eu não estivesse no aposento:

— Por quê?

Eu chego mais perto.

— Jamie, por que o quê?

Ele não se vira para mim. Continua falando para o nada.

— Por quê? Por que você fez aquilo?

Estaria ele perdido em algum devaneio profundo? Algo como sonambulismo? Ele parece perfeitamente consciente. Até mesmo alerta. Mas intensamente concentrado em alguma coisa que eu não consigo perceber.

— Ah. Ah. Por quê. Haverá luzes em Old Hall — diz ele. Em seguida, assente, como se alguém ou alguma coisa tivesse respondido à sua pergunta, depois olha para mim, não diretamente, mas um pouco para a minha direita, e sorri. Há um toque de felicidade surpresa. Ele sorri como se houvesse alguém legal de pé ao *meu lado*, depois volta para o livro. Por reflexo, viro a cabeça para a direita, procurando a pessoa que faz Jamie sorrir.

Estou olhando para a parede. Para nada.

Claro que não tem ninguém ali. Só estamos eu e ele. Então, por que eu virei a cabeça?

Parte de mim quer fugir abruptamente. Escapar. Entrar no carro e dirigir o mais rápido possível para Londres. Mas isso é ridículo. Só estou assustada. A lebre, e agora isso. É perturbador. Não vou me deixar assustar por um garoto de oito anos, um enteado cheio de sentimentos e traumas. Se eu sair da sala de estar agora, estarei admitindo a derrota.

Eu tenho de ficar. E, se não podemos conversar, podemos ao menos ficar em um silêncio agradável. Já seria alguma coisa. Posso ler aqui dentro, como ele está lendo. Que o enteado e a madrasta leiam juntos.

Vou até a estante no lado mais distante do cômodo e olho as prateleiras. Jamie vira as páginas do livro dele, de costas para mim. Consigo ouvi-lo virá-las rapidamente.

Há uma seção de livros da Nina que eu não li. São livros grandes e imponentes sobre mobília, prataria e bordados históricos.

Eu pego um livro, *Cuidado e conserto de mobília antiga*, folheio e coloco no lugar, sem saber direito que informação estou procurando. Experimento outro: *Interiores da Regência: um guia*. Finalmente, escolho um terceiro: *O catálogo de Victoria e Albert de marcenaria vitoriana*, *volume IV.* Mas, quando tiro o livro da prateleira, uma coisa bem diferente vem junto e cai no chão.

Uma revista.

Parece uma revista de fofoca. Por que ficaria ali? Entre os livros de Nina?

Jamie ainda está absorto na leitura. A capacidade de concentração dele me impressiona. Ele a herdou do pai.

Eu me sento em uma das lindas poltronas reformadas de Nina, observo a capa da revista, e minha pergunta é respondida. A revista tem data de oito anos antes, e bem ali, no alto, tem uma pequena caixa com a foto de um glamouroso casal: David e Nina.

Meus batimentos aceleram. Eu leio a manchete.

Nina Kerthen, filha mais velha do confeiteiro francês Sacha Valéry, mostra com orgulho seu novo bebê junto ao marido, o proprietário de terras córnico David Kerthen.
Nós demos uma olhada na casa histórica do casal.

Passo as páginas bruscamente. E encontro a parte relevante.

O texto do artigo é na linguagem tola de veículos que tratam de celebridades e venera David e Nina apenas por serem ricos, bonitos, aristocráticos e sortudos. A palavra "elegante" é usada em quase todos os parágrafos. É meloso e fútil.

Por que Nina guardou essa revista? Ela era muito inteligente; não leria esse tipo de coisa habitualmente. Meu palpite é que ela guardou pelas fotos, que são boas. A revista usou um profissional. Há algumas fotos noturnas da parte externa de Carnhallow, que mostram a casa cintilando no bosque noturno como um relicário de ouro em uma cripta cheia de sombras.

As fotos de David e Nina também são impressionantes. E uma em particular chama mais a atenção. Eu paro para olhar enquanto mordo uma mecha de cabelo, pensando, refletindo.

Essa foto mostra Nina em um vestido de verão, sentada em uma poltrona de cetim nessa mesma sala, a Sala de Estar Amarela, com os joelhos inclinados, encostados um no outro. E nessa foto em particular, ela está segurando o bebê Jamie. É a única foto em que vemos o filho, apesar da promessa da capa da revista.

David está ao lado dela, alto, magro e moreno, de terno preto e um braço protetor em volta dos ombros expostos e bronzeados da esposa.

A foto é misteriosamente perfeita. Sinto uma poderosa e repentina pontada de inveja. O ombro de Nina é tão lindo e perfeito. Ela é tão imaculada, mas também decorosamente sensual. Eu sufoco o sentimento e observo o resto da imagem. Por algum motivo, quase não dá para ver o bebê. Mal dá para ver que é Jamie deitado nos braços bronzeados da mãe. Mas dá para ver claramente um punho pequenininho, saindo da manta branca.

Se meus batimentos estavam acelerados antes, agora estão ainda mais rápidos. Porque tenho a sensação de estar olhando para uma pista, talvez uma pista perturbadora ou importante. Mas pista de quê? Por que deveria haver pistas? Tenho de sufocar meu espanto. Recuperar minha racionalidade. *Não* há mistério, *não* há motivo para eu ficar assustada ou sentir inveja. Tudo está explicado. Jamie está melhorando, ainda que lentamente. Nós tivemos um bom verão. Eu vou engravidar. Vou fazer amigos. Nós vamos ser felizes. A lebre morta foi uma coincidência.

— O que é isso que você está lendo?

Jamie está de pé ao meu lado. Eu não o ouvi se mexer.

— Ah — digo, com uma espécie de constrangimento sobressaltado, e enfio rapidamente a revista entre dois livros. — Só uma revista. Nada importante. Terminou o seu livro? Quer comer alguma coisa?

Ele parece infeliz. Será que viu a revista na minha mão? Viu a mãe? Foi descuidado e errado ler essa revista aqui, na frente dele, a criança em sofrimento. Não farei isso novamente.

— Quer saber, vou esquentar aquela lasanha de ontem, lembra? Você disse que gostou.

Ele dá de ombros. Eu continuo falando, ansiosa para aproveitar ao máximo a conversa, por mais que seja aos poucos. Posso fazer com que sejamos todos uma família.

— Assim, poderemos conversar de verdade. Que tal fazermos uma viagem no ano que vem? Você gostaria? Nós passamos um verão muito gostoso aqui, mas talvez no próximo possamos ir para algum outro país, talvez a França.

Agora, eu paro de falar.

Jamie está com a testa muito franzida.

— O que foi, Jamie?

Ele fica ali parado, preto e branco em seu uniforme da escola, olhando para mim, e eu consigo ver emoções profundas em seus olhos, que refletem tristeza ou coisa pior.

E, então, ele diz:

— Na verdade, Rachel, tem uma coisa que você deveria saber.

— O quê?

— Eu já fui para a França com a mamãe. Quando eu era pequeno.

— Ah. — Eu me levanto da poltrona e repreendo a mim mesma em pensamento, sem saber ao certo por quê; eu não tinha como saber sobre as férias deles. — Bom, não precisa ser para a França. Podemos ir para a Espanha, talvez para Portugal ou...

Ele balança a cabeça e me interrompe.

— Acho que ela está lá. Na França. Mas agora ela vai voltar.

— Como?

— A mamãe! Eu consigo ouvir a mamãe falando.

Ele está obviamente perturbado; a dor terrível está reaparecendo. Eu respondo o mais suavemente possível, tentando encontrar as palavras certas.

— Jamie, não seja bobo. Sua mãe não vai voltar. Porque, bom, você *sabe* onde ela está. Ela faleceu. Todos nós vimos o túmulo, não vimos? Em Zennor.

O garoto me olha intensamente por muito tempo, os olhos grandes úmidos. Ele parece apavorado. Quero abraçá-lo. Acalmá-lo.

Jamie balança a cabeça e ergue a voz.

— Mas ela *não está*. Ela não está *lá*. Ela não está no *caixão*. Você não sabia?

Uma escuridão se abre.

— Mas Jamie...

— Nunca conseguiram. Nunca encontraram o corpo. — A voz dele treme. — Ela não está naquele túmulo. Nunca encontraram a mamãe. Ninguém encontrou a minha mãe. Pergunte ao papai. Pergunte a ele. Ela não está enterrada em Zennor.

Antes que eu possa responder, ele sai correndo da sala. Ouço os passos dele no corredor, e os mesmos passos infantis subindo a escada. Para o quarto, supostamente. E eu fico ali sozinha, na bela Sala de Estar Amarela. Sozinha com a ideia intolerável que Jamie enfiou na minha cabeça.

Eu ando pela sala e encontro meu laptop na mesa lateral de nogueira. Abro-o, hesito, respiro fundo e digito com urgência no mecanismo de busca: "morte Nina Kerthen".

Nunca fiz isso antes porque não parecia haver necessidade. David me disse que Nina estava morta. Descreveu o acidente trágico: *Nina caiu no poço em Morvellan*. Foi horrível. Eu até fui ver o túmulo dela no cemitério da igreja de Zennor, com o epitáfio comovente: *Esta é a luz da mente*.

Minha curiosidade terminou ali. Eu não quis saber mais nada, tudo era triste demais. Eu queria uma vida nova com o meu marido novo, sem manchas do passado.

Meus dedos tremem enquanto desço a página e clico em dois sites que parecem úteis. São de notícias locais. Com acesso imediato a notícias antigas.

O corpo não foi encontrado.
  Os mergulhadores ainda estão procurando, mas nada foi descoberto.
  O corpo nunca foi encontrado.

Eu fecho o laptop e olho pelas vidraças das janelas de Carnhallow, para o fim de tarde verde-acinzentado de outono, para as árvores escuras de Ladies Wood. Olho para a penumbra.

Jamie está certo. Nunca encontraram o corpo.

Mas há um túmulo em Zennor. Com epitáfio e tudo.

109 dias antes do Natal

Manhã

Deve ser a vista de supermercado mais linda da Inglaterra. O novo Sainsbury's, com vista para Mount's Bay. À minha direita, está a alta e lotada cidade de Penzance, a marina vibrando com barcos e atividade. À minha esquerda, há uma costa levemente curva que desaparece na direção de Lizard. E diretamente à minha frente fica a ilha do monte de São Miguel, cercada de areia cintilante, com o castelo medieval no alto, cômico, mas também romântico.

Tem um café no primeiro andar, com vista para a baía. Quando vou lá, sempre peço um cappuccino com leite desnatado, depois passo pelos aposentados de dentadura mastigando doces e me sento do lado de fora, às mesas de metal, mesmo em dias frios como hoje. Frio, mas ensolarado, com nuvens se reunindo a oeste, como um rumor.

Meu café está na mesa, negligenciado, porque estou com o celular no ouvido. David está do outro lado da linha ouvindo-me falar, pacientemente. Estou me esforçando muito para não erguer a voz. Tentando não chamar a atenção dos aposentados. *Ah, olhem para ela, é a mulher que se casou com David Kerthen...*

— Explique de novo: por que você não me contou? Sobre o corpo?

— Nós já falamos sobre isso.

— Eu sei. Mas imagine que eu sou idiota. Preciso ouvir várias vezes para entender. Diga-me de novo com palavras simples, David. Por quê? — Sei que é difícil para ele. Mas sem dúvida é bem mais difícil para mim.

Ele responde:

— Como eu disse, porque não é o tipo de coisa sobre a qual se conversa em um encontro romântico, é? Ah, minha esposa morreu, mas o corpo ficou preso em uma mina, quer beber mais alguma coisa?

— Humm.

Talvez ele tenha razão, mas ainda sinto *raiva*. Ou talvez seja irritação. Agora que está na minha cabeça, não consigo me livrar da imagem. Da ideia macabra de um corpo preservado nas águas geladas da mina. A boca e os olhos abertos, suspenso na claridade sem luz, olhando para o silêncio dos corredores inundados, embaixo das pedras de Morvellan.

David fica muito silencioso. Consigo sentir a impaciência controlada dele, junto com a ansiedade para me acalmar. Ele é marido, mas também tem um emprego difícil e quer voltar ao trabalho. Mas eu tenho mais perguntas.

— Você ficou com medo de eu não querer me mudar para cá? Para Carnhallow? Se ela nunca fosse encontrada?

Uma pausa.

— Não. Não mesmo.

— *Não mesmo?*

— Bom, talvez. Talvez tenha havido uma *leve* relutância. Não é algo em que eu goste de pensar. Quero esquecer tudo aquilo, quero que nós sejamos *nós*. Eu amo você, Rachel, e espero e acredito que você está apaixonada por mim. Eu não queria que as tragédias do passado tivessem qualquer influência no nosso futuro.

Pela primeira vez esta manhã, sinto uma pontada de solidariedade por ele. É possível que eu esteja exagerando. Afinal, ele perdeu a esposa, e seu filho está sofrendo. E o que eu teria feito na situação dele?

— Eu meio que entendo — digo. — E amo você, David. Você sabe disso, claro que sabe disso. Mas...

— Olha, espere um momento, desculpe-me, querida. Tenho que atender uma ligação.

Justamente quando estou começando a digerir tudo isso, a agitação volta. David me deixou esperando. Pela segunda vez hoje.

Tentei ligar na noite anterior, depois que descobri a verdade sobre Nina, mas a secretária dele me disse, pacientemente, que ele estaria em uma reunião infinita e megaimportante até as 22 horas. Depois, ele simplesmente desligou o celular sem responder a nenhuma das minhas muitas mensagens. Ele faz isso às vezes, quando está cansado. E normalmente, eu não me importo. O trabalho dele é difícil, embora seja bem recompensado, e o horário de trabalho é absurdo.

Porém, na noite passada, eu *me importei*. Eu tremia de raiva cada vez que caía na caixa postal. *Atenda o telefone.* Hoje de manhã, ele finalmente atendeu. E está me aguentando desde então, como um gerente de loja com uma cliente furiosa.

Enquanto espero que ele volte para a linha, aprecio a vista. Parece menos atraente hoje.

Meu marido volta.

— Oi, desculpa, aquele maldito sujeito do Standard Chartered, eles estão com algum tipo de crise e ele não parava de falar.

— Legal, fico feliz por você ter pessoas mais importante com quem falar. Coisas mais importantes do que isso.

O suspiro dele é sincero.

— Querida, o que eu posso dizer? Fiz uma besteira, sei que fiz uma besteira. Mas fiz com a melhor das intenções...

— É sério?

— É verdade. Nunca enganei ninguém deliberadamente.

Quero acreditar nele, quero entender. Esse é o homem que eu amo. Mas agora há segredos.

Ele continua, a voz suave.

— Para ser totalmente sincero, eu também presumi que você talvez soubesse a maior parte da história. A morte de Nina saiu nos jornais.

— Mas eu não leio os jornais! Romances, sim. Jornais, nunca.

Estou quase gritando. Tenho de parar. Consigo ver uma aposentada com um pãozinho de canela olhando para mim através do vidro. Assentindo, como se soubesse o que está acontecendo.

— Rachel?

Eu baixo a voz.

— Gente da minha idade não lê jornal, David. Você deve entender isso, não? E eu não tinha ideia de quem você era até conhecer você naquela galeria. Você pode ser de uma família córnica famosa. Mas eu sou de Plumstead. Do sul de Londres. E eu leio o Snapchat. Ou o Twitter.

— Tudo bem. — Ele parece genuinamente envergonhado. — Mais uma vez, peço desculpas. Se você quiser saber os detalhes brutais, deve encontrar tudo online agora.

Deixo que ele espere um segundo. E digo:

— Eu sei. Imprimi tudo o que consegui encontrar ontem à noite. Os papéis estão na minha bolsa, bem aqui.

Uma pausa.

— Imprimiu? E por que está me interrogando assim?

— Porque eu queria ouvir a sua explicação primeiro. Queria dar uma chance a você. Ouvir os seus argumentos.

Ele se permite dar uma gargalhada curta e triste.

— Bem, agora você tem os meus argumentos, juíza Daly. Posso descer do banco das testemunhas?

David está tentando me encantar. Uma parte de mim quer ser encantada. Acho que estou preparada para liberá-lo depois que ele responder a uma última pergunta importante.

— Por que há um túmulo, David? Se não há corpo, por que o túmulo?

A resposta dele soa calma, e a voz está triste.

— Porque nós tínhamos que dar a Jamie um encerramento. Ele estava tão confuso, Rachel, ainda fica às vezes, como nós sabemos. A mãe dele não tinha simplesmente morrido, o corpo dela *desapareceu*, foi levado para longe. Ele estava confuso. Ficava perguntando para onde tinha ido, quando a mamãe ia voltar. Nós tínhamos que fazer uma cerimônia funerária mesmo, então por que não um túmulo? Um lugar para onde o filho dela poderia ir e sofrer por ela.

— Mas... — Tenho um sentimento mórbido, mas tenho que saber. — O que tem *dentro* do túmulo?

— O casaco. A última coisa que ela usou, aquele casaco com o sangue dela, da mina. Leia o relato da investigação. E também algumas das coisas favoritas dela. Livros. Joias. Você sabe.

Ele respondeu às minhas perguntas de forma justa e cândida. Eu me encosto. Meio aliviada, meio horrorizada. Um corpo. Embaixo da casa, nos túneis que se prolongam sob o mar. Mas quantos corpos jazem lá, quantos mineiros afogados? Por que mais um deveria ser diferente?

—David, eu sei que fui dura com você, é que, bem... foi um choque. Só isso.

— Eu entendo perfeitamente — diz ele. — Só queria que você não tivesse descoberto assim. Como está o Jamie, aliás?

— Está bem, eu acho. Ele se acalmou depois daquela explosão. Parecia bem hoje de manhã. Calado, mas bem. Eu o levei ao treino de futebol. Cassie irá buscá-lo.

— Ele está se acostumando com você, Rachel. Está. Mas, como falei, ele ainda se sente confuso. Olha, eu preciso ir. Podemos nos falar mais tarde.

Nós nos despedimos, e eu guardo o celular no bolso.

Uma brisa mais forte de Marazion, carregando odor de sal, balança as páginas impressas quando as tiro da bolsa e coloco sobre a mesa. Passei uma hora fazendo pesquisas no Google e imprimindo as muitas informações que consegui encontrar.

A morte de Nina Kerthen foi, como David disse, matéria de jornais. Até chegou a circular em veículos nacionais por um ou dois dias. E ocupou a imprensa local por semanas. Ainda assim, ao que parece, não havia muito a dizer.

Acredita-se que Nina Kerthen tenha bebido na noite em questão. Não há suspeita de crime.

Crime. A palavra forte, tirada do *Falmouth Packet*, conjura imagens sombrias e fantasiosas de um homem escuro de casaco comprido. Um assassino veneziano, capturando uma bela mulher e a jogando no canal. Vejo um rosto pálido olhando pela água cinzenta. Coberto por um líquido cada vez mais escuro, até sumir.

Mais páginas balançam no vento. Até a brisa meridional está carregando um frio refrescante hoje. Distraída por um instante, olho para fora.

Um homem solitário caminha pela areia depois de Long Rock. Andando sem rumo, em círculos, aparentemente perdido. Ou procurando alguma coisa que nunca vai encontrar. Abruptamente, ele se vira e olha na minha direção, como se tivesse sentido que está sendo observado. Um pânico estranho toma conta de mim, um medo rápido e agudo.

Eu acalmo minhas ansiedades. Sinais do meu passado. Volto para a papelada e continuo lendo. Preciso saber tudo em detalhes, firmar na mente.

A ideia inicial de assassinato era jornalisticamente atraente. Na época, os jornais incrementaram os artigos com a deliciosa possibilidade de homicídio.

As perguntas nunca eram feitas abertamente; ficavam pairando no ar. As legendas não são escritas, mas o significado fica implícito. *Deem uma olhada nisso. David Kerthen não é um pouco bonito demais, um pouco rico demais, um homem que você quer odiar? Um assassino em potencial da linda esposa?*

Quando tudo isso foi descartado, logo no começo, os jornais da imprensa nacional desistiram da notícia, enquanto os jornalistas locais se voltaram com um otimismo desesperançado para especulações de suicídio. Quem iria para uma mina no escuro? Para que correr um risco bobo, em uma noite fria de Natal?

Infelizmente para a imprensa local, a polícia foi prosaica no veredito.

Eu bebo o meu café frio enquanto leio o resumo do legista responsável pela terceira vez.

Era uma noite clara e iluminada pelo luar, dia 25 de dezembro. Nina foi vista por Juliet Kerthen, a mãe de David, andando pelo vale e pelos penhascos, perto das minas, como às vezes fazia, para espairecer. Ela havia bebido com a família naquela noite.

As ações dela não foram incomuns. A área em volta das casas das minas era um bom lugar para observar a vista espetacular do mar bravio, batendo nos penhascos rochosos abaixo. Principalmente em uma noite enluarada.

Mas, quando Nina não voltou, todos se alarmaram. Primeiro, presumiram que ela só havia se perdido em algum caminho no escuro. Conforme sua ausência foi se prolongando, as especulações ficaram cada vez mais negativas. Talvez ela tivesse caído de um dos penhascos. De Bosigran, talvez. Ou de Zawn Hanna. Ninguém imaginava que ela houvesse realmente caído no poço Jerusalém. Ela conhecia bem os perigos. Mas, no meio da confusão, Juliet falou e deu a sugestão. *Procurem em Morvellan.* Foi o último lugar em que ela fora vista, afinal: andando perto das entradas das minas.

Tinha chovido muito nos dias anteriores. As casas das minas não tinham telhado. E ela usava sapatos de salto.

O pequeno grupo de busca, David e Cassie, foi para a casa do poço, onde encontraram a porta entreaberta. David voltou o facho da lanterna para o poço. O buraco cheio de água não revelou corpo nenhum, mas ofereceu uma prova importante e melancólica. O casaco de chuva de Nina, flutuando na água. Nina estava usando aquele casaco. Sem dúvida, ela havia sofrido uma queda horrível no poço e tirara o casaco enquanto lutava para se salvar. Mas acabou sucumbindo. Uma pessoa congelaria rapidamente naquelas águas e acabaria afundando.

O casaco foi a prova inicial e crucial. Dois dias depois do acidente, mergulhadores encontraram sinais de sangue e unhas quebradas nas paredes do poço, acima da água negra. Também encontraram fios de cabelo. O DNA foi confirmado como sendo de Nina Kerthen. Era o sangue dela, eram as unhas quebradas dela, era o cabelo dela. Havia provas da sua tentativa desesperada de subir da mina, da luta fadada ao fracasso para sair do poço. Provas que não podiam ser simuladas nem plantadas.

Junto com o testemunho ocular de Juliet Kerthen, pareceram conclusivas. O responsável pela investigação declarou a morte acidental. Nina Kerthen estava embriagada, sua capacidade de avaliação estava alterada e ela acabou se afogando depois de cair no poço Jerusalém da mina Morvellan. O corpo dela afundou na água congelante e provavelmente nunca seria recuperado; devia estar perdido em um dos inúmeros túneis da mina submarina, movido por marés e correntes desconhecidas. Presa entre Carnhallow e Morvellan, para sempre.

Eu tremo profundamente. O vento da baía é cortante e carregado de sinais de chuva. Preciso fazer minhas tarefas e voltar para casa. Jogo o copo vazio no lixo, desço e faço as compras em apenas dezessete minutos. É uma vantagem da minha natureza econômica, nascida da minha infância pobre. Uma relíquia de Rachel Daly, do sul de Londres. Raramente me distraio em supermercados.

Levo o carro até a rua principal e dou uma última olhada no monte de São Miguel, onde um raio de sol de setembro ilumina o jardim subtropical dos St. Levans, uma família quinhentos anos *mais jovem* do que os Kerthen.

De repente, as nuvens se abrem e o sol brilha em nós. E percebo o que preciso fazer. Acredito nas respostas de David, mas Jamie ainda precisa da minha ajuda. Meu próprio enteado me deixa nervosa, e isso tem de ser explicado. Preciso interpretá-lo, decifrá-lo, entendê-lo. Talvez David não precise saber mais. Mas eu preciso.

102 dias antes do Natal

Tarde

Levei uma semana para reunir coragem e vir até aqui. O escritório de David. Onde talvez eu descubra mais sobre Jamie. Meu marido veio de Londres e voltou para lá, os dias chegaram e se passaram, estão palpavelmente mais curtos agora. Eu fui e voltei da escola, falei com o jardineiro e li meus livros sobre marchetaria, carpintaria e alvenaria, e hesitei talvez uma dúzia de vezes na frente dessa porta imponente.

A casa está deserta. Jamie ainda está na escola; Cassie foi fazer compras. Juliet saiu para passar o dia com as amigas em St. Ives. Tenho pelo menos uma hora. Preciso fazer isso agora. Sei que, possivelmente, estou agindo pelas costas dele, mas a dor nessa casa é intensa demais para que eu fique fazendo perguntas diretamente. É algo doloroso demais para todos. Por isso, tenho de ser mais sutil. Discreta.

O sol belo e inclinado de outono deixa um caminho de luz âmbar na madeira polida do piso. As tábuas rangem conforme dou um passo à frente e abro a porta.

Só estive naquela sala espaçosa com cheiro de cedro três ou quatro vezes, sempre na presença de David. Agora, olho ao redor, com uma admiração leve, mas evidente. Existem vários retratos antigos nas paredes com painéis de madeira. Retratos inexpressivos e simples dos patriarcas Kerthen: retratos de homens ricos que só podiam contratar pintores muito provincianos.

Sei que o maior e mais sombrio desses retratos mostra Jago Kerthen, o homem que abriu o poço Jerusalém nos anos 1720. Ele tinha a fama de ser um homem severo, segundo David, até mesmo brutal. Mandando homens para a morte em poços perigosos, mandando que trabalhassem noite e dia, suas tropas de solícitos homens córnicos com as velas de sebo coladas em seus chapeuzinhos. Os olhos azul-claros de Jago Kerthen cintilam com avareza no retrato de moldura dourada. Por mais desajeitado que o artista fosse, ele captou bem aquele olhar. Mas foi a ganância impressionante de Jago Kerthen que transformou os milhares dos Kerthen em milhões no começo do século XVIII.

David posicionou o retrato para que ficasse virado para a janela alta de caixilho, como se olhasse para o final do Vale de Carnhallow até a escuridão pouco visível da mina Morvellan. E, depois, para o meio do mar. O ganancioso e violento Jago Kerthen está olhando para a mesma mina que ele abriu no granito.

Não tenho dúvida de que a posição é deliberada.

O restante da sala também é muito David. Tem dois quadros abstratos, possivelmente até um Mondrian. O piso é suavizado por tapetes azerbaijanos dos quais David gosta, aparentemente superiores aos turcos e aos persas. Quando olho para baixo, consigo ouvi-lo explicando alegremente, como é bem típico dele: "Ah, sim, os tapetes. Eu os comprei em Baku."

Dominando o aposento, há uma escrivaninha grande, de madeira maciça visivelmente velha. Chego mais perto e engulo o sentimento de inadequação, a sensação de que não deveria estar aqui. Explorando.

Um laptop Apple novinho, bem fechado, está ao lado de objetos militares que pertenceram a todos os Kerthen que participaram de guerras inglesas: há medalhas com faixas desbotadas das guerras da Crimeia e Peninsular, e, ao lado delas, há um revólver velho e enferrujado, com lama ainda visível no metal, acho que da Primeira Guerra Mundial. Em seguida, uma espada comprida e brilhosa com cabo dourado. Ao olhar mais de perto, vejo que tem a gravação *Harry St. John Tresillian Kerthen, Paardeburg, 1900.*

Há três fotos do outro lado da escrivaninha. Juntas, há uma foto inclinada minha com David... e uma de Nina e David. As duas fotos foram tiradas nos nossos respectivos casamentos. Tento não compará-las; a beleza estonteante do vestido de noiva dela em comparação com meu humilde vestidinho de verão, a sensação de grandeza da festa glamourosa de Nina em comparação à minha modesta festinha em Londres. Resisto à vontade de pôr a foto de Nina virada para baixo na mesa.

A terceira foto no porta-retratos prateado é de Jamie, com quatro ou cinco anos, rindo sem parar na cozinha ensolarada aqui de Carnhallow. É uma imagem tocante e adorável: Jamie está olhando para a amada mãe — quase fora da imagem —, que, aparentemente, o fez rir. Ele parece absurdamente feliz, de uma forma que nunca testemunhei. Eu nunca vi esse garoto risonho e feliz, o filho despreocupado antes da morte da mãe.

O sentimento de perda no escritório dele é como uma ferida reaberta no coração de Carnhallow. E sinto que *eu* sou o caco de vidro na pele. Renovando a dor.

Mas estou fazendo isso pelo melhor motivo: ajudar Jamie. Por isso, vou seguir em frente. Atravesso o aposento e examino a estante. Sei, por já ter ido lá antes, que uma das prateleiras é dedicada a Jamie; tem tudo, de boletins escolares a condecorações do futebol. Na última vez que entrei aqui com David, eu o vi pegar os documentos médicos de Jamie.

Passo a mão pela prateleira. Uma fotografia escolar. Alguns livros de exercícios. Registros de vacina. Tipo sanguíneo, A. Certidão de nascimento, 3 de março. Estrela dourada em inglês, Ano 2. Paro em uma pasta sem título, puxo-a e abro.

Não há muita coisa lá dentro. Algumas folhas soltas com caligrafia infantil. Mas, enquanto leio, sou tomada por uma emoção inesperada ao me dar conta de que estou segurando as cartas de Jamie para a mãe morta.

Querida mamãe

Estou escrevendo isso porqe o terapeta do hispital diz que é bom eu escreve pra você agora que você tá morta. Sinto saudades mamãe. Você ficou muito emgraçada quando botou areia no naris na França nas nossas férias. Todos os dias eu penso em você depos que você caiu.
~~Desde que você~~
Muita coisa aconteceu algumas pessoa ficaram muito tristes e papai ia muito pra longe ~~como~~ e ele diz que também sente saudade. ganhei um estojo novo mamãe.
Depos que você caiu na água a vovó ~~falo disse~~ dice que você tirou férias longas e eu perguntei se era na Fransa e ela disse sim. Mas papai dice que você não vai voutar e a vovó dice uma mintira e você estava morta e não ia voutar;
Tenho um livro de levantar abas.
~~Depois que você~~
Hoje a gente aprendeu sobre dinosauros ubdcefalos que tem um osso no rabo pra bater nos inimigos.
Hoje a gente estudou escrever olha minhas Frases
está me ouvindo cantar?
Você já me viu chutar?
Eu estou pulando.
Eu estou começando a pular
Eu estou levantando.
Eu estou movendo uma mesa.
Eu estou chorando.
Eu estou voando no ar.

O homem no hispital diz que tenho que falar com você mamãe nas minhas cartas mas às vezes isso me deixa ~~muto~~ triste e eu me lembro das férias. Você se lembra mamãe?

Meu melhor dia com você e o papai foi quando a gente foi pra França. Eu e papai subimos em um farol e fomos até as lojas com você e compramos mashmalows e um choclate quente delicioso. Quando a gente voltou a gente torrou eles no fogo. depois eu ia jantar, mas Nós pegamos um barco pra ir pra outra casa. Eu achei tudo lindo. Todo mundo estava felis.

~~Depois que você morreu~~

Mamãe choveu muito desde o Natal agora que você não está aqui. Ganhei uma galocha. Pulei nas poças com o papai e a gente fez lasania e viu de novo aquele filme que você gosta. Papai chorou um pouco mas foi a única ves que vi o papai chorar ele não chora e ele me disse que foi porque eu estava sozinho como ele. e ele pediu desculpa pra mim e qe a mamãe me amava e eu não devia duvidar disso e

~~Por que você disse aquilo do Natal~~

Por que você

Eu tenho que ir agora a vovó disse que a gente vai comer macarrão com quejo no chá. Espero que você tenha um cachorro no céu porqe você pode esta sozinha também

Eu te amo mamãe. Quero que você volte mas você não pode voltar porqe você está morta o papai disse. Sinto saudade todos os dias você está no chão tão fundo que ninguém consegue chegar nem com uma escavadeira

Jamie

A carta treme na minha mão. Tem manchas escuras no papel. Acho que podem ser lágrimas secas.

Tem mais duas cartas. Mais curtas. A escrita está melhor nelas; Jamie está um pouco mais velho, eu acho. Tenho de me aproximar para ver as palavras, mas então percebo que a sala escureceu. Um olhar na direção da janela me mostra que as nuvens percorreram o céu daquele jeito surpreendente da Cornualha, transformando o dia em escuridão. A chuva se choca contra as vidraças. Estico a mão, acendo o abajur de mesa de metal de David e sigo lendo.

Querida mamãe

Papai disse que tenho que parar de escrever porque me deixa chatiado. Ele disse isso porque você podia estar zangada e eu estava com medo de você voutar como fantasma o que ia me deichar morrendo de medo.

    Fantasma

    Não quero para de escrever pra você porqe consigo imajinar você na minha cabeça quando escrevo. Você me beijava no naris pra fazer tudo ficar melhor ~~França~~

    Mamãe eu lembro que era Natal e todo mundo tava bebendo bebidas e falando cada vez mais auto. Desculpa e o papai disse que foi sua culpa e eu saí correndo não concigo escreve desculpa você morreu desculpa se

Sábodo

    Essas são as frases que fizemos ontem

    Estou gostando muito do meu livro

    Não vou nadar hoje é muito chato

    Espero ver minha mamãe mais uma vez

    Vou levar um robô de brinquedo para a escola

    Acho que você não tem um cachorro

    Papai está se barbeando

    Mamãe está dando tchau

Mamãe umas noites eu sonho com você flutuando na água. Uma pessoa na escola dice que os corpos voltam você vai voltar? Disseram que se você se afogou no mar seu corpo seria levado até as pedras como uma estrela do mar por que você não foi parar nas pedras de Morvelan como uma estrela do mar?

    ~~*Sangrando*~~

    ~~*CORTARAM A PONTA DO SEU DEDO*~~

    ~~*SANGUE NO*~~

    Refrigerante faz mal e lembro que no Natau eu dei um refrigerante pra você e achei que foi minha cupa você ter morrido e enteraram seu casaco mas não acho mais isso.

Eu escuto o mar e parece um homem grande respirando, um homem gran-
de cheio de cicatrizes e a mamãe na escuridão e no preto. Eu tenho sonhos
assustadores com você sem dedos pra desculpa. Você está sorrindo

Jamie bjs BJS bjs

Falta uma carta. Uma basta. Essa carta final parece ser a mais recente,
a caligrafia está bem melhor. Vejo meu nome no primeiro parágrafo,
essa carta deve ter sido escrita depois que entrei na vida dele.

Chego mais perto do abajur, pego o papel e leio.

Querida mamãe

A esposa nova do papai está aqui agora e o nome dela é Rachel Daly mas ela
agora é uma Kerthen como você e eu e o papai. Você está com raiva dela por
pegar ~~ceu~~ seu lugar? Não fica ela é legal me ensina fotografia mas ela não é
minha mamãe VOCÊ é minha mamãe.

Às vezes eu não gosto de olhar pra mina onde você caiu mamãe eu sei que
você está viva e bem agora mas as minas me açustam. Parecem monstros.
Rachel fica triste às vezes ela ri muito mas de repente parece triste.

Eu lembro que você ficava muito triste antes do ~~acidente~~ queda. Quando
o papai e depois você disse o que disse eu não vou contar pra ninguém?

Hoje na escola a srta. Anderson mostrou fotos do céu mas acho que não
acredito mais em céu porque eu achava que você morava no céu com o vovô.
Mas agora você não tá no céu tá na casa à noite e como é isso? Você nadou
pela mina e saiu?

Ontem teve natação. Consigo nadar livre e de costas mas não de borboleta. É
muito difícil. Você nadou muito na França quando ficou nadando sem parar
e papai ficou rindo e dizendo que você estava nadando pra Inglaterra porque
queria fugir de nós.

~~Eu queria que você~~
~~Eu amava você tanto quanto o papai, desculpa~~

*Eu aprendi uma história sobre pinguins. Tem pinguins na Antártica que
passam o inverno todo cuidando dos bebês pinguins. É muito frio tão frio que
seus olhos viram gelo e você tem que usar óculos. Os pinguins que cuidam
dos pinguinzinhos são papais pinguins. O vento sopra e sopra e sopra e o
papai pinguim deixa o bebê pinguim quentinho com as penas fofas. Depois de
séculos eles veem as mamães pinguins. eles achavam que as mamães pinguins
estavam mortas mas eles veem as mamães pinguins voltarem pelo vento e
pela neve e ficam felizes. As mamães pinguins sempre voltam.*

*Nós vamos a um castelo no fim de semana fazer piquenique com papai
e Rachel. Mas pode ser que chova e a gente tenha que ficar em casa mas
acho que vai fazer sol. Hoje está quente e fomos nadar eu papai e Rachel
em zawn hana e mamãe você estava lá na minha cabeça e depois eu vi
você em casa.*

*Sinto saudade de montão de um jeito bem grandão é como o papai fala e
vou dormir agora. Tchau*

*Bjs
Jamie*

Com cuidado, coloco as cartas de volta na pasta e enfio a pasta na
prateleira. Cassie já deve estar voltando com Jamie, e Juliet também.
Não quero ser pega aqui, apesar de a casa ser minha. E não quero que
ninguém desconfie que eu estava xeretando.

Atravesso o escritório arrumando qualquer coisa que posso ter tirado
do lugar. Paro na janela e acompanho o olhar de Jago Kerthen pelo vale
escuro molhado de chuva até as minas e os penhascos e o mar.

O que essas cartas me dizem? Elas dizem que Jamie está profundamente confuso, em um nível que eu não imaginava. Elas dizem que
é possível que eu não esteja ajudando, apesar de ele parecer gostar
de mim ou me tolerar. Dizem que a dor dele é genuína e infinita, que
ele está sofrendo profundamente; dizem que é meu dever ajudar esse
pobre garotinho da forma que eu puder.

Também me dizem uma última coisa. Houve uma discussão na noite em que Nina morreu. Uma discussão ruim o bastante para que Jamie se lembre.

Mas não houve nenhuma discussão mencionada na investigação.

O que devo fazer com essa informação? Falar com David? Isso significaria revelar que andei entrando no escritório dele. Mexendo em seus papéis particulares.

Meus pensamentos são interrompidos por um grito agudo.

Noite

Apago o abajur e corro até a porta, a ansiedade crescendo e rugindo no meu peito.

— Por favor, alguém! — grita Juliet. — Alguém, venha!

O corredor em frente ao escritório está vazio. Sigo até New Hall. Vejo uma figura aparecer na ponta: Jamie. De uniforme da escola. Todos voltaram para Carnhallow e eu não reparei? Estava totalmente absorta nas cartas.

— Rachel! É Old Hall — grita Jamie, olhando para mim. — A vovó, eu ouvi, ouvi ela gritando. — O rosto dele está pálido, o lábio treme. — Está vindo de Old Hall. Por favor, venha!

Eu o sigo, correndo tão rápido que o piso range. Giro a maçaneta de ferro forjado de Old Hall. As janelas altas mostram nuvens cinzentas e pretas, como se a noite tivesse caído mais cedo. Toda luz está vindo de dentro do próprio salão. Uma luz laranja trêmula que faz sombras dançarem nas paredes.

Porque o piso está marcado com linhas de fogo. Desenhos e espirais, curvas e linhas, de chama baixa e urgente, como se um labirinto de rachaduras tivesse aparecido nas pedras, e as minas ardentes embaixo pudessem ser vistas agora, dedos de sangue subindo, entrando, penetrando na casa. Juliet está batendo nas chamas horríveis com uma jaqueta, em pânico, quase em lágrimas.

— Meu Deus! O que é isso, o que é isso? — A voz dela soa rouca, alarmada. — Só vim aqui para pegar um atalho e não tomar chuva. Eu odeio esse salão. Nunca venho aqui normalmente por causa de tudo aquilo, deles, e aí — ela aponta —, aí eu encontrei isso, entrei e vi isso tudo aqui, essas pessoas, quem fez isso, por que ela fez isso?

Desesperada, começo a pisar nas chamas. Mas é difícil. As linhas de fogo são pequenas, mas fortes e persistentes, e de alguma forma ainda mais sinistras por isso. Como uma exibição modesta de um poder bem maior, elaborado para assustar e ameaçar: *Vejam o que sou capaz de fazer.* O ar cheira a gasolina, fumaça e talvez outra coisa. Perfume?

— Jamie, me ajude, ajude a sua avó.

Ele não faz nada. Ele contornou o labirinto de pequenas chamas e está olhando hipnotizado, do outro lado do salão, para a exibição chamejante. Para a luz enfumaçada que faz nossas sombras pularem à nossa volta, paralisadas, trêmulas.

Juliet bate com desespero no fogo mais uma vez. As chamas estão começando a diminuir sozinhas. Talvez o trabalho delas esteja feito. Ela sussurra para mim:

— Ela fez isso. Nina fez isso.

Jamie está parado ali, sorrindo, impressionado. Ele previu isso. Disse para mim na sala de estar. *Haverá luzes em Old Hall.*

Não, isso é absurdo. É alguma brincadeira.

Andando pelas linhas de chamas ardentes, passo um braço reconfortante pelos seus ombros. E olho para o desenho flamejante da perspectiva dele. E agora entendo por que ele está impressionado, ou com medo, ou em estado de choque. As linhas dançantes de fogo amarelo não foram espalhadas aleatoriamente. Elas formam uma palavra de fogo.

MAMÃE.

82 dias antes do Natal

Noite

David estava na janela bebendo um copo de Macallan, ouvindo os universitários rindo a caminho de casa depois da aula na faculdade, através das sombras de uma neblina noturna. Normalmente, ele gostava dessa época do ano, da sensação de intelecto acelerado sob as folhas amareladas. Mas, naquela noite, a juventude daqueles estudantes o lembrava apenas do quanto estava avançando para a meia-idade, e a felicidade deles acentuava seu arrependimento.

Jamie.

De volta à mesa, ele colocou o uísque sobre a superfície, abriu a tela do laptop e ligou o número, verificando a hora ao mesmo tempo.

Seis horas: o horário de sempre.

O rosto do filho dele apareceu online.

— Levante o celular, Jamie. Não estou conseguindo ver você.

— Desculpa, pai. Está melhor agora?

— Sim. Assim está melhor.

David observou a tela e olhou para o quarto do filho. Pôsteres de futebol. Estantes arrumadas. Um microscópio preto, encolhido como Nosferatu, apoiado em uma escrivaninha. À direita, ficava a janela, com vista para o gramado, onde dava para ver o declive que ia até as minas e os penhascos. O céu da Cornualha parecia mais colorido do que as nuvens pesadas de Londres, em Bloomsbury.

— A noite está boa aí?

Jamie deu de ombros, a expressão vazia. Ele afastou o olhar da tela como se tivesse ouvido alguma coisa na casa.

— Jamie?

— Desculpa. Sim, papai. Fez muito sol hoje. Eu e Rollo jogamos futebol.

— Que bom! Isso é bom.

— Depois nós brincamos de fazer as pedras quicarem sobre a água. Foi legal, tinha uma foca lá.

— Ah. Eu gostaria de ter ido também.

— Humm, é.

— Gostaria, Jamie. Muito mesmo.

David ficou observando os olhos expressivos do filho e sentiu um desespero crescente. Devia ser ele, o pai, fazendo pedras quicarem com o filho, e não Rollo, o tempo todo; devia ser ele jogando futebol na grama, rindo no ar frio de um lindo crepúsculo de outono. Mas ele não estava lá. Raramente estava *lá*. Ele estava perdendo muito da infância de Jamie. Essa sensação de estar perdendo a ascensão do filho à idade adulta fazia David se sentir preocupado com essa perda terrível. Prata derretida escorria pelo ralo. O garoto estava crescendo, e David estava perdendo os últimos e preciosos anos de sua infância, como perdera os anos anteriores.

— Você está bem, papai?

— Estou, estou. Eu estava pensando. — Ele forçou um sorriso. — Como estão as coisas com Rachel? Você pediu desculpas?

— Desculpas pelo quê, papai?

— Por pregar aquela peça, aquela brincadeira, com o fogo e o fluido de isqueiro.

David esperou, rezando internamente para, dessa vez, Jamie confessar; rezando para que, se ele perguntasse casualmente, daquela forma, o garoto acabasse cedendo.

— Eu não fiz nenhuma brincadeira, papai. Já falei. Não fui eu! Talvez tenha sido a Cassie ou a vovó, não eu. Talvez tenha sido a Rachel, ela faz coisas estranhas, age de um jeito estranho às vezes. Ela é meio esquisita.

— Jamie. Por favor.

— Pai, não fui eu!

O garoto parecia sincero. Com o rosto ansioso, sofrido, verdadeiro; mas David estava totalmente convencido de que tinha sido ele. Porque Jamie estava revivendo em sua mente turbulenta um incidente da infância. Nina fizera aquilo em seu sexto aniversário; ela escrevera o nome de Jamie com fogo no piso de Old Hall como surpresa, como se o chão fosse um bolo enorme e ele pudesse fazer oitocentos pedidos. A mãe dele sempre amou as chamas: fogueiras, lareiras, velas.

David se lembrava do grito de prazer de Jamie quando ela fez a brincadeira, quando seu filho foi levado vendado até Old Hall, e a venda foi arrancada, revelando as palavras em chamas, *Feliz aniversário, Jamie*, escritas em fogo na pedra. Depois Jamie se virou e encontrou todos os amigos escondidos na escuridão, rindo, e atrás deles havia mesas com bolos de açafrão e limonada e pedaços de aipo e cenoura. *Foi a melhor festa de aniversário do mundo. Obrigado, mamãe, obrigado, papai.*

Aquele tipo de lembrança preciosa ficaria guardado na cabeça de uma criança. Tinha ficado na cabeça de David. A felicidade que nunca voltaria, a última felicidade verdadeira que eles haviam conhecido como família. Talvez não fosse surpreendente que Jamie tivesse repetido essa cena, tentando trazer a mãe de volta através de um truque de mágica infantil com fogo. Escreva meu nome com luz e eu vou reaparecer.

Mas o garoto não admitia.

O rosto de Jamie estava determinado na negativa agora. Uma inclinação teimosa e levemente arrogante no queixo. Aquela expressão Kerthen.

David suspirou.

— Tudo bem, vamos falar sobre isso outra hora.

Jamie assentiu sem se importar... e franziu um pouco a testa.

— Posso fazer uma pergunta, pai?

— Claro. Claro que pode. Manda.

— Você ama a Rachel?

David estava esperando essa pergunta havia um tempo, e tinha uma resposta prontinha.

— Sim. Naturalmente. Foi por isso que me casei com ela. É por isso que ela está aqui. Ou aí. Em Carnhallow.

— Tudo bem. E, pai. — Jamie hesitou. — Você ama Rachel tanto quanto amava a mamãe?

— Não, é diferente, Jamie. Bem diferente daquilo. Eu nunca vou amar ninguém como amei a sua mãe.

— E você sente saudade da mamãe?

— Sem dúvida, Jamie. Todos os dias. Nós todos sentimos. Mas papais também se sentem sozinhos.

Jamie assentiu, mas pareceu melancólico ao mesmo tempo. David desejava passar o braço em volta dos ombros magros do filho, dar um abraço tranquilizador no garoto. Mas eles estavam em extremidades diferentes do país. Então, ele tentou se aproximar com conversa.

— Não é porque Rachel foi morar conosco que o jeito como eu amava a sua mãe mudou. Não muda nada em relação ao passado.

— Tudo bem, pai. Eu entendi. — Jamie deu um suspiro meio adolescente e olhou para o lado. — Direi a Cassie que vou descer daqui a pouco. Ela está chamando para o jantar...

O garoto apoiou o celular na mesa, virado para o teto, um retângulo de brancura rosada, iluminado pelo sol poente. David conseguia imaginar a cena, a vista da casa para Zawn Hanna, um toque de luz do sol poente enegrecendo Morvellan junto ao dourado desbotado do mar crepuscular.

David olhou o relógio. Tinha outro arquivo para avaliar; precisava voltar logo ao trabalho. Estava ocupado demais até para conversar por telefone com o próprio filho, o filho em sofrimento, lutando com traumas e confusões, e com os erros terríveis do pai.

A culpa voltou, triunfante. Mesmo com todos os seus esforços, David estava fazendo o que havia prometido nunca fazer. Repetindo as crueldades do próprio pai.

O pai de David o excluíra deliberadamente da vida familiar inexistente ao mandá-lo para um colégio interno. Agora, o trabalho de David o excluía da vida de Jamie. Enquanto ele se matava de trabalhar em Londres, tentando consertar os danos que o próprio pai havia causado, o filho único era deixado sozinho. De novo.

Era como se eles estivessem destinados como família a repetir a mesma crueldade, geração após geração. Como se o destino de Jamie fosse uma vingança cometida por todos os garotos enviados para as minas. *Foi isso que vocês nos obrigaram a fazer década após década, agora vocês, Kerthen, têm que sofrer o mesmo.*

Como chegara a esse ponto? Não era por falta de amor paternal. No silêncio calmo e tranquilo do apartamento de Londres, David relembrou sua felicidade enlouquecida ao segurar Jamie no colo quando bebê: uma felicidade tão grande que envolvia um elemento significativo de tristeza. Ele se lembrou de uma frase marcante que sua mãe usara para pais de primeira viagem com bebês recém-nascidos, sobre suas sensibilidades conflitantes: *Seu coração é partido por mil cacos de vidro de felicidade.*

Isso era dolorosamente verdadeiro. O vidro entra no seu coração quando você tem um filho e não sai nunca. Ansiedade perfurante, pontadas de preocupação e, ocasionalmente, uma alegria lancinante e inexplicável, uma felicidade tão intensa que você sabe que, quando morrer, será assim que vai julgar e se lembrar da vida; será nisso que você vai pensar em seu leito de morte. Não na sua carreira e nas suas realizações, não nos seus companheiros, não em sexo, não em quantos carros ou esposas ou férias ou milhões você tinha, mas em como se relacionou com os filhos. Eu fui um bom pai? E houve momentos suficientes firmes como diamantes, e estonteantes de felicidade entre pai e filho?

— Pai.

Jamie estava de volta.

— Sim. Oi.

— Desculpa. Cassie queria uma coisa e eu tive que ir pegar.

— Tudo bem. Mas, bom, eu tenho que ir daqui a pouco. Trabalho.

O garoto fez uma careta. Era exibição de raiva ou de repulsa?

— Você está ocupado?

— Estou. Desculpe. Estou ocupado, mas, se acabar tudo agora, prometo não trabalhar no fim de semana.

— Você disse isso no fim de semana passado quando veio pra cá. Mas ficou o tempo todo olhando o celular.

David se sentiu envergonhado pela verdade daquela afirmação. Mas se lembrou de suas preocupações, do que queria perguntar durante a ligação.

— Jamie.

— O quê?

— Você disse uma coisa sobre Rachel. Disse que ela é meio esquisita.

— Foi.

— Por que você disse isso?

— Porque sim, pai. Porque ela é, ela me pergunta coisas. E procura coisas na casa.

David fez uma careta, mas tentou disfarçar.

— Coisas?

— Coisas, essas coisas. Coisas que já aconteceram, que estão acontecendo.

David se acalmou. Tinha de agir com firmeza, mas sem alarmar o filho.

— Jamie, ela está se esforçando para se adaptar. Você tem que ser tolerante com ela. É ela quem tem que adotar o nosso estilo de vida, se tornar parte da *nossa* família, e ela está se esforçando muito, tentando conhecer Carnhallow, é por isso que ela faz perguntas ou talvez pareça inquieta. Mas — ele se inclinou para mais perto da tela — você se lembra da nossa promessa sobre o passado? O que a gente combinou?

Jamie arregalou os olhos, mas sabia bem sobre o que David estava falando.

— Vamos lá, Jamie. Você lembra. Tem que lembrar.

— Eu lembro, papai, eu sei. Não gosto de falar sobre isso.

— Eu sei, é difícil e triste. Mas preciso reforçar isso. Você não deve *nunca* falar sobre o que aconteceu naquela noite, nem sobre nada que qualquer pessoa tenha dito, nem sobre o que viu. Você não deve falar sobre aquela noite. Combinado? É como faz com o terapeuta, igual-zinho. Mesmo que alguém faça perguntas a você, se *qualquer* pessoa fizer perguntas, não diga nada. Nem para a Rachel.

— Humm. — Jamie deu de ombros, como se não fosse nada, ou como se fosse uma coisa que ele iria ignorar.

— Jamie!

— Tudo bem, papai, tá!

Jamie bebericou de uma lata. San Pellegrino. Os olhos azul-violeta eram lindos, mesmo quando vistos por uma tela de laptop. O garoto disse:

— Papai, eu também tenho uma pergunta antes de você desligar.

David forçou um sorriso, como se tudo estivesse bem.

— Claro. Pode perguntar o que quiser. Sei que não estou muito presente, mas estou sempre aqui para você, pelo telefone, pela tela, sempre, sempre.

— Tudo bem, pai.

Uma longa pausa. Jamie parecia nervoso.

A luz estava começando a diminuir.

— Jamie? Qual era a sua pergunta?

O garoto suspirou. E deu de ombros. Ele parecia estar lutando com algum dilema. Finalmente, perguntou:

— Papai, a mamãe ainda está viva?

David ficou olhando para o filho, sem palavras. Ele esperava que tivesse ouvido errado.

Mas Jamie estava olhando diretamente para o pai agora. Esperando uma resposta.

Procurando palavras, David fez o melhor que pôde.

— Jamie, amigão, ela morreu. Sua mãe morreu. Você sabe disso.

Jamie não se abalou. O garoto balançou a cabeça.

— Mas, papai, nós não vemos coisas que algumas pessoas não veem porque somos pessoas do fogo? Nós não somos mais especiais, os Kerthen? Por causa da lenda?

— Não, Jamie. Não. Isso é brincadeira, é uma história infantil. Uma coisa para divertir as pessoas de Londres.

A ironia era complexa e amarga. Quantas vezes David tinha contado a história para convidados sorridentes em Carnhallow House? Muitas. Por causa do seu orgulho Kerthen. Porque era outra forma sutil de exibir sua linhagem, de dizer *nós somos nobres e antigos. Nós temos mitos e lendas.* Agora, a vanglória tinha voltado para magoá-lo.

Os olhos de Jamie estavam brilhando.

— Sei que parece uma história, mas é verdade, papai. Verdade. Às vezes, eu sei que ela está perto, perto de mim, falando comigo, quando eu durmo ou durante o dia, nas salas. É assustador às vezes. Mas ela está aqui, ela está voltando.

— Jamie. Isso é besteira. Isso é absurdo.

— Não é. Acho que não é, papai. Ela ainda está viva. Todo mundo diz que ela está morta, mas não encontraram o corpo dela, né? Então ela ainda deve estar por aqui, é por isso que eu consigo sentir. Foi por isso que você me fez escrever para ela.

David fechou os olhos por um segundo. Para sufocar a raiva. O terapeuta idiota do Treliske Hospital, com suas perguntas idiotas, sua ideia idiota de escrever cartas para uma mãe morta. O que ele fizera com seu filho? Cartas eram perturbadoras e confusas. Perguntas eram algo pior ainda.

— Ei. — David procurou o olhar infeliz do filho. — Jamie. Amigão. Pare com isso. Nós temos que lidar com o problema. A mamãe caiu na mina e não vai voltar. Sei que é muito triste e confuso, mas o fato de não terem encontrado o corpo dela não significa que ela possa voltar à vida. Tá? Tá? E os Kerthen não são especiais de nenhuma forma sinistra nem supersticiosa, são apenas antigos. Somos uma família antiga. Só isso.

Jamie estava imóvel, evidentemente tentando não chorar. David continuou olhando para ele, impotente. *Por favor, que meu filho seja são!* Por que toda essa confusão tinha surgido *agora*? Ia e vinha, mas isso estava pior do que nunca. Muito pior.

— Jamie. Você sabe que eu te amo. Se há alguma coisa que você queira me contar, sabe que pode me dizer. Mas a mamãe se foi e você tem uma madrasta nova agora. Nós temos uma vida nova, uma chance nova. Nós precisamos seguir em frente.

Jamie assentiu infeliz e pegou a bebida. David verificou o relógio de novo; se não chegasse logo ao trabalho, ficaria preso na reunião do dia seguinte. Teria de resolver isso no fim de semana, quando fosse para casa.

— Jamie, amigão, eu tenho que ir. Sinto muito. Mas vejo vocês no fim de semana, e então vamos poder conversar.

— Humm.

— Jamie, se despeça direito.

Mas a tela se apagou; Jamie tinha desligado primeiro sem se despedir. Como uma censura. Como uma punição que David merecia. O pai ruim. O pai ausente. Mais do que tudo, o pai mentiroso.

David pegou o uísque e ficou observando o líquido castanho brilhar no copo. Agora, que estava pensando no assunto, agora, que estava se concentrando nos fatos, como um bom advogado, a distância de Jamie, seu comportamento estranho, tudo havia voltado distintamente desde o verão. Especificamente, depois que Rachel se mudara para a casa.

Seria coincidência? Ou talvez fosse porque ela alterou o precioso equilíbrio que ele estabelecera com dificuldade no ano seguinte à queda de Nina? Ao fazer suas perguntas. *Agir de um jeito estranho. Procurar coisas na casa.*

Sem motivo aparente, David sentiu pela primeira vez um fluxo de ressentimento intenso pela jovem esposa. Tinha lhe dado tudo, uma nova vida, uma nova casa, uma nova família, um novo começo, todo o dinheiro do mundo, e agora, talvez, ela estivesse começando a foder com tudo.

Era possível que ele tivesse cometido o erro mais idiota do mundo.

E se Rachel continuasse xeretando, como o maldito terapeuta, investigando o acidente na mina? Perguntando sobre o envolvimento de Jamie? Ao convidá-la para a casa, David percebia agora, embora fosse tarde demais, ele assumira um risco terrível e cometera um erro potencialmente fatal. Talvez Rachel não fosse a substituta de Nina, afinal. A linda, impulsiva e arrogante Nina, disposta a fazer qualquer coisa por amor. Ninguém se comparava a ela.

David se levantou e andou até a janela, bebericando o uísque. Os estudantes risonhos tinham desaparecido. Só restava uma garota, parada em um ponto de ônibus, olhando o celular, que iluminava suas lindas e jovens maçãs do rosto. Ela era linda e vulnerável. Mas a beleza dela deixou David triste, com a sensação de algo distante se afastando eternamente, mas sem nunca desaparecer.

Ele já acreditara que a cura para o desejo era a morte. Mas agora se questionava. Talvez nada pudesse extinguir o desejo do amor humano; talvez viajasse eternamente pela escuridão. Como a luz de estrelas mortas.

77 dias antes do Natal

Noite

"E tinha sangue nas suas mãos. Haverá luzes em Old Hall." As frases giravam na minha cabeça, como objetos de grande importância iluminados atrás de um vidro. Mas também exalando certa ameaça.

Já se passaram mais de três semanas desde que as chamas foram encontradas em Old Hall, e chegamos à conclusão razoavelmente satisfatória de que foi Jamie que as provocou, mas uma penumbra de mistério ainda envolve o evento, como a névoa circular de dor antes de uma enxaqueca. *Por que* ele fez aquilo? Talvez estivesse tentando me pregar uma peça por ter substituído sua mãe morta, a adorável Nina Kerthen. Algo elaborado para me assustar. Ou teria sido para outra pessoa?

Levanto o olhar e abandono meus pensamentos.

David e eu estamos sozinhos na Sala de Estar Amarela, enquanto a tarde de outono vira noite. Ele tem um longo fim de semana pela frente, enquanto a empresa faz mudanças no escritório, e está relaxando.

Eu não estou relaxando. Não consigo ficar quieta. Dou mais um suspiro.

— David, sobre o fogo em Old Hall.

Ele me olha com a expressão dura. Irritada, talvez. *Ah, Deus, não esse assunto de novo.*

— Por favor. Só mais uma pergunta, e prometo que nunca mais falarei sobre isso.

Ele sorri. Mais ou menos.

— Tudo bem. Pode falar.

— Eu aceito o que você diz, que ele estava fazendo o que a mãe fez, repetindo aquela coisa, a brincadeira adorável que ela fez no aniversário dele.

— E daí?

— Ainda não estou totalmente convencida de que ele fez aquilo sozinho. Como? Como poderia ter preparado tudo? Ele não teve tempo. Tinha acabado de voltar da escola.

— Nós já falamos sobre isso, Rachel. — As palavras dele soam bruscas. — Ele poderia facilmente ter preparado tudo de manhã. Ninguém vai a Old Hall, só a Nina ia lá. Ela era obcecada por Old Hall, dizia que um dia faria reformas. — A explicação de advogado dele me acalma, ao mesmo tempo que me irrita. — Quando Jamie chegou da escola, teve tempo de acender o fogo. De fazer o pequeno ritual dele, chamando a mãe para casa. Não é difícil: uma lata de fluido de isqueiro, espirrada da garrafa. — David solta um suspiro curto. — Não há risco. Não há nada inflamável no Hall, não há nada além de pedra e vidro. E talvez ele não quisesse ser apanhado. As chamas se apagariam em poucos minutos, o feitiço teria sido executado em completo segredo.

Balanço a cabeça.

— Mas fazer isso tão rápido, escrever a palavra no chão sem ser visto... será que alguém não ajudou? Cassie? Juliet?

— Claro que não. — David me olha como um professor decepcionado olhando para uma criança mediana que já oferecera a promessa de ser brilhante. — A avó dele foi a pessoa que descobriu tudo. Jamie não tinha pensado que isso poderia acontecer, e quando Juliet demonstrou tanto medo, ele entrou em negação. Sabia que havia feito uma coisa errada. E foi por isso que mentira na hora e continuou mentindo.

— Humm.

— Você entende que foi isso que aconteceu. Você entende isso?

— Acho que sim — respondo. — Acho até que faz sentido.

Com alguma relutância, eu me recosto. Também quero mencionar o incidente com a lebre, mas ainda não consigo. Porque falar nisso vai implicar que considero uma explicação paranormal e irracional para os eventos. Portanto, não posso dizer essas palavras sem rotular a mim mesma como louca. Também quero mencionar as cartas, mas não posso fazer isso sem revelar que entrei sorrateiramente no escritório de David, como uma ladra.

Tenho de falar sobre Jamie de um jeito diferente.

— David, não é só o fogo que me preocupa.

— Não?

— Não. É o comportamento de Jamie quando você está longe. Ele passa horas no quarto, o olhar grudado em jogos de videogame ou no celular.

— Ele tem oito anos. É isso que as crianças dessa idade fazem.

— Mas em outras situações ele fica caminhando pelos penhascos e pelas praias, percorre o vale Carnhallow, vai até a charneca. Você deixa que ele ande por aí à vontade.

Essa é a mulher cautelosa e urbana que existe em mim, filha dos conjuntos habitacionais do sul de Londres. *Imagine o que poderia acontecer em um café se você os deixasse por um minuto.* Eu sei que a vida na Cornualha é muito diferente. Mas realmente odeio quando Jamie vai longe demais. Tenho medo porque não suporto a ideia de algo ruim acontecer a ele.

David coloca o tablet ligado na mesa e toma o resto do gim com tônica.

— Rachel, naturalmente... eu me preocupo, mas *quero* que ele seja livre. Depois da morte da Nina, eu me senti tentado a embrulhá-lo em um manto de proteção. Mas tenho que dar liberdade a ele, tenho que deixar que cresça da forma mais normal possível.

— Mas e todos aqueles caminhos perigosos? E penhascos? David, ele sai a qualquer hora e fica andando por aí. Sei que não sou a mãe dele de verdade, mas...

— Ele *precisa* de uma mãe, Rachel. Vocês se deram tão bem quando se conheceram em Londres. Isso vai voltar. Dê tempo a ele.

Frustrada, eu me recosto. É o que todos nós estamos dizendo: dê tempo, dê tempo. Mas isso parece estar piorando as coisas.

As janelas estão abertas e um vento leve que traz o perfume salgado do mar. Esse cheiro sempre me deixa meio triste. Acho que é porque nunca tirei férias na praia quando era pequena. Nós éramos pobres demais. Fico triste pelo que perdi.

Meu marido me observa.

— Eu também quero que ele saiba onde os Kerthen viveram ao longo dos séculos. Que conheça todas as enseadas e os moledros que eu amava quando era garoto.

Ele se levanta e fecha a janela. Em seguida, volta para a poltrona e pega o tablet, ignorando-me delicadamente. Mas eu olho diretamente para ele. Meu marido. Para o rosto bonito e um pouco implacável iluminado pela tela.

E tinha sangue nas suas mãos. Haverá luzes em Old Hall.

Essas imagens. Elas são tão vívidas e tão *visuais*. Como se Jamie realmente conseguisse ver coisas. Como se *tivesse* visto coisas.

O tilintar do gelo no copo me faz pular. David coloca o copo com ênfase na mesa lateral. O olhar dele é duro.

— Abra as pernas.

Estou usando um vestido estampado curto. E nada embaixo. Ele gosta que eu me vista assim quando vem de Londres. *Nada por baixo.* Eu só tiro a calcinha quando Jamie já está na cama e Cassie foi para o quarto dela. Mas faço isso pelo meu marido. Porque gosto da forma como o hipnotiza.

— Mas, senhor, tenho meus deveres.

Eu olho para David, desafiadora e consciente. Ele sorri e franze a testa ao mesmo tempo.

— Então fique de joelhos e limpe o chão.

— Posso fazer isso, senhor, se for sua ordem...

Esse é um dos meus jogos sexuais favoritos. Transformar a diferença de classes em brincadeira. É bobo, mas bizarramente erótico. Adultos também podem fazer brincadeiras.

David coloca uma cadeira atrás da porta para que ninguém consiga entrar. O truque está dando certo. A preocupação está sumindo. Eu me pergunto se faremos sexo no chão. Quero que ele faça isso, com força, sem delicadeza. Nós já fizemos na mesa da cozinha, em todos os cantos de New Hall, debaixo das sorveiras de Ladies Wood. Podemos ter nossos problemas, mas o sexo está mais compulsivo do que nunca.

A porta está bem presa. David puxa o vestido pelos meus ombros e, inesperadamente, me empurra no sofá. A brutalidade dele é deliciosa. Ele sabe instintivamente onde morder, onde bater, onde me tocar *daquele jeito*. Minha cabeça está inclinada para trás. Estou olhando com a boca aberta além do ombro dele; as últimas mariposas batem com impotência na janela. Eu as vejo dançando ou morrendo e ofego ao gozar. Mas ele mete com mais força, insatisfeito.

Eu arranho as costas musculosas dele; respiro bem fundo e rápido. Ele está me forçando a ter outro orgasmo. E um terceiro, minutos depois, quando ele também goza, mordendo o meu pescoço. Como um animal.

Ninguém faz isso comigo. Ninguém nunca fez assim comigo. Não assim.

Quando vamos para a cama naquela noite, abraço o corpo musculoso de David perto do rosto enquanto ele dorme; inspiro o aroma dele. Ele nem se mexe enquanto eu o aperto; ele nunca ronca. Sempre dorme pesado. Mas às vezes ele fala enquanto dorme, sobre Nina, como se ela estivesse aqui, na cama conosco.

E, quando ele faz isso, eu às vezes fico acordada imaginando-a deitada do outro lado de David, encarando-me em silêncio.

76 dias antes do Natal

Manhã

Quando acordo, David já foi para o trabalho, para Londres, e eu tenho um sentimento novo, ainda que não totalmente convincente, de confiança. Sim. É assim mesmo. É assim que as coisas são. Nós podemos fazer isso. Somos uma família. Essa é a nossa vida agora.

É minha vez de levar Jamie para a escola. Cassie tem tarefas em casa e quer ir visitar alguns amigos tailandeses em Penzance. Depois de levar meu bocejante enteado até o carro, saímos para a escola Sennen, seguindo pela estrada costeira.

Um chuvisco gelado está caindo de um céu cinza-ostra. O vento sacode o carro no caminho. Procuro uma estação de rádio, mas é difícil encontrar uma que pegue aqui. Só pego estática, vozes soltas. Faça isso, faça aquilo. Como meu enteado previu a morte da lebre? É inexplicável. Não consigo entender.

Em meio ao silêncio, Jamie fala de repente:

— Qual é o seu animal especial, Rachel? Você tem algum favorito?

Estamos tendo uma conversa de verdade? Parece que sim. O jeito como Jamie pode passar de um menino falante para aquele estranho encantamento é surpreendente. Mas pelo menos às vezes eu o tenho como um menino conversador.

Eu olho para ele pelo espelho.

— Ah, não sei. Que tal a águia? Gosto de águias. De águias e de leões. — Eu mudo a marcha. — E você?

Consigo vê-lo dando de ombros sem olhar para mim, olhando pela janela embaçada.

— Gosto de todos os animais, eu acho. De todos. Até dos insetos. Odeio quando os insetos morrem.

— É, é triste mesmo. Mas você não tem nenhum animal favorito? Que tal o leopardo? É um bicho legal. E o lobo!

Ele fica em silêncio por alguns segundos. Em seguida, encontra meus olhos pelo espelho mais uma vez.

— Sabe, hoje tem aula de história. Estamos aprendendo sobre as minas. Estamos estudando tudo sobre as minas neste período.

— Certo. Isso é legal, é bom.

— Me pergunte alguma coisa, me pergunte alguma coisa sobre as minas.

— Vou perguntar, mas espere um pouco, pois tenho que encontrar a entrada certa, a neblina está piorando.

Diminuo a velocidade e viro para a esquerda. Estamos subindo pela charneca. Pelos campos pequenos e pelas fazendas geladas. Círculos de pedra aparecem e somem, escondidos pela neblina. Tudo fica obscurecido e úmido. De repente, eu vejo, a menos de um metro, uma pequena placa de metal inclinada no meio do verde: *Penzance 12 quilômetros.*

Estou na estrada certa. Solto o ar aliviada. Não quero que Jamie se atrase para a escola. Quero fazer tudo certo. Quero derrotar a tristeza e engravidar de David. Quero encher a triste e bela Carnhallow com novas vidas. Irmãos para Jamie.

— Rachel?

— Desculpe, o quê?

— Você disse que ia me fazer uma pergunta.

— Ah, caramba, é mesmo. Bom. Qual foi a coisa mais interessante que você aprendeu sobre as minas?

— Isso é fácil. Nós aprendemos sobre os mortos.

— Como?

— Você não sabe o que são? Os mortos?

Minha boca está meio seca.

— Hã. Não. Não tenho certeza. O que são?

— São as pedras que os donos das minas não queriam, as pedras lixo, sem nada de metal. Mas é uma palavra engraçada, não é? — Ele hesita e fala novamente em voz baixa, na parte de trás do carro. — Os mortos.

Sua expressão está vazia e neutra. Ele está olhando diretamente para mim pelo espelho.

— E você sabe quem separava os mortos? Sabe isso?

— Não, não sei. Mas tenho a sensação de que você vai me contar.

— As *bal maidens*. Eram garotas vindas de todos os vilarejos, que trabalhavam descalças nas minas, separando as pedras. Trabalhavam quando tinham oito anos, como eu, e tinham martelinhos para bater nas pedras, e ficavam descalças na chuva. — Ele dá de ombros e olha pela janela embaçada, desenhando letras na umidade distraidamen- te. — Separando os mortos. Separando as pedras e os mortos a vida toda, para todo o sempre, até estarem mortas.

Claro que consigo entender de onde vem isso. Consigo imaginar o que aconteceu. Naturalmente, a escola dele ensinaria a história das minas; é a história da Cornualha, a história que todos os garotos veem à sua volta diariamente.

Mas o efeito desse aprendizado em Jamie deve ser único; quando pensa nos mortos e nas minas e nas *bal maidens*, ele deve pensar na mãe perdida. Que está morta, mas o assombra, porque ela ainda está lá embaixo. Embaixo de nós. Flutuando como um fantasma, suspensa nos túneis, os olhos e a boca abertos e o cabelo espalhado ao redor da cabeça, com as unhas quebradas.

Os mortos. Nas minas dos Kerthen. O desespero é tão denso quanto essa neblina, parece que logo nos perderemos para sempre e vamos ficar isolados em Land's End. Mas a Cornualha de repente executa seu truque habitual, porém fascinante. A neblina se abre e, abruptamente, estamos descendo até as estradas mais largas e as avenidas arborizadas dos subúrbios de Penzance. Vistas do mar azul iluminado pelo sol entre grandes casas. A escola de Jamie está no fim da rua. Paro bruscamente.

— Certo, Jamie, chegamos.

Destranco a porta do passageiro e me viro para me despedir, mas ele já saiu. Bate a porta do carro, sai correndo e desaparece pelo portão da escola.

Por um momento, olho para o banco vazio. Em seguida, olho para a janela onde ele estava escrevendo. As palavras ainda estão visíveis, mas desaparecendo.

Eu vi. Foi você. É culpa sua ela ter morrido.

Sinto um aperto no peito.

Eu encaro as palavras que o vi escrever deliberada e cuidadosamente na janela do meu carro.

Ao que parece, Jamie está tentando me dizer alguma coisa. Ou dizer alguma coisa a si mesmo. Mas é algo tão ruim que ele não consegue expressar com palavras. Por isso, diz inteligentemente por meio de letras que desaparecem, escritas em neblina.

Mas o que ele quer dizer? Quem viu o quê? Quem fez o quê? Como a morte pode ser culpa de alguém?

E agora, enquanto olho para essas palavras, elas desaparecem. A janela embaçada fica límpida no ar mais quente da costa sul; as palavras agora sumiram, como se ele nunca as tivesse escrito. Mas ele escreveu.

Meus dedos estão brancos no volante enquanto dirijo rápido demais. Respostas aparecem e somem, como ondas no mar. Fora de Botallack, a estrada me leva para perto da beira do precipício, quase caindo no Atlântico. Por impulso, eu freio e derrapo o carro na areia saibrosa.

Abro a janela e respiro profundamente o ar úmido, como se pudesse inspirar a verdade. Conheço essa enseada. Sei o nome dela. Conheço todos aqueles lindos nomes córnicos. Nós passamos por Zawn Reeth, a enseada vermelha; passamos por Nanjizel, a caverna ao lado da baía. Aqui é Carn les Boel, o moledro do lugar desolado.

Conheço esses nomes porque aprendo rápido. Eu me lembro dessas palavras porque sou inteligente, sou uma sobrevivente. E, como sou inteligente, acho que entendi o que pode ter acontecido na noite em que Nina Kerthen morreu.

Jamie está tendo sonhos visuais. Jamie falou sobre aquela noite nas cartas, como uma testemunha. E Jamie me contou que *viu*.

Só há uma conclusão óbvia: Jamie estava *lá* quando aconteceu. Ele foi testemunha, presente na morte real. Não me surpreende que ele esteja tão perturbado.

Mas isso é outro fato que David não me contou. E essa evasiva é infinitamente pior. Porque David também não contou à polícia.

Hora do almoço

Posso esperar até o fim de semana para arrancar a verdade de David? Não. Ele pode nem me contar, principalmente se, de alguma forma, estiver envolvido na morte. O que me deixa apenas uma pessoa a quem recorrer. Um adulto que pode conhecer os fatos, um Kerthen que ainda pode estar disposto a falar.

Chove pesadamente quando estaciono o carro. Corro até a porta dos aposentos de Juliet, na Ala Oeste, e bato à porta.

Juliet Kerthen atende imediatamente.

— Oi, sra. Kerthen.

— Oi, sra. Kerthen.

— Está chuviscando um pouco? — indaga ela enquanto a chuva continua caindo fortemente sobre o jardim. — Não quer entrar e tomar uma xícara de chá? Entre no quente e seco.

Sou levada para dentro e a porta é fechada atrás de mim. O pequeno aposento dela cheira à casa de gente velha, mas de um jeito agradável. Alfazema. Pomadas. Pot-pourri caseiro. Aromas antiquados.

— Eu estava ouvindo o rádio — diz ela enquanto a sigo pelo corredor. — Esse tal de Hitler tem de ser impedido.

Eu não falo nada, constrangida.

Ela se vira e ri baixinho.

— Posso não ser tão rápida quanto já fui, sra. Kerthen, mas ainda sei contar uma piada.

Nós entramos na cozinha aconchegante e bagunçada. Está sempre caótico lá dentro, mas, ao longo dos últimos meses, comecei a entender que Juliet Kerthen é um exemplo de decadência aristocrática: a ideia de que ser verdadeiramente sofisticado torna a negligência perdoável.

Juliet está fazendo chá. Quando abre a tampa do bule marrom, percebo que ela está adicionando colheradas de açúcar diretamente no bule. Não no chá. Colheradas e mais colheradas de açúcar. O que devo fazer? Preciso apontar o erro sem ofendê-la.

Estico a mão e toco delicadamente no pulso enrugado com as pulseiras barulhentas de cobre. Juliet não se vira para mim, mas olha para a colher de açúcar e para o bule. Sem dizer nada, ela lava o bule e começa de novo.

Sua vergonha se espalha pela cozinha como vapor. O ângulo dos ombros dela mostram que ela sente dor e humilhação. E agora começo a questionar meus motivos para estar ali. Talvez eu não devesse fazer minhas perguntas terríveis e invasivas a Juliet. As perguntas com implicações apavorantes.

Juliet fala sem parar, mas com um toque de desespero. O tempo, o preço do vinho, qualquer coisa para encobrir seu erro. Minha compaixão por ela é grande, como o que estou arrastando atrás de mim.

— Eu me preocupo com o David trabalhando tanto. Como aquela coisa japonesa que faz com que eles caiam e morram de tanto esforço. Você pode pegar os biscoitos? De gengibre, eu acho.

As perguntas estão entaladas na minha garganta. *David está mentindo sobre a morte da esposa? Seu neto testemunhou um assassinato? Podemos comer biscoito de chocolate? Não gosto de gengibre.*

Com os biscoitos no prato e o chá no bule, ela me leva até a salinha de estar, onde uma gata cinza ossuda ronca alegremente em uma cadeira. Genevieve. Ela abre os olhos abruptamente, como se esperasse ver outra pessoa. Nina, talvez. A gata me vê, solta um sibilar modesto, porém firme, destinado a mim, e volta a dormir.

A chuva ainda se choca contra as janelas de Juliet. Uma delas está aberta, batendo no vendaval de outono. O vento uiva de forma estranha.

Juliet a fecha com firmeza.

— Que barulho, que barulho! — Ela murmura alguma coisa inaudível e volta a se sentar. — Você sabia que existe uma lenda córnica antiga sobre esse barulho? Dizem que, em dias de tempestade, é possível ouvir as vozes dos afogados, dizendo seus próprios nomes. — Ela balança a cabeça. — Às vezes, eu me pergunto, de verdade. Todos aqueles pobres garotos lá embaixo, todos aqueles pobres garotos nas minas, e os pescadores que se afogaram. Talvez eles nunca nos abandonem, os mortos. Talvez sempre estejam conosco de alguma forma.

Nossa conversa muda abruptamente. É como atravessar um rio sobre pedras baixas, nem um pouco firmes; assim que paramos em um assunto que preocupa Juliet, assim que ela sente a mente falhar, ela pula e procura outro assunto, mais seguro.

Seu único assunto confiável é Jamie, o neto amado.

— Jamie é tão inteligente, um garotinho tão esperto e tão lindo! Eu o vi na peça de Natal. Todo mundo concordou, tão angelical. Mesmo com aquela aparência sombria, como a do pai, e aqueles olhos, como os do avô. Você acha que ele é feliz? Eu me preocupo tanto com ele. Aquela mulher. Aquela mulher.

Não sei bem o que dizer. Minhas perguntas morreram dentro de mim por enquanto. Apenas escuto.

— Ele tem todos aqueles ancestrais, mas que maldição eles são! David se preocupa demais com essas coisas. Eu sou um Kerthen! Eu sou um Kerthen! Nós estamos aqui há mil anos! Sempre fica falando das sorveiras. Sabe, o pai dele era igual e sempre ficava falando para mim das árvores. Quanto uma sorveira pode ser empolgante? Um verão, quando ele estava jogando em Londres, eu falei que ia mandar o jardineiro cortar todas.

Eu abro um sorriso, e ela também sorri.

— Ele me bateu por causa disso, sabe? É. Quando voltou. Deu um tapa na minha cara.

Meu sorriso sumiu. Eu olho para ela. Chocada. Mas ela continua falando, como se isso fosse uma coisa normal.

— E não foi a primeira vez, querida, embora tenha sido a pior. Infelizmente, meu marido se tornou um homem horrível. Ele dizia que a única coisa boa do casamento é que faz com que aceitemos a ideia da morte. Que coisa, que coisa! Acho que eu devia ter me casado com Julian... qual é mesmo... Ele me cortejou em Cambridge. Mas ele era tão mulherengo. Enquanto Richard... bom, sempre soubemos que ele era um homem decente, mesmo com todos os seus defeitos, como o filho. — Ela olha para mim. — Claro que David é uma criatura bem diferente. Mas ele tem essa mesma obsessão pela ancestralidade, em perpetuar a linhagem. Uma ideia fixa. É um tanto trágico, eu penso às vezes.

Começo a ver minha oportunidade. Tenho de tomar cuidado.

— Mas ele e Nina tiveram apenas um filho?

— Foi. Como o pai, a ironia é pungente. Mas Nina é tão frágil. É tão bem-criada, como uma flor de estufa. E todo o perfume, o Chanel, os vestidos, e aqueles olhos, ela era sagaz, claro, e inteligente, mas uma coisinha tão frágil, e a gravidez tirou toda a energia dela, pelo que eu soube, eles estavam na França na época, mas, minha querida, não se preocupe, você também é igualmente linda.

Meu chá permanece intocado. Uma palavra me abalou. Aquele verbo. O presente. É. Não era. Sei que é a mente falha de Juliet falando, mas ainda me perturba. Ainda não posso perguntar diretamente sobre David e o "acidente", mas posso perguntar sobre isso.

— É?

— Como, minha querida?

— Você disse "é". Nina *é* tão bem-criada. É? Não era?

Os olhos da idosa se umedecem na mesma hora, e eu sinto uma pontada na consciência. Ela cometeu um erro bobo. E eu sou vulgar e desajeitada.

— Ah, não dê ouvidos a mim, querida, ah, ah. — Essa doce mulher idosa leva um biscoito à boca, e eu tenho a sensação de que está fazendo isso porque, se não fizer, ela vai chorar, e agora estou me detestando. Sou burra. Estabanada. Grosseira.

Juliet volta para a zona segura e fica falando sobre o neto novamente.

— Fico preocupada porque não vejo Jamie feliz há algum tempo, ele era um garoto bem feliz. Você sabe como as crianças podem ser felizes com cinco, seis anos. Basta dizer que elas vão ao parque de diversão e elas correm em círculos de tanta felicidade. Eu queria poder ter tido mais. Espero que você tenha, filhos são tão importantes, são tão especiais e ao mesmo tempo tão estranhos. Acho que é porque estão mais próximos de Deus, do lugar de onde todos nós viemos: eles são a janela para o outro mundo. Eles tremem com o hálito da Eternidade. Nós temos que pegar mais biscoito de gengibre.

O chá acabou. Juliet parece visivelmente exausta, mas ainda preciso fazer as minhas perguntas. Porque esse deve ser o melhor momento: quando ela está cansada, desprevenida.

Sinto-me péssima. Mas preciso da verdade.

Nós trocamos mais algumas amabilidades e ela me segue até a porta. Quando a abre, eu encontro coragem. Serei direta.

— Juliet...

Os olhos dela estão semicerrados, a mente em outro lugar.

— Sim? Desculpe? Hum?

— Você mencionou Jamie.

— Sim.

— Juliet, Jamie me contou uma coisa hoje de manhã. Ele disse que viu o acidente, disse que estava lá quando a mãe dele morreu. Estou um pouco confusa. Ele estava lá?

É um jogo. Ela pode me expulsar dos aposentos dela, pode me banir da companhia dela para sempre. Mas não faz nada disso. Só me olha com um sorriso discreto, doce e triste. E diz:

— Ah, minha querida, há tantos mistérios, tantas pessoas nesta casa. Eu nunca sei em quem acreditar. Mas talvez você esteja certa, porque você sabe o que dizem: duvidar da dúvida é o começo da fé.

É a demência dela ou ela está dizendo que estou certa? Não consigo chegar a uma conclusão. Ela continua falando:

— Você tem que vir tomar chá comigo de novo. Vou pedir a Cassie para comprar rocambole de figo. Adeus, sra. Kerthen, adeus. E não se preocupe com as coisas que você vê, nós todos vemos coisas aqui. Nós todos vimos tanta coisa, aprendemos tanta coisa, Jamie mais do que todos, ele vê tudo. Adeus.

A porta é fechada. Eu contorno o lado norte da casa. O mar está cinza e agitado à minha esquerda, as formas negras de Morvellan parecem malignas na chuva, agora, fraca. Tenho quase certeza de que Juliet confirmou minhas desconfianças. Jamie foi testemunha ocular. O pior dos meus medos está se tornando realidade.

E, quando chego à Ala Leste, a porta de entrada, em frente à passagem oval de carros, parece uma boca aberta, gritando comigo, impressionada: *Por que você voltou?*

73 dias antes do Natal

Fim de tarde

— Podemos? Podemos, por favor?

Jamie é insistente. Fica encarando. Um garoto preto e branco com o uniforme da escola Sennen, pele branca, cabelo preto. A única cor é o rosa-pálido dos lábios e os melancólicos olhos azuis e violeta.

— Você quer mesmo praticar fotografia agora e não no fim de semana? Está ficando frio, Jamie...

— Sim. Não. Por favor. E eu quero fotografar as minas. Por favor!

Jamie está animado na volta da escola; é um vislumbre precioso do garoto feliz que eu conheci em Londres, com David, quando passeamos pelo Museu Britânico juntos. Ele ficou fascinado pelos animais preservados nas Salas Egípcias. Os gatos e cobras e corvos mumificados, os bicos aparecendo no linho descolorido; os órgãos humanos em potes.

— Alguma mina em particular?

— Levant, com o elevador de homens — diz ele, apontando para uma placa marrom de metal na estrada, corroída pelos ventos marinhos: *Mina Levant: 1,5 quilômetro.*

Ouvi falar de Levant, mas nunca fui lá. Sei que é uma das maiores minas dos Kerthen. Se temos de fotografar minas e todas as suas conotações, isso será melhor do que Morvellan. Qualquer coisa seria melhor do que Morvellan.

— Tudo bem — digo. — Por que não? Vamos lá.

Desvio o carro para a esquerda e sigo para o enlameado centro do vilarejo. Nós estacionamos. Vamos andando. Está frio, é meio do outono. Jamie cantarola uma canção. As chaminés na lateral do penhasco do complexo da mina Levant estão ficando visíveis. Consigo ver os indicadores escuros de granito no horizonte, ladeados pelo mar inquieto logo atrás. Também consigo ver a rede de equipamentos de bobina, enormes aros pretos de metal enferrujando no clima do Atlântico.

Jamie se vira para mim.

— Canta aquela música engraçada de novo, Rachel.

— Sério?

— Sim!

— Tudo bem. Aí vai. *Minha calça, minha calça.* — Eu espero, para acertar o ritmo. — *É do tamanho de uma balsa.*

Ele cai na gargalhada.

— É engraçada porque nem rima direito. Não é?

— É. É isso que a *torna* engraçada. Porque é tão idiota.

— Pode cantar de novo?

Eu canto de novo, *minha calça, minha calça,* e ele morre de rir.

— Isso é divertido.

Gaivotas voam no céu, sem destino, mas reclamando, à medida que vamos nos aproximando dos penhascos. Estou tremendo sob o vento, apesar de estar com meu casaco de chuva grosso.

Quatro dias se passaram desde que eu tive aquela conversa com Juliet. Quatro dias de pensamento e confusão, seguindo a revelação; quatro dias pensando em como levar isso tudo ao David. Decidi que não posso fazer isso por telefone nem por e-mail, essa discussão pode acabar com o nosso casamento.

Vou enfrentá-lo cara a cara, marido e mulher. Está na hora de acabar com as mentiras. Ele volta amanhã à noite.

Mas, nesses dias de espera, minha raiva diminuiu aos poucos. Talvez *haja* uma explicação real e inocente por trás dos mistérios e das evasivas. Talvez haja uma explicação lógica para David ter mentido sobre algo tão importante.

Eu quero que seja esse o caso. Quero que David volte para casa e me convença. Não quero ser a jovem tola que se casou numa pressa absurda e foi facilmente enganada por um vilão encantador e bonito. Ainda amo David. Ainda quero curar o filho dele se puder. Ainda quero ter filhos com David. Apesar disso tudo.

E acho que ainda quero ser Lady de Carnhallow, dona daquela casa triste, mas magnífica, onde as sorveiras e tamargueiras levam à espuma leitosa da enseada murmurante. O romance da minha trajetória até aquela casa, dos subúrbios odiosos do sul de Londres, me seduz completamente. Não posso voltar à mediocridade. E à pobreza de Londres. Pegando ônibus em meio a deprimentes conjuntos habitacionais até um pequeno apartamento alugado que mal consigo pagar.

Jamie está segurando a minha mão. Eu estava tão perdida em pensamentos que não havia reparado. Faz meu coração acelerar um pouco. Poucas vezes ele fez isso voluntariamente: segurou minha mão.

Mas eu tento não olhar para ele. Não quero ficar sem jeito quando ele me toca.

— O que perde a cabeça de manhã e recupera à noite?

— Como?

Jamie ri.

— É uma charada. Você consegue adivinhar?

Ele parece renovado de repente. Seu rosto está ansioso e esperançoso.

— Ahh, é difícil. — Eu abro um sorriso. — Fale de novo.

— O que perde a cabeça de manhã e recupera à noite?

Eu realmente não sei. A mão dele agora balança a minha, como se fôssemos amiguinhos. Mas consigo ouvir o rugido de desprezo do mar no vento.

— Um travesseiro! Rá. É um travesseiro, Rachel.

— Ah, que inteligente!

Meu enteado está alegre. Isso é bom.

— Tudo bem, Jamie, vamos tirar umas fotos. Está ficando escuro e também está bem frio, então é melhor sermos rápidos.

Eu aperto o ombro de Jamie e o guio pela última ladeira, antes da queda dos penhascos, onde olhamos para a mina Levant.

O tamanho da ruína é impressionante; e, por um instante, isso é suficiente para nos silenciar. Duas casas de comando grandes em ruínas se projetam em desafio, vazias. Centenas de colunas de concreto mais abaixo nos penhascos parecem um templo clássico sem telhado, mas construído para idolatrar deuses sombrios e subterrâneos. Algumas pilhas verdadeiramente enormes de refugo, montes de mortos deixados apodrecendo, estão manchadas de amarelo e marrom. Envenenados por produtos químicos, provavelmente.

Tudo isso ao lado da desolação oscilante do mar.

A amplidão é acentuada pela solidão. Apesar de haver placas molhadas de chuva para turistas por todos os lados, explicando a história, *A paisagem mineira da Cornualha da Unesco*. Nós somos as únicas pessoas aqui, exceto por uma garotinha ao longe, saltitando entre as colunas em ruínas.

Ela usa um vestido parecido com o de *Alice no País das Maravilhas*, com uma capa roxa por cima. Fico pensando onde estão os pais dela. Suas botas são peculiarmente pequenas, como se seus pés fossem deformados, como se ela estivesse sendo obrigada a usar algo cruelmente doloroso. Mas ela se move com facilidade. Saltita e pula.

A garota se vira e olha para mim. Agora, ela abre a boca e aponta para alguma coisa, lá, no mar. Como se estivesse me dizendo silenciosamente para olhar naquela direção, olhar, procurar, *procurar respostas no mar*. Em seguida, ela corre por um caminho e some de vista.

Sem pensar e por instinto, abraço Jamie bem pertinho do meu corpo. Quero protegê-lo, como se a garotinha fosse uma espécie de ameaça. Meu enteado não se incomoda com o meu abraço inesperado. Ele nem viu a garota; sua atenção está na tarefa.

Jamie se vira. Eu o solto. Ele diz que quer começar a tirar fotos. Ele pegou o iPhone, que eu condeno de leve, constantemente. Um garoto de oito anos com um celular caro. Não.

Mas tem uma boa câmera. Ele já está conseguindo boas imagens. Ele não precisa de tantas instruções minhas, ninguém mais precisa de instruções sobre fotografia. Minha profissão, a fotografia, morreu. Como a mineração de estanho na Cornualha.

— Sim, boa ideia. Comece por aqui. — Eu clico no celular na mão dele. — É um ótimo lugar para uma foto. Você pode incluir as minas e o mar atrás, vai ficar bom, a vista é impressionante. — Olho para o céu, onde o sol é um disco embotado de níquel atrás de uma nuvem cinza. — Pena que a luz está tão chapada.

Mas Jamie não está ouvindo. Ele está ajustando o celular e fotografando. Eu o deixo trabalhar um pouco. Também quero tirar fotos. Quero me perder no que já foi a minha vocação.

As placas para turistas, arrumadas na frente das ruínas, me contam mais do que o suficiente sobre a história impressionante. As crianças que trabalharam aqui até os anos 1950. As minas de arsênico que intoxicaram a terra, provocando-lhes "ferimentos de arsênico". Os afogamentos e ferimentos, os funerais e a emigração. Os homens entoando hinos religiosos quando eram enviados para debaixo do chão, nas gaiolas. As vozes afogadas pela fúria gelada do Atlântico.

Outra placa chama a minha atenção.

O elevador de homens

O elevador de homens foi instalado na mina Levant pelo seu dono, Isaac Kerthen, em 1858. O elevador de homens era uma espécie de escada automatizada de plataformas, que subia e descia; os mineiros tinham de pisar em uma plataforma, que os levava um nível para cima ou para baixo, depois sair dela; em seguida, repetiam o processo enquanto o mecanismo completava seu ciclo. Assim, eles desciam ou subiam lentamente, em total escuridão. Embora o perigo inerente do mecanismo fosse óbvio, e de muitos caírem e morrerem ou se ferirem, era popular com os donos das minas porque garantia maior lucro, pois os mineiros chegavam ao trabalho mais rápido.

Consigo ver o belo rosto de David cheio de culpa conforme leio isso. *Nós ficávamos em Carnhallow, comendo capões.*

Tem mais:

Na tarde de 20 de outubro de 1919 houve um acidente aqui em Levant. As pesadas peças de madeira do elevador de homens caíram no poço, carregando as plataformas laterais junto, e trinta e um homens morreram, dizimando o vilarejo para sempre. Centenas ficaram mutilados. O elevador de homens não foi substituído, e os níveis mais baixos da mina foram abandonados.

Um elevador feito de homens.

Perdi o meu desejo de fotografar esse lugar. A combinação do tempo, a garota, a história. Não estou inspirada hoje.

Assim, quando o fim da luz gelada vira escuridão, ensino Jamie a usar ângulos diferentes, fotos enquadrando grandes áreas de garimpo, a área de separação de cobre e também closes menores, quase abstratos, de pedras de quartzo úmidas cintilando com estanho escuro. O trabalho é repetitivo e agradável... mas, conforme as horas passam, Jamie fica mais mal-humorado. Cai novamente em um silêncio profundo e preocupante. Talvez sejam as minas, o que representam para ele, o que o está afetando.

— Acho que terminamos por hoje, Jamie. Vamos para casa agora?

Ele dá de ombros sem dizer nada, uma careta infeliz no rosto, olhando na minha direção, sua atenção, porém, levemente focada ao meu lado, como se houvesse alguém ali. Por que ele faz isso?

Juntos, começamos a curta caminhada até o carro. Ele não segura minha mão, não pede música. Quando nos aproximamos do vilarejo, ele vira o rosto. O ar marítimo está cantando nos meus ouvidos, está muito frio.

— Jamie?

Ele não olha para mim.

— Jamie. — Eu me agacho ao lado dele para ficarmos da mesma altura, para ser uma boa madrasta. — Conte-me. Qual é o problema?

Ele murmura com o rosto desanimado:

— Estou... com medo.

— Com medo? Não precisa ficar...

— Mas eu estou, Rachel. Estou com medo.

— Com medo de quê?

Ele chega bem mais perto, encosta o rosto no meu suéter de lã, inspira e respira, como se o odor do amaciante pudesse salvá-lo. Em seguida, ele diz:

— Eu estou com medo! Estou com medo porque consigo ver coisas. Com medo deles. Com medo. Por favor, diga que não consigo ver eles, diga que não consigo ver o futuro. Diga que não sou um Kerthen. *Diga. Por favor.*

Eu o abraço com força novamente, tentando espremer o medo para fora do seu corpinho.

— Shh. Não se preocupe. Calma.

Ele me solta aos poucos, mas eu não o solto. Eu me ajoelho no concreto úmido e sujo do caminho corroído pelo sal, a mão fria dele segurando a minha, afastando o cabelo do rosto dele.

— Ninguém pode ver o futuro, Jamie. Você não pode. Ninguém pode. Você está um pouco perdido por causa da sua mãe. Você vai melhorar. Eu prometo.

— Não melhora, não. Não melhora. — As palavras dele estão carregadas de infelicidade, o rosto cinzento de tristeza. Ou medo.

— O que é, Jamie? Conte-me, o que é isso tudo? — Sinto amor de verdade por ele. Ardente.

Ele fala, mas fica imóvel.

— Eu não quero ver o futuro por causa do que consigo ver.

— O quê?

O vento nos afastou dos penhascos, está à nossa volta agora.

— É assustador. O que eu consigo ver. É apavorante. Não quero que seja verdade.

A pior parte é o tom de confissão. Como se ele estivesse fazendo uma admissão dolorosa.

Ele continua.

— A mamãe fala comigo durante o dia.

O rosto do meu enteado está mais pálido do que nunca, mas tão lindo, o cabelo tão negro quanto as penas de corvo que encontro no jardim, penas das aves da charneca, que vão se abrigar dos ventos gelados dos moledros.

— Consigo ver uma coisa, uma coisa no futuro que é muito ruim. Muito ruim, muito ruim. Muito, muito ruim.

— Jamie, escute, são só fantasias, é só imaginação, porque você está triste.

Ele me encara diretamente, respira fundo e diz:

— Rachel, você não vai estar aqui no Natal. Não mais.

Eu olho para ele. O que ele quer dizer? Por que ele escolheu o Natal?

— Como é, Jamie? O que isso quer dizer? Claro que eu vou estar aqui no Natal.

Jamie respira novamente, não tão fundo, e diz muito lentamente, como se confessasse o segredo mais terrível:

— Você vai morrer no dia de Natal.

Ouço a música do mar. Outra onda distante quebrando nas pedras, o som carregado pelo vento. Não posso negar o sentimento de medo em minha garganta, nos pulmões, em tudo. Natal. Dentre todos os momentos, ele escolhe o *Natal*.

— Não. Jamie. Por favor. Pare com isso. Por favor, pare com isso.

— Eu queria que não fosse acontecer. — Ele parece verdadeiramente angustiado. — Me desculpe, me desculpe, me desculpe! Mas
você não vai estar aqui, você tem que estar morta no Natal. Por que
eu penso isso?

— Jamie. Pare.

Abruptamente, ele afasta o olhar e olha de volta para mim. A
angústia sumiu.

— Rachel. Não há nada que possamos fazer, desculpa. Estou com
fome agora.

— Hum... hã...

— Podemos ir para casa agora?

Estou muito confusa. Essa criança só pode estar tentando me abalar,
confundir-me. Assustar-me para que eu fuja de Carnhallow. Porque
eu o chateio ou irrito ou o faço lembrar. Alguma coisa. Mas por que ele
escolheu o Natal? Ele realmente sente alguma coisa? Ele me enxerga?

Não. Claro que não.

Estou totalmente perdida, e continuamos andando até o carro. Que
parece tão inocente e alegre, como se nada tivesse acontecido.

No calor e na segurança do veículo, com Jamie de cinto de segurança e agindo normalmente, eu me vejo acelerando, indo rápido demais.
Mas, por mais rápido que eu dirija, ainda consigo ouvir aquela música
na cabeça: a música da mina abandonada. E as gaivotas gritando com
desespero em Trewellard Zawn. *Você vai estar morta no Natal.*

72 dias antes do Natal

Fim de noite

David está em casa. Finalmente pronto para me contar. O avião dele atrasou. Eu já avisei a ele por telefone que tenho muitas perguntas sérias a fazer. Ele sabe que o que tenho na cabeça é muito importante, motivo de rompimento. E agora está sentado aqui, na cozinha iluminada, as janelas escuras, respingado de chuva.

Ele sempre gosta de ficar na cozinha de Carnhallow. Incorpora paz e felicidade a ele. *Panquecas e coalhada, e o meu pai longe, em Londres.*

Ele se serve de uma dose generosa de uísque Macallan e parece surpreso quando recuso uma dose similar de vinho do Porto. É a única bebida alcoólica de que costumo gostar; eu aprecio a doçura. Mas agora quero ter clareza. Este é o momento. Nosso casamento deve estar em jogo. Não posso confiar em um homem que mente sobre uma coisa tão importante quanto uma morte. Mesmo tendo sido um acidente. Se é que foi acidente.

E não vou mencionar nada sobre Jamie, ainda não. Preciso ter resposta às minhas perguntas primeiro.

David olha para mim e fala, a voz seca. Como se *ele* estivesse de saco cheio de *mim*.

— Tudo bem, Rachel. O que é?

Estamos sentados a três metros de distância um do outro. Busco coragem.

— Eu sei que Jamie estava lá. Quando a Nina morreu.

Só a boca o trai. Uma pequena careta.

— Como você *sabe*?

— De várias maneiras. Entrei no seu escritório e li as cartas de Jamie, as que você guardou, as que ele estava escrevendo para a Nina, mesmo quando você mandou que ele não escrevesse.

Ele me encara, os olhos cintilantes de emoção, talvez raiva. Mas a voz continua seca.

— Continue.

— Há outras coisas, pequenas coisas, não importa. O que realmente importa é: ele disse, ou melhor, escreveu, ele escreveu estas palavras para eu ver: *Eu vi. Foi você. É culpa sua ela ter morrido.*

A chuva bate na janela. O rosto do meu marido está rígido e não o trai em nada.

— Mais alguma coisa?

— Sim. — Acho que isso vai irritá-lo mais do que tudo. Mas eu não me importo. — Eu conversei com a Juliet para confirmar, e ela basicamente confirmou. Ela confirmou minhas desconfianças de que Jamie estava lá. Ele viu a queda. Isso explica muita coisa. — Eu cruzo os braços. — Diga que estou errada, David, diga que estou certa, mas me diga. E explique. Chega de malditas mentiras. Mais uma mentira e acabou. Eu vou embora. E não volto.

Ele olha para o uísque, e eu vejo um vislumbre de emoção em seus olhos. É agora; nosso casamento depende de ele ser sincero. Ele olha para mim mais uma vez e diz:

— Sim. É verdade. Jamie viu a mãe cair. Ele estava lá quando ela morreu, em Morvellan.

Minha raiva é expressa em palavras.

— Como? Por quê? Por que você não me contou, por que não contou para a *polícia*?

— Espere...

— Você cometeu perjúrio!

Ele engole o resto do uísque, serve mais uma dose no copo de cristal. O líquido brilha como ouro sujo na luz forte da cozinha.

— Jamie foi testemunha ocular. Mas eu menti, nós mentimos, para protegê-lo.

— Como é? Você o quê?

— Houve uma briga logo depois do Natal. Nina e eu estávamos discutindo, como Jamie menciona naquelas cartas... que você *encontrou*.

— Sobre o que foi a briga?

— Não importa.

— Importa, sim.

— Não. É irrelevante. Nós estávamos nos desentendendo, como marido e mulher...

— Me conte!

— Tudo bem. Nós estávamos discutindo sobre a reforma da casa. Ela estava demorando muito, era tão primorosa, graças ao gosto perfeito dela, mas cada aposento estava levando um ano ou mais. A maior parte da casa ainda está inabitável, como você já viu.

— Só isso?

— Sim, *foi só isso*. Mas Jamie sempre foi sensível às nossas discussões. Ele não gostava. E naquela noite começou.

— Como?

O olhar dele encontra o meu. Ele toma um gole de uísque e seca os lábios com o pulso.

— Vou lhe contar. Mas primeiro, Rachel, quero que você prometa não contar a ninguém. Você consegue fazer isso? É muito importante.

Eu escolho minhas palavras com muito cuidado.

— Depende de qual for a sua resposta.

Ele franze a testa. E dá de ombros.

— Como eu já disse, nós estávamos discutindo. Repetidamente. Você sabe como é o Natal, bebida demais, parentes demais, pessoas demais nos mesmos aposentos. E Jamie é filho único, ele sempre se ressentiu disso. — David olha abruptamente para a porta, como se a esposa morta estivesse prestes a entrar e largar o casaco na cadeira.

Ele volta a atenção para mim.

— Às vezes Jamie e Nina também brigavam. Às vezes ele era cruel com a mãe e dizia coisas horríveis: *Por que você não me deu um irmão ou uma irmã?* Ele sabia que Nina não queria mais filhos. Mas tinha um motivo para ficar irritado: Nina sequer deixava Jamie ter um cachorro. Eu queria *muito* que ele tivesse um cachorro, eu tive um cachorro quando era criança, um labrador. Ajuda muito quando se é filho único. Mas um cachorro significaria pelos na mobília perfeita de Nina, pelos nas cortinas perfeitamente restauradas, da Gainsborough de St. James. Portanto, nada de cachorro. E aquele foi mais um Natal em que ele não tinha ganhado a porcaria do cachorro. Acho que ele escreveu quatrocentas vezes para o Papai Noel. *Por favor, eu posso ganhar um cachorro?*

— Você não comprou um cachorro depois?

— Ele diz que não quer agora. Porque, claro, faz com que ele se lembre das discussões com a mãe. E do que aconteceu naquela noite. — David toma outro gole de uísque. Eu não digo nada. Ele que preencha o silêncio, ele que se esforce.

— A crueldade das famílias — diz David, olhando para o interior de pedra da lareira enorme e vazia, antes usada para cozinhar para cem monges. — A crueldade das famílias.

— E? — Eu não quero filosofia.

— Era tarde da noite. Nós deixávamos Jamie ficar acordado até tarde às vezes, principalmente na época do Natal. Mas naquela noite as discussões foram até tarde, e Jamie fez alguns dos seus piores comentários. — David fecha os olhos enquanto engole a bebida, aparentemente saboreando a queimação.

Estou perfeitamente ciente de que ele está arrastando a história, como um ator. Como um advogado no tribunal, exibindo-se para o júri. E está dando certo. Minha adrenalina está disparada. Mas acho que acredito nele.

Finalmente, ele continua:

— Jamie estava péssimo no final dessa discussão em particular e ficou maluco, dizendo que nunca mais queria me ver nem ver a Nina, que ela era a pior mãe do mundo, que ele queria que ela estivesse morta, e saiu correndo da sala. Como ele diz nas cartas, se me lembro corretamente. Você sabe como as crianças podem ser furiosas e apaixonadas em suas declarações aos seis anos. Mas isso foi ruim. Muito ruim.

Eu balanço a cabeça, apesar de tudo. Conheço a sensação.

— E para onde Jamie foi? Para o quarto dele?

— Não. — Uma careta. — Ele saiu correndo de casa e foi para os penhascos. Na direção de Morvellan. Na direção da casa do poço. Naqueles dias, nunca nos dávamos ao trabalho de trancá-la. Todo mundo conhecia os riscos. Agora, fica trancada o tempo todo. Eu tenho uma chave e guardo outra na cozinha, no alto do armário. Talvez você tenha *encontrado*.

— O que aconteceu?

— Levou um tempo até percebermos que ele não estava em lugar nenhum da casa. Uma casa tão ridiculamente grande. Todos nós o procuramos. Em toda parte. Depois, do lado de fora. Mamãe e eu olhamos no jardim, em Ladies Wood, e Nina foi procurar no gramado da frente, no gramado ao norte, e o ouviu gritar... mas Cassie o ouviu gritar primeiro, ela ouviu um grito da entrada das minas.

— Como você sabe disso?

— Cassie estava bem no final do caminho, no final do gramado da frente, onde os penhascos começam. Mas estava descalça. Você sabe como os tailandeses são. — Ele expira. — E não dá para andar descalço nos penhascos. Então, ela voltou correndo para pegar as botas e falou para Nina... e depois, viu Nina correr por Carnhallow, na direção de Morvellan. Claro que Cassie se culpa agora. De qualquer modo, Nina foi a primeira a chegar ao caminho para as minas.

— Deus!

— E era lá que Jamie estava. Na casa do poço. Preso em um ressalto, como alguém que subiu alto demais em uma árvore. — David encara o uísque, infeliz.

A empatia cresce dentro de mim. Simplesmente cresce. Pobre Jamie.

— Consigo imaginar o resto. Não precisa me contar.

— Não, não, eu quero contar. — David olha para o teto e suspira pesadamente. Suspirando de alívio com a própria confissão. — Nina usava sapatos de salto alto, tudo isso é verdade. Salto e vestido, na lama e na chuva, um belo traje de festa por baixo de um casaco, a noite estava tão horrível naquele final de dezembro... e ela foi salvar Jamie.

— Ela caiu.

— Ela caiu no poço Jerusalém. Tentando salvar o filho. Foi assim que aconteceu.

Preciso de uma taça de vinho do Porto. Também tenho perguntas.

— Como você sabe disso se não havia mais ninguém lá, se ninguém viu?

O olhar dele é perfurante.

— Como é? Ninguém? *Jamie* estava lá. Ele nos contou, chorando. "Ela caiu, ela caiu." Ele já se sentia culpado por tê-la arrastado até lá. Não há dúvida de que foi por isso que ele escreveu essas palavras, as palavras que você leu, "Foi você, é culpa sua". Ele está se culpando. Entende?

Eu observo o rosto dele. Quero entender.

— Mas o que aconteceu depois disso?

— Eu cheguei à casa do poço minutos depois. Mas já era tarde demais. Cassie me ajudou a carregá-lo de volta para Carnhallow.

— Depois você chamou a polícia? Mas *mentiu* para eles?

— Isso mesmo. Foi isso que nós fizemos. — O olhar dele está inabalado. — Diga-me, Rachel, o que *você* teria feito? Alguma coisa diferente? Pense bem. Jamie acreditava que era o responsável pela morte da mãe. De certa forma, ele foi, indiretamente, quando disse que a odiava, quando disse que a queria morta, depois quando fugiu e a levou até a entrada da mina. Se ele não tivesse feito isso, ela não teria morrido. Ele ficou muito instável. Eu não podia envolvê-lo em uma investigação. Interrogatório da polícia. O nome dele nos jornais. *Filho atrai mãe para a morte?* Imagine.

— E Juliet e Cassie concordaram? Em encobrir isso tudo?

— Encobrir? Acho que podemos colocar dessa forma. Mas o que dissemos não ficou muito longe da verdade. — O olhar do meu marido tem um toque de desdém, ou talvez de desespero. — Cassie e mamãe amam Jamie. Elas não queriam que ele passasse por nada daquilo, que revivesse a cena terrível no tribunal. Nós não queríamos que ele fosse *a única testemunha da morte da mãe*, queríamos que ele não pensasse nisso nunca mais. Nós fingimos que foi um acidente. Foi fácil. Ela estava mesmo bêbada, ela caiu mesmo, ela se afogou mesmo. E, sim, nós elaboramos uma história para protegê-lo, contamos para todos que Nina tinha saído para caminhar sozinha, que tinha ido até Morvellan. Foi um acidente. — A atenção dele se volta para as janelas molhadas. Como se fosse doloroso demais me olhar nos olhos. — E agora você sabe, Rachel. Isso basta?

Eu me encosto e penso. Talvez baste. Ou talvez não. David mentiu para mim, várias vezes, de muitas formas. A história é terrível, mas a confiança foi abalada, vai levar tempo até ser restaurada. Não vou deixar nenhum homem me manipular novamente. Nem o cara da Goldsmiths, nem meu pai, nem meu marido. Nem Patrick Daly, nem Philip Slater, nem os padres pálidos da minha escola. Não vou deixar *nada* daquilo me visitar novamente.

Mas outra pergunta me incomoda. A única testemunha disso tudo supostamente foi Jamie. Ele é totalmente confiável? E por que está agindo de forma tão estranha *agora*?

— David.

Ele está servindo mais uísque.

— Hum?

— Você precisa saber de algumas coisas. Sobre Jamie.

Vejo seus olhos brilharem na mesma hora.

— Sim?

— É que ele tem agido de forma muito estranha, pior do que nunca. Não são só as palavras que ele escreveu na janela do carro.

A chuva faz um barulho irritante nas janelas. Como um arranhar furioso. Meu marido me observa.

— Como, exatamente? Pior como?

— Nós fomos a Levant esta semana. Fomos tirar fotos. De repente, tudo ficou, bem... muito perturbador. Ele teve uma espécie de surto.

David gira o copo de uísque na bancada de granito. Os lábios apertados.

— E aí?

— Ele ficou falando sobre o dom dos Kerthen, sobre a lenda Kerthen. E depois disse que falava com Nina, que ela havia voltado dos mortos... — Eu não paro, ciente de que posso parecer ridícula. — E também afirmou que eu vou morrer no Natal. *Morta no Natal*. Foi isso que seu filho Jamie disse, dois dias atrás. Que eu estaria morta no Natal!

O olhar de David é duro.

Eu me apresso, extremamente constrangida.

— E ele fala sozinho, como se estivesse conversando com a mãe. São tantas coisas. Você já sabe sobre o fogo, as luzes em Old Hall, como ele previu isso. E... e ele teve um sonho no verão em que previu que eu atropelaria uma lebre, e eu atropelei mesmo, ele também previu isso. Claro que é tudo explicável, mas, mesmo assim, mesmo assim, agora ele está prevendo que eu vou morrer no Natal. — Eu paro de repente. Tarde demais, percebi que cometi um erro horrível. Agora, sou eu sob escrutínio. David está olhando para mim com desprazer, até mesmo repulsa, nos olhos.

Eu me expus. Falei tudo errado. Ele pensa que eu estou louca. Pensa que eu acredito nisso. Pensa que acredito que alguma coisa sobrenatural está acontecendo. Que Jamie é capaz de prever acontecimentos.

E por que ele não acharia isso? Porque às vezes eu realmente acredito nessas coisas.

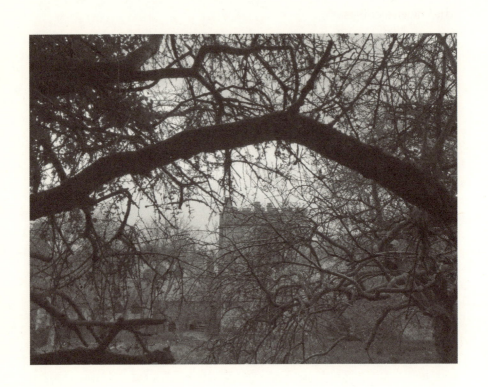

56 dias antes do Natal

Hora do almoço

O mar cantava seus versos obrigatórios, Morvellan continuava nos penhascos como um pastor metodista de veste negra, fazendo um sermão severo para uma congregação abaixo. E David foi caminhando pelo pátio úmido e cheio de folhas até os aposentos de Juliet, absorto em pensamentos.

— Oi, mãe. — Ele percebeu assim que abriu a porta que ela estava muito bêbada. Era o que ela fazia para afastar as lembranças e aliviar a solidão.

— Ah, ah, David, que bom ver você! Achei que hoje eu jantaria com vocês na cozinha.

— Vai, sim. Mas pensei em conversarmos sozinhos antes.

Ela devia estar tomando vinho do Porto. Sua mãe costumava misturar as melhores bebidas envelhecidas com refrigerante.

— Conversar, David?

— Sobre coisas. Carnhallow. *Rachel*.

— Carnhallow! A vida aqui era tão boa...

— Mãe?

Ela estava andando pelo corredor. Ele percebeu tarde demais que a irritara, antes mesmo de ter a oportunidade de fazer perguntas. Ele ouviria um dos solilóquios mais tagarelas e embriagados dela.

Levando-o até a sala, ela tomou um gole de seu drinque e olhou para umas fotos cinzentas na prateleira acima da lareira.

— Bom. Bom, bom. Por onde eu começo? Carnhallow? Sabe, a vida em Carnhallow não era de todo ruim, eu amei o seu pai no passado, antes de ele ficar tão bruto. Vocês, homens Kerthen, são todos iguais, encantadores, mulherengos, mas aí, ah...

A expressão de sua mãe ficou sonhadora. Ela estava perdida no labirinto de salões de baile da memória, eufórica, dançando, caindo... sem ninguém para segurá-la. Não mais.

— Mãe... eu...

Não adiantava.

— Eu já contei sobre os piqueniques que fazíamos? Aqui. Aqui. Tome uma taça de vinho do Porto, Fonseca 2000, eu convenci Cassie a roubá-lo da sua adega. Você vai mandar me prender? Você não vai me jogar em Ding Dong, vai, David querido? Hum? Tome uma bebida. Quer saber sobre a vida aqui, querido?

Ele pegou a bebida da mão trêmula dela, apesar de não querer. Ele não escaparia disso, teria de deixar que ela falasse. A memória recente de sua mãe costumava falhar, mas ela tinha uma memória incrível do passado, e gostava de falar sobre ele. Porque era tudo que tinha, ela estava sofrendo por causa do câncer, porque recusava qualquer tratamento. Porque não queria que seu cabelo caísse.

David se encheu de pena da mãe. Quando ela estivesse morta, só restariam ele e Jamie. Os últimos Kerthen. E ele amava muito a mãe. Ela o protegera das crueldades embriagadas do pai dele. Por isso, ele tolerava os monólogos dela agora.

— Ah, as festas que nós dávamos aqui, David, antes de você nascer, que festas, festas de verão, aqui e em Lamorran, em Trelissick, em Lanihorne Abbey. Sempre braçadas de flores, tantas flores, e todas as garotas do vilarejo, de Zennor e Geevor e Morvah, lembra-se delas, fazendo aquelas fadinhas de malva-rosa, com urze embaixo da cama?

Sentado na sala lotada pelos pertences dela, ele deixou que aquelas palavras o dominassem, aqueles fragmentos de Alzheimer de um estilo de vida destruído. Metade daquelas lembranças vinha dos pais de Juliet, e de sua avó e bisavó, tudo misturado com lembranças de sua infância e juventude. Mas essas heranças caóticas eram preciosas: eram boa parte do motivo de seu esforço desesperado para se manter ligado a Carnhallow. As últimas lembranças, a antiga glória, os Kerthen como eram. Os Kerthen de Carnhallow. De alguma forma, ele poderia recuperar isso. Não podia?

Sua mãe tomou um gole de vinho do Porto de duzentas libras a garrafa, misturou com refrigerante barato e falou liricamente.

— Você não lembra, foi muito antes do seu tempo, eu tive você tão tarde, aos quarenta anos, tarde demais para lhe dar um irmão, nós achamos que não podíamos... você sabe. Foi uma grande alegria, você foi uma grande surpresa. Mas eu não me importava de ser estéril, não muito, mesmo que isso significasse que Richard me deixaria. A vida era tão bonita, eu não queria que mudasse. Queria ficar para sempre com as festas e as danças. — O sorriso dela estava eufórico, os olhos estavam fechados. Sonhando em voz alta. — E os cafés da manhã... os cafés da manhã eram incríveis, David. Ervilha com menta em conserva, nós fazíamos. Presunto Brandenham e faisão.

— Mamãe. Querida.

— No verão, íamos nadar. Minha irmã e eu e todos os nossos amigos, nós sempre ficávamos descalços, correndo pelos gramados das aleias, direto para o mar. — Outra dose de vinho do Porto, uma segunda dose de refrigerante Lidl. — Um dia, estava tão quente quando fomos nadar que pulamos direto do grande lugre na baía. E, quando voltamos para a praia, alguém tinha dobrado nossas roupas, e quando nos vestimos, montamos em uns pôneis velhos nas dunas e fomos para Carnhallow pelo caminho mais longo, por Ladies Wood, com cheiro de cravo branco, eu lembro, e de trigo, e estava tão bonito, a grande maré de campânulas azuis no verde, e depois fomos para a casa e na mesa de olmo havia, ah, tudo: pratos de lagosta e pratos de mel e de coalhada fresca. Deram-nos leite com gotas de conhaque, pires de framboesas de Carnhallow. Tão adorável, tão adorável.

Ela tomou o último gole de Porto.

— E foi quando me apaixonei pelo seu pai, David. Ele estava em Oxford e eu mal o conhecia e estava um pouco apaixonada pelos primos dele, mas então eu o vi, ele era muito bonito, ele veio andando pela aleia, da direção de Ladies Wood. Um jovem de casaca e camisa branca manchada de vermelho de seiva de casca de árvore, e ele me levou para o jardim. Você não se lembra do jardim como era na época, velho, velho, velho, David, tão velho. As paredes iluminadas pelo sol, cobertas de cravos rosa, de manjerona, de tomilho, e no meio, no círculo de grama, havia um banco de carrinho de mão, e foi lá que ele me sentou e me beijou. Seu pai e eu, pela primeira vez.

Ela finalmente ficou em silêncio. Tinha acabado, essa dança de relembranças desconjuntadas?

— Mãe, eu quero fazer uma pergunta.

Ela estava ausente agora. O rosto estava inexpressivo. David percebeu que preferia quando ela estava animada, ainda que um pouco demente.

— Pergunta, querido?

— Sim. Uma pergunta. Você acha que Jamie e Rachel estão se estranhando? Porque eu sinto uma tensão séria. E Rachel está cada vez mais errática, fazendo alguns comentários muito estranhos. E está caçando e xeretando. Perguntando coisas. — O suspiro dele foi exasperado. — Alguma coisa aconteceu, tem alguma coisa errada.

— A vida *aconteceu*, querido. Jamie já ama a Rachel, eu vejo. Ela será uma boa substituta. Ela o confunde, claro que ele está confuso. Nós todos estamos confusos.

— Claro. Mas a Rachel está agindo de uma forma estranha, e eu acho que isso está afetando o Jamie. A dinâmica entre eles. As coisas não estão boas e tudo está ficando cada vez pior.

— Bem. O que pode ser? Tensão em Carnhallow, que pavoroso! Por que você não pergunta a Nina o porquê dessa tensão?

Ele enrijeceu. Sabia que devia ser a demência começando a roubar a mente dela, e isso o fez sofrer.

— Mãe?

— Por que você não pergunta a ela? Ela sabe melhor do que ninguém como é se mudar para cá, assim, e ela vai entender o que a Rachel está sentindo. — Ela estava falando rápido, com nervosismo, mas seus olhos estavam concentrados quando ela mexeu no colar de pérolas no pescoço. — Sim, meu querido, pergunte à mãe dele, ou pergunte a sua esposa, você a escolheu e deixou que ela fizesse o que queria, ela vai entender melhor do que ninguém, não vai?

— Mas, mãe...

O olhar dela o deixava nervoso. Com raiva, até.

— Chega disso. Agora, tenho que ir dormir. Estou exausta. Tenho que ir, tenho que ir. Teremos visitantes amanhã. Nós devíamos levá-los para andar de carruagem se o dia estiver bonito, não fazemos isso há anos, não é, na primavera, quando os contornos dos caminhos estão amarelos com os ranúnculos? Tão lindo, tão lindo. E o rosa do agrião-dos-prados...

As lágrimas estavam caindo de novo. Dessa vez, de verdade.

— Mãe.

— Não.

Sua querida mãe, com toda a sua educação extraordinária e antiquada, fora brusca com ele, e muito.

— Não, David. Não. Eu estarei melhor amanhã. Deixe-me sozinha agora. Deixe-me com todas as pessoas, eu nem sei o nome delas. Tem pessoas na casa e eu nem sei quem elas são. Eu as vejo. Eu as vejo. Você as convidou para entrar e eu tenho que olhar para elas à noite, pelas janelas, em Morvellan. Isso é totalmente injusto.

David conhecia esse humor. Não passaria rápido. Apesar de estar pior do que o normal.

— Tudo bem, mãe, eu já vou embora.

Ela levantou a mão para se despedir. Não disse nada.

Silenciosamente, ele fechou a porta. Respirando o ar frio, ele ficou olhando pelo vale para a escuridão de Ladies Wood, marchando até o mar. As frutas silvestres de outono estavam vermelhas nas sorveiras, amontoados de cor sangrenta em meio aos galhos escuros.

Sua mãe estava totalmente certa, do jeito dela. Havia fantasmas e lembranças demais em Carnhallow. A intensidade do passado era forte demais. Nos últimos dois meses, ele sentira vontade de se mudar, apesar de ter passado a vida toda, arriscado tudo, para ficar com aquela casa. Para salvá-la, para mantê-la na família.

Por favor, vá. Comece uma vida nova. Vá.

Mas ele não podia. Não podia ser o primeiro Kerthen a abandonar Carnhallow, o primeiro a desistir em mil anos. Ele estava aprisionado. O passado pesava nele como o oceano acima dos túneis de Morvellan. E ele era mais um mineiro entre as muitas gerações de Kerthen, entalhando uma vida em pedra dura.

Quando voltou andando até a Ala Leste, chutando as pilhas cor de ferrugem das folhas caídas, ficou relembrando aquelas horas e dias terríveis. A procura pelo corpo de Nina, as viaturas da polícia paradas em volta de Morvellan.

Mergulhadores da polícia passaram dias em suas roupas de mergulho, vasculhando as minas: no poço da Jerusalém, no poço da Coffin Clista, no poço diagonal de Wethered Cut, todos interligados. Eles passaram muitos turnos mergulhando nas águas geladas e perigosas, procurando ostensivamente o cadáver de Nina, mas, desde o começo, parecera uma verdade não dita: a busca era fachada, feita para enganar.

Uma semana depois que Nina caiu na água, o detetive de Truro se sentou com ele, o marido em sofrimento, e lhe explicou a ciência fria e clínica da patologia forense.

Quase todos os corpos humanos afogados afundam minutos depois da morte, explicou o policial, porque, quando a água enche os pulmões, eles ficam pesados demais para flutuar. No entanto, a não ser que os corpos tenham algum peso preso a eles ou que estejam usando roupas excepcionalmente pesadas, eles voltam à superfície alguns dias depois da morte, em função de gases que penetram na carne e incham o cadáver, fazendo com que flutue. Os corpos literalmente pulam na superfície, como brinquedos de banho obscenos.

Mas, em certos casos, isso nunca acontecia. Como, por exemplo, um corpo afogado em uma mina antiga, complexa e cheia de água. Esse tipo de cadáver era irrecuperável.

Assim, Nina (ou o cadáver de Nina) podia estar em qualquer lugar, de acordo com o policial. Um dia, qualquer dia, ela poderia reaparecer, um resíduo grotesco; porém, era provável que seu corpo nunca fosse recuperado. David se lembrava da forma como o detetive acrescentara, como se fosse uma observação espirituosa:

— Morvellan seria, na verdade, um bom lugar para largar uma vítima de homicídio, apesar de não haver dúvida quanto a isso no seu caso. Quer mais café?

David aceitou o café fervido e insípido. Ele ainda sentia o gosto daquela entrevista muitos meses depois.

Homicídio.

No final do caminho, onde virava para a direita, rumo à porta principal, David parou, atraído pelo som do mar distante cantando sua triste canção. Como mineiros cantando sua tristeza em uma capela no domingo, há muito tempo e bem longe.

Um bom lugar para largar uma vítima de homicídio.

39 dias antes do Natal

Noite

Estou falando com David pela internet. É assim que temos nos conectado atualmente. É assim que discutimos.

Ele dispara contra mim do escritório, mal escondendo sua irritação e frustração. Eu me pego choramingando, com um toque horrível do sotaque do sul de Londres, sentada na cozinha ampla e silenciosa de Carnhallow. Como meu casamento breve e milagroso chegou a esse ponto? Algumas semanas atrás, nós estávamos felizes. Ou era o que eu achava. Agora, estamos nos aproximando do Natal. Quando, em tese, eu vou morrer.

De todos os momentos para escolher. O *Natal*. Como se Jamie me conhecesse perfeitamente. Ele sabe como me assustar ou me irritar. Como?

E agora David e eu estamos nos desentendendo. Só piora.

A ironia é que eu tenho uma notícia potencial e importante para dar. Eu acho que estou grávida. Estou com um atraso grande. Tão grande que perdi a conta. Mas estou adiando o teste para ter certeza de que não é um susto. A decepção horrível do alarme falso anterior me deixou cautelosa.

O kit de teste de gravidez está na mesa da cozinha. Comprei hoje à tarde; farei o teste à noite.

Mas, ainda que dê positivo, não sei ao certo como nem quando vou dar a feliz notícia a David; não enquanto ele está tão hostil, não enquanto há tantas brigas entre nós, e ele mal fala comigo. Não tenho certeza se ainda estaremos casados em um ano.

Ele está sendo hostil neste exato momento.

— Rachel, eu insisto, estou inflexível quanto a isso, não quero que Jamie vá a uma porcaria de terapeuta.

— Mas por que não?

— Porque não vai fazer bem a ele, como você sabe muito bem. Eu o levei a uma terapeuta depois do acidente e isso só prejudicou ainda mais. Fazendo com que ele escrevesse cartas secretas para a mãe morta. É um dos motivos para ele achar que ela ainda está viva.

Eu me encolho. E ele vê. E ataca.

— É. Você se lembra? As cartas que você encontrou. Quando estava xeretando, como uma maldita detetive...

— Eu estava fazendo o melhor que podia pelo Jamie!

— É mesmo. Claro. Certo.

— Estava!

Ele faz menção de continuar falando com irritação, mas eu me apresso e não dou tempo a ele.

— Olha, David, isso não é sobre mim. É sobre o Jamie. Você precisa entender que ele precisa de ajuda profissional. Porque... você sabe o que ele fez...

O queixo dele está inclinado para a frente, em um sinal de agressividade, de violência até. O que esse homem pode fazer comigo? Pela primeira vez, a dominação e a submissão das brincadeiras da nossa vida sexual indicam uma coisa mais perigosa no meu marido.

Ele se inclina mais para a frente.

— É mesmo? Nós sabemos disso, é? O que ele fez?

Eu observo as nobres maçãs do rosto dele. Mas não vou deixar meu desejo enevoar meus pensamentos, não mais. Posso até não contar para ele se eu *estiver* grávida. Ainda não. Eu preciso de vantagem. Ele está começando a me assustar.

— E então, Rachel? Humm?

— Eu estava lá, eu o ouvi falar. — Luto para não xingar, para não perder a cabeça. — Jamie está profundamente perturbado. Ele precisa de ajuda profissional.

David ri, com ironia.

— Não precisa, não. Nós tentamos. Não ajuda. Além do mais, a única testemunha que temos para *boa parte* disso é *você*, minha querida Rachel. Você. Você é a única pessoa que o ouve dizer essas coisas. Tem certeza de que você está ouvindo direito?

— Tenho!

Minha retidão é complicada pela tristeza. Odeio esse fosso cada vez maior entre mim e David. Eu esperava que o casamento fosse se tornar uma abertura, que fosse me permitir revelar tudo de mim, contar tudo a outro ser humano. Ser sincera. Ser entendida. Ser perdoada e amada pelo que sou, talvez pela primeira vez. Mas, ao contrário, sou reduzida a uma querela.

A cozinha está silenciosa, a lua brilha nas árvores lá fora, como se estivesse presa nos galhos. Uma boca branca enorme gritando na escuridão. Pensativa, coloco uma mão sobre a minha barriga. Considerando a pequenina vida que pode estar se desenvolvendo ali dentro. Um astronauta distante voltando para casa. Uma partícula flutuante de poeira, na escuridão distante. Mas umbilicalmente conectada.

Essa nova criança, se eu estiver grávida, ficará em segurança como eu não fiquei. Vou cuidar disso.

Afasto a mão rapidamente. David reparou no gesto? Ele ainda está online, ainda reclamando de terapeutas infantis. Por que ele odeia tanto essa ideia? A oposição veemente dele é bizarra. Como se psicólogos pudessem descobrir um envolvimento mais profundo na morte de Nina, algo além do que ele me contou.

— Não o leve a um médico, Rachel. Estou falando sério.

— Por quê? Do que você tem medo? Tem mais alguma coisa que você não me contou? Algo que você tem medo de que seja descoberto, mesmo agora?

O rosto dele se contrai, furioso. Eu continuo mesmo assim.

— Tem?

— Não!

— Então qual é o problema? Você diz que me contou tudo.

— Eu contei, Rachel. Não faça isso. Estou mandando.

— MANDANDO? — Tenho vontade de gritar: "Seu filho acha que eu vou morrer no Natal. Sua família toda é louca pra cacete."

Mas isso me torna louca também. Pois é possível que eu agora seja parte dessa família. Umbilicalmente conectada.

— David, vamos encerrar esta conversa. Por favor. Só vai piorar as coisas.

Ele fica momentaneamente mudo. Em seguida, dá de ombros em um gesto cansado. Eu conheço esse cansaço, também o sinto. Não estou dormindo direito, não durmo há algum tempo; sonhos vívidos me incomodam.

David verifica o relógio puxando o punho branco da camisa. Ele está usando o anel de sinete com o brasão dos Kerthen, mas não a aliança. Isso não é incomum. Ele raramente usa aliança. Ao que parece, pessoas como ele não fazem isso. É outra forma de ele ser arrogante de forma sutil e clara, de uma forma que sequer consigo entender.

— Tudo bem. — Ele solta um longo suspiro. — Olha, eu sinto muito, são quase nove horas. Estou trabalhando há doze horas, direto. Desculpe pelos gritos. É o estresse. — Ele esfrega os olhos. — Não poderei ir para casa no fim de semana, tenho que trabalhar direto.

— Ah, tudo bem. Fique aí. Vamos resolver tudo sozinhos aqui. Enquanto você passeia em Londres.

Ele faz uma careta. E por que não? Foi uma cutucada sem sentido. Estou me transformando em algo que odeio: uma mulher briguenta que irrita o marido. Isso tem de terminar, de uma forma ou de outra. Tenho de levar Jamie para uma avaliação profissional, independentemente do que o pai dele diga, e depois posso decidir meu próprio futuro;

se é certo e seguro para mim aqui. E para qualquer filho ainda não nascido. *Morta no Natal.*

— David, vamos conversar outra hora. Quando estivermos os dois calmos.

Nós encerramos a ligação. O rosto dele muda para uma tela vazia. Eu me encosto e olho para a minha barriga. Imagino um pequeno volume. Em seguida, eu me levanto e arrasto minhas ansiedades pela casa, na direção da Sala de Estar Amarela, onde encontro Jamie jogando no smartphone, sentado de pernas cruzadas no sofá.

Desde a explosão em Levant, ele tem sido mais conciliatório comigo, como se sentisse culpa. Quando me aproximo do sofá, ele abre um sorriso triste, e eu me sento ao lado dele e lhe dou um pequeno abraço. Quero que ele sinta a ideia, a doce possibilidade de uma nova vida dentro de mim. Eu beijo a testa dele. O cabelo preto macio cheira a xampu de maçã.

— Desculpa por termos brigado, Rachel. Peço desculpas por isso.

— Eu também.

Eu olho para o meu enteado. Os olhos jovens são bem claros e azuis, um tanto puxados para o violeta. Consigo me ver neles. Um reflexo pequenininho, brilhantemente miniaturizado em seu fogo gelado.

— Jamie.

Ele boceja.

— *O quê?* — Ele parece estar morrendo de sono. Já passa das nove.

— Jamie, eu vou levar você para ver uma pessoa especial.

— Hum?

— Essa pessoa vai resolver tudo e todos ficarão felizes. Vamos começar em pouco tempo. Vai ser um segredo entre nós. Entre mim e você.

Ele dá um sorriso fraco.

— Tudo bem.

— Não é nada terrível, mas é melhor se guardarmos segredo. Não contarmos para ninguém.

Ele assente. E diz:

— Nem para a mamãe?

Eu sufoco minha agitação. Nada que eu possa fazer ou dizer irá aliviar essa confusão trágica. Mas essa é mais uma prova de que estou fazendo a coisa certa. Não posso continuar nessa casa, nesse casamento, se não fizer o que é certo pelo Jamie. Ele *precisa* de ajuda médica urgente. De ajuda psiquiátrica. Não importa o que David diz.

Eu o mando para a cama e volto para a cozinha. Lá, fico encarando o teste de gravidez por dez minutos, como se estivesse tentando fazê-lo se mexer com minha capacidade telecinética. Inclino-me para a frente, pego o teste e levo até o banheiro mais próximo.

Agora, estou sentada, esperando. Sem rezar.

Eu olho para a varinha de plástico que pode lançar um encantamento no meu futuro.

Duas linhas.

Eu estou grávida.

35 dias antes do Natal

Tarde

— Olá! Está ventando bastante hoje.

Mavis Prisk, a psicóloga infantil, está na varanda. Ela é mais jovem do que eu esperava. Veste uma calça jeans bonita e uma blusa ainda mais bonita. O cabelo escuro é bem cortado. Ela é positivamente glamourosa. Sequer tem trinta e cinco anos. Fico um pouco surpresa e me sinto malvestida com minhas roupas do dia a dia. Sua voz firme a fez soar como uma pessoa de meia-idade ao telefone, quando liguei para agendar a consulta com urgência e dei uma carteirada, oferecendo meu nome completo, sra. David Kerthen, de Carnhallow House. Pelas respostas formais e a elaboração cuidadosa dela, eu previra uma mulher parecida com uma diretora de escola na casa dos cinquenta anos. Uma pessoa austera. Não sexy.

— Esse deve ser o famoso Jamie Kerthen. — Ela sorri e coloca a mão no ombro dele protetoramente quando saímos do carro, e nos convida para entrar. — Vamos tomar uma xícara de chá e depois podemos conversar.

A casa tem um cheiro agradável de madeira queimada, vindo de uma grande lareira de ferro. Jamie observa o local. Não parece muito interessado, mas um pouco nervoso e retraído. Quando entramos na cozinha branca, Mavis coloca uma chaleira para esquentar, e eu fico observando Jamie avaliar a vista espetacular do cabo da Cornualha. Meu enteado observa o oceano com atenção, onde o mar agitado pula e dança sobre pedras negras.

— Brisons — diz Mavis em um tom de explicação enquanto serve água fervente. — As pedras se chamam Brisons. Os moradores dizem que parecem Charles de Gaulle tomando banho. — Ela coloca o bule de chá e algumas canecas em uma bandeja. — Vamos para o escritório. É difícil trabalhar com tudo isso. — Ela aponta para a imensidão do vazio azul do mar, como um quadro que fica mudando toda hora. — É bem difícil parar de olhar.

O escritório é mesmo mais tranquilo. Está cheio de prateleiras com títulos apropriados. *Manual de psicologia adolescente. Asperger em menores de dez anos. Compreendendo o TDAH.* Eu me pergunto como essa mulher claramente inteligente e confiante, essa psicóloga pediátrica com sua base científica, vai reagir à minha história. Meu enteado acha que é capaz de prever o futuro. Ele previu a minha morte. Vou mencionar essa última parte? Tenho dificuldade de articular essa ideia porque, mais uma vez, faz com que *eu* pareça louca. Porque uma parte de mim não consegue deixar de pensar: *E se? Como você sabe? Como alguém pode ter certeza?*

Para o meu alívio, Mavis Prisk começa com generalidades. Um pouco de fofoca córnica. Uma piada educada. A inevitável menção ao tempo de novembro: "Espere até você ver janeiro, os mares agitados são maravilhosos." Em seguida, ela desvia habilidosamente para a questão, como se fosse uma evolução natural da nossa discussão.

— Jamie, eu soube que você já esteve com um colega meu, Mark Whittaker, no Treliske Hospital, pouco depois do acidente da sua mãe. E que ele começou uma terapia com você, pedindo para você escrever para a sua mãe.

Jamie cora um pouco, assente e não diz nada. O rosto dele treme... e uma sensação de medo surge em mim. Isso vai ser horrível? Vai trazer à tona algum trauma interior em uma reação violenta?

Mavis o cutuca novamente.

— Mas você só esteve com o terapeuta algumas vezes, não é mesmo?

Outro leve movimento de cabeça. Estou perplexa; não entendo o que aconteceu com aquele garoto tão confiante. Por que ele regrediu até a passividade quase total?

Eu me intrometo, por Jamie.

— Concluiu-se que a terapia não estava ajudando. As cartas e tudo o mais. E, assim, foi interrompida. Mas agora...

Mavis reage a mim com um movimento educado de cabeça. Em seguida, volta-se para Jamie.

— Sei que deve ser muito difícil para você, James. Mas a sua madrasta diz que você está tendo novos problemas. Ela diz que você previu *coisas*. Que você está falando com a sua mãe morta. Se possível, eu gostaria de conversar com você sobre tudo isso.

Jamie não diz nada. Suas mãos estão apertadas em punhos. Ele me olha com a expressão dura e irritada.

— Jamie... — digo. Mas ele também ignora as minhas palavras.

Mavis tenta novamente.

— Nós estamos aqui para ajudá-lo, Jamie. Talvez tenhamos algumas ideias, algumas técnicas que irão ajudar você a enfrentar tudo isso. Ninguém quer deixar você triste ou chateado.

Nada ainda. O queixo dele está enterrado no peito. Praticamente autista. Isso é doloroso.

— Jamie?

Silêncio.

— Jamie?

Ele não responde.

Isso é excruciante. Jamie me recompensa com outra cara feia. Mavis, um pouco vermelha, toma um gole de chá. Em seguida, olha para mim.

— Sra. Kerthen... Rachel? Eu tenho uma ideia. Você se importaria, hum, de sair por uma horinha, quem sabe para fazer uma caminhada pelos penhascos? Assim, Jamie e eu poderemos conversar sozinhos.

163

Entendo a lógica dela. Mas fico ressentida por motivos que não sei explicar inteiramente.

Mavis acrescenta:

— É meu trabalho. Eu garanto que sei o que estou fazendo.

Talvez eu sinta uma espécie de alívio. O silêncio perturbador de Jamie é doloroso demais para se testemunhar. Pego o meu casaco e o abotoo até o alto. Então dou um abraço em Jamie, que ele não retribui. O garoto está trancado em suas próprias emoções. Como as Brisons, negras e imóveis no meio do mar agitado. Encolhidas contra a tempestade iminente.

— Você vai ficar bem, Jamie. Mavis está aqui para ajudar.

Seus enormes olhos me observam. Não tenho ideia do que ele está pensando. Mas acho que não tenho escolha. Eu o tirei da escola para isso; corri o risco de agir pelas costas de David. Eu tenho de sair.

Abro a porta para o vento e faço a caminhada que Mavis aconselhou. Vou até os penhascos e para a esquerda.

O vento que vem do mar está sadicamente frio, mas eu gosto mesmo assim. O ardor do frio tem uma emoção própria. Consigo identificar um farol distante sobre uma pedra, bem para o oeste, onde um raio de sol perfura as ondas agitadas.

O vento de novembro balança a grama. Pequenos pássaros de inverno lutam contra as rajadas, como pipas pequenininhas dançando juntas. Em toda parte, há placas, perto dos caminhos cobertos de samambaias, avisando sobre riscos de morte e de acidentes nas minas. Fico impressionada. Mesmo aqui, nesse pontal maltratado pelo vento, abriram minas para arrancar o metal da pedra gelada.

Mas aqui, em Carn Gluze, também há placas antigas para turistas sobre as tumbas da Idade do Ferro. São tumbas e dólmens. Esses restos antigos parecem despojos das minas, e as tumbas menores parecem entradas cobertas de minas. As chaminés nos campos parecem monólitos de cinco mil anos de idade. A Idade da Pedra e a Vitoriana, a pré-histórica e a industrial, estão se erodindo uma na outra. A paisagem está se repetindo, ou talvez formando ciclos em si mesma, infinitamente.

Mas eu não vou repetir a minha história, não vou reciclar o meu passado.

Vou me libertar.

Independentemente do que nos aconteça, a mim, Jamie e David, e ao nosso bebê, sei que não posso voltar para Londres. Não posso voltar para o meu mundo de infância, de tapetes grudentos, parques sujos e gritos suburbanos. Todos os trabalhos degradantes que fiz aos dezesseis, dezessete e dezoito anos para garantir meu sustento e o da minha mãe. Eu escapei de tudo isso. Eu trabalhei e li e estudei e sobrevivi. Não posso voltar.

Mas primeiro preciso contar a David que estou grávida e ver se poderemos ser uma família. E preciso fazer isso pessoalmente. De novo. Preciso ver como ele vai reagir, se a notícia lhe trará alegria de verdade.

No próximo fim de semana. Um mês antes do Natal.

Uma hora se passou. O vento diminuiu, e o sol baixo brilha pelas cortinas negras de chuva, caindo sobre as ondas a distância. Logo irá escurecer. A caminhada até a casa de Mavis é curta, e lá eu toco a campainha, sentindo uma ansiedade repentina e intensa.

Assim que ela abre a porta, percebo que eu estava certa. Aconteceu alguma coisa.

— Entre — diz ela sem sorrir. — Jamie está na sala, jogando videogame. — Ela tosse. É um som constrangido, não intencional. — Nós podemos, ah, conversar no escritório. Em particular.

Vamos para o escritório. Eu não perco tempo.

— O que é? Conte-me, por favor. Jamie falou? Mencionou alguma coisa sobre o passado?

Mavis não me encara. Ela prende parte do cabelo bem cortado atrás da orelha e olha para os livros. Só depois olha para mim.

— Bem, Rachel... Antes de tudo, precisamos saber que, muitas vezes, as crianças reagem de forma estranha à morte. A morte de uma mãe é considerada um dos eventos mais estressantes para uma criança. Quando enlutadas, elas têm três vezes mais chance de depressão.

— Você acha que Jamie está em depressão?

— Não. Claro que ele está infeliz. Mas, não, eu não diria que ele está em depressão. Mas ainda está sofrendo muito. E a dor está demorando demais. Alguma coisa *está* piorando tudo.

— O quê?

— Ah. Não tenho certeza. Ele mostra sinais de pensamentos mágicos. De ver uma reação causal entre seu comportamento e alguns eventos, uma ligação que não existe. O pensamento mágico não é uma reação incomum em uma criança que está sofrendo, mas não quando aparece quase dois anos depois da morte.

— O que mais? E *as previsões*?

Os belos olhos de Mavis Prisk não se encontram com os meus.

Eu insisto.

— Vocês conversaram sobre as previsões, sobre a lebre, sobre o que ele disse?

— Sim, conversamos. Claro.

— E então?

Um leve rubor.

— Ele nega ter dito qualquer uma dessas coisas. Ele diz que você está... — Ela franze a testa sutilmente. — Ele diz que você está inventando.

— Mas nós sabemos que é mentira. Ele se sente constrangido.

Ela pisca.

— Claro. Sim. Claro.

— Ele acendeu o fogo e disse aquelas palavras.

— Sim. Eu sei.

Eu tenho de insistir.

— Ele falou sobre a morte da mãe, sobre o acidente naquela noite, disse qualquer coisa sobre isso?

— Não.

Isso não vai dar em nada. Mas eu não vou me deixar abater. Eu tenho de curá-lo. Tenho de consertar essa família. Tenho de deixar Carnhallow segura para o *meu* filho.

— O que podemos fazer no âmbito médico?

Ela parece aliviada, como se estivéssemos passando para um terreno mais seguro.

— Não tenho soluções imediatas, então, por enquanto, o melhor é esperar. A dor *pode* ser prolongada de forma incomum. Se ele ficar visivelmente pior, podemos considerar medicação, mas obviamente é uma escolha para longo prazo.

Ela balança a cabeça, como se tivesse tomado uma decisão difícil enquanto conversávamos.

— Rachel. Você precisa saber que o Jamie disse algo bem perturbador.

— O quê?

— Ele deu a entender, sugeriu, ou talvez tenha indicado que os transtornos começaram...

— Sim.

O tom dela é seco.

— Bom, que começaram quando você chegou.

— Como?

Ela dá de ombros.

— É uma inferência. Mas ele disse.

— Uma inferência? O que exatamente você está sugerindo?

— Eu entendo que pode ser perturbador. Mas tenho que dizer que tenho dúvidas. Pode ser que você esteja abalando o Jamie, provocando uma parte disso. Reparei que os novos sintomas dele começaram quando você chegou a Carnhallow.

Não consigo controlar a minha raiva.

— Você acha que é *minha* culpa? Que coisa ridícula de se dizer! Como você ousa, como você pode fo...

Tarde demais, eu interrompo o meu "eu" vulgar de Londres. Sei que ultrapassei um limite. Minha raiva me protegeu no passado, mas também me condenou.

Mavis Prisk olha para mim secamente.

— Acho que já basta por ora. Hã? Acho melhor você ir.

— Olha, me desculpe... eu exagerei...

— Por favor, vá. *Agora.*

Culpada e frustrada, eu pego Jamie na sala, onde ele estava olhando pela janela para os penhascos, para o cabo, para o mar agitado, ficando roxo e preto com a chegada da noite que vem das ilhas Scilly.

A terapeuta nos observa da varanda, na escuridão do fim do dia, enquanto entramos no carro e eu engato a marcha ré para sair da entrada da casa.

Quando ela some de vista, viro-me e pergunto a Jamie, tentando transmitir o máximo de calma possível.

— E aí? Como foi? Sobre o que vocês conversaram?

Jamie não diz nada. De forma natural.

— Eu achei que ela é legal — digo, torcendo para que minhas mentiras desajeitadas não sejam óbvias demais.

O carro zumbe pelo asfalto liso, o mar se afasta. Estamos nas estreitas ruas de St. Just, em Penwith, a cidade assombrada e linda. A última cidade de todas.

O vento da noite balança os Papais Noéis de plástico espalhados pela rua, fazendo-os dançar como cossacos acima da confeitaria. Uma abertura surge, e eu viro para a esquerda, para pegar a estrada costeira até Carnhallow.

— Ali! — grita Jamie. Muito alto. Ele fica agitado de repente. — Ali. Ali! Era o rosto dela.

— O quê?

— Sim! — Ele está soltando o cinto de segurança; meu enteado está prestes a sair do carro enquanto eu dirijo. — Sim, mamãe. Mamãe. Mamãe! Ali!

Tomada de pânico, eu paro o carro de repente, quase uma freada brusca. E aperto o botão para trancar todas as portas, para que ele não pule para fora do carro.

O que ele está olhando? Por que está tão animado? Não há muito para ver. No crepúsculo do inverno, as janelas do carro estão escuras. Elas refletem o interior, a luz do painel, os ocupantes do carro.

Ele está olhando para nós.

Está?

Agora, reparo em um pequeno ônibus vermelho do outro lado, com luzes interiores. Nos fundos, vejo uma mulher loura. Ela está virada, mas consigo ver o perfil dela.

O medo vem em uma onda repentina, como agulhas congeladas perfurando simultaneamente todo o meu corpo. Poderia ser Nina Kerthen. Poderia. Poderia *mesmo*.

Mas é claro que não pode ser. É alguém que se parece com ela. Usando o tipo de roupa que ela usava. Só isso. É isso que eu estou vendo.

O ônibus começa a andar lentamente e chega ao nosso lado, e eu tenho uma visão melhor. A ansiedade sobe pela minha garganta como enjoo, acompanhada de um pânico aprisionador.

É ela mesma, eu acho. É Nina Kerthen. Sinto-me enjoada.

Nina Kerthen está morta nas profundezas da mina Morvellan, mas ali está ela, de volta, sentada nos fundos de um ônibus humilde, provavelmente seguindo para Penzance. Fico olhando, perplexa. Minha boca está aberta. A náusea sobe. Não pode ser ela. É, mas não é. Não pode ser, mas é.

Com despreocupação indiferente, o ônibus se afasta. Não posso deixar que escape. Tenho de saber se é Nina Kerthen: viva. Preciso da verdade. Viro o carro para a direita e dou ré para a esquerda, fazendo outros motoristas buzinarem furiosamente para mim, e dou meia-volta na direção da estrada oeste, atrás do ônibus.

— Mamãe...

Jamie está quase chorando. Ele cobre os olhos com as mãos. Em seguida, abre os dedos e diz:

— O que estamos fazendo? Não vá atrás do ônibus! É assustador! Por favor!

Tenho de ignorá-lo, por mais difícil que seja. O ônibus está três carros na frente. Nessas pistas estreitas, é impossível ultrapassar e chegar mais perto, mas também não há como o ônibus escapar. Com as mãos apertando o volante, mantenho o ônibus à vista, minha mente concentrada, o enjoo denso na boca. Como pode ser ela? Como ela pode estar viva?

Jamie ainda está surtando, e eu não posso culpá-lo.

— Rachel! Rachel? O que estamos fazendo? Por que você está indo pelo caminho errado, por que está dirigindo assim, por que estamos indo atrás daquele ônibus...

— Porque sim.

— Você viu o rosto, você viu o que eu vi, não viu... Rachel? Mas não o ônibus, não vai atrás do ônibus... não, dá medo...

— Jamie, por favor, eu não quero bater!

As estradas da charneca estão totalmente escuras agora. Os carros na direção oposta me cegam com seus faróis, passando assustadoramente perto. Essas estradas são muito estreitas. Rochas de granito marcam as curvas repentinas, onde meus pneus cantam, onde árvores escuras se movem. O ônibus ainda está ali, passando pela charneca e indo para a cidade. Há uma propaganda de uma peça de Natal da cidade na parte de trás. *Gato de botas*, no Hall for Cornwall. O gato sorri para mim. Mas nós estamos quase lá agora. E vamos descobrir. Sinto-me ainda mais enjoada. E se *for* ela?

— Rachel! Eu não quero fazer isso. Estou com medo!

Nós passamos por um supermercado, e o ônibus encosta e para. Três carros à frente. Estico o pescoço para ver o que está acontecendo: pessoas descendo no frio, com seus casacos de inverno, os rostos alaranjados pelas lâmpadas de rua, uma senhora idosa com um carrinho de compras. Eu levanto a cabeça para ver Nina, se for Nina, tenho certeza de que é Nina, ainda no ônibus. O cabelo louro. Mas o ônibus está distante demais para identificarmos os rostos, e a maioria das pessoas está virada para a frente.

Sinto-me ao mesmo tempo apavorada e estranhamente triunfante.

— Rachel, para. Estou com medo. Não faz isso, não faz isso.

Não aguento mais; não tem trânsito na direção oposta. Enfio o pé no pedal e sigo pela contramão no instante em que o ônibus começa a andar. Eu ultrapasso um, dois, três carros, sinto o choque e ultraje dos outros motoristas (*O que ela está fazendo?*), mas agora estou bem atrás do ônibus.

— Rachel...

Consigo ver o cabelo louro. O ônibus está seguindo pela Market Jew, cheia de lojas de caridade e de cabeleireiros baratos e uma igreja medieval em mau estado. Mais luzes de Natal oscilam acima. Na próxima vez que o ônibus parar, eu posso parar também, sair e ver. *Eu vou saber.*

E agora um homem com uma placa entra no meio da minha fantasia febril, no meu frenesi de descobertas.

PARE.

Obra na estrada.

PARE.

— Não!

Eu estou gritando. Mas tenho de parar, senão vou matar o homem. Mas o ônibus passou no último momento; está disparado à frente, escapando de nós. O Gato de Botas olha para mim enquanto o veículo avança pela estrada que sobe a colina e se prepara para virar. E agora o sorriso do gato sumiu, como o gato em *Alice no País das Maravilhas*. Como se nunca tivesse estado lá.

— Não! — eu digo. — Não, não, não, não, não, não!

Estou batendo no volante com frustração. Consigo ver Jamie pelo espelho, olhando-me chocado.

O ônibus sumiu de vista. Fez uma curva. Outro fluxo de tráfego enche a rua, vindo de uma rua lateral. E eu ainda estou aqui, presa atrás do homem com a placa de PARE. O ônibus pode estar em qualquer lugar agora, eu nunca vou alcançá-lo. Bato no volante novamente.

Finalmente, cinco minutos depois, o homem com a placa de PARE a vira e mostra a palavra SIGA. Eu disparo pela colina, passo pelo minimercado. Sei que não deve adiantar de nada, mas ainda posso tentar. Desvio do trânsito na direção oposta, ultrapasso o limite de velocidade e sigo pela rota do ônibus, passando por alguns pubs, em direção à costa. E, sim. *Ali está ele.*

Mas, quando chego perto, a decepção destroça minhas esperanças. O ônibus chegou ao ponto final. É a estação rodoviária de Penzance. E o interior do ônibus está escuro; ele chegou ao ponto final e todos os passageiros já desembarcaram. O motorista está trancando a porta e se afastando, e não há sinal dela.

Agora nunca irei saber se era mesmo Nina Kerthen. Aperto o rosto no volante e enfio o punho na boca. Estou quase vomitando. Engolindo o gosto acre dos meus medos.

34 dias antes do Natal

Hora do almoço

Plumstead. Woolwich. Bugsby's Reach. Thamesmead. David ouviu falar desses não lugares estuarinos, claro, esses subúrbios incoerentes espremidos ao longo do cinzento e agitado Tâmisa, mas nunca os tinha visto. Exceto talvez da classe executiva de um avião, decolando do aeroporto da cidade, seguindo para Ibiza, Paris, Milão, quando ele olhava para o lado e se maravilhava com o tamanho de Londres, com o brilho das docas, o alongado prateado da água, e depois com o tom marrom-acinzentado de mariposa desses subúrbios. Depois, um Tanqueray com tônica, obrigado.

Agora ele estava aqui, no chão, perdido na água estagnada do sudeste de Londres, onde havia sofás na rua esburacada sem nenhum motivo aparente, onde as árvores agarravam sacos plásticos de mercado com seus galhos pretos, onde os últimos nativos britânicos mantinham as cabeças baixas e seguiam para lá, para aquele pub, entre um borracheiro e um antigo moinho georgiano, o Lord Clyde.

O pub estava praticamente vazio. Havia apenas uma atendente de seus trinta anos, com o olho roxo, encarando a televisão sem som na parede, e mais outros dois clientes da hora do almoço, dois operários de jaquetas fluorescentes tomando cerveja amarela barata. Falando sobre futebol, com sotaques não muito diferentes do de Rachel. O eco, o lembrete, cutucou sua consciência. Sua nova esposa. A mulher que ele amava.

E agora aquele amor tinha virado *isso*. Esse pub deplorável. Dúvidas e ansiedades e investigações; uma desconfiança sinistra que ainda seria confirmada e talvez usada. Porque ele tinha de proteger seu filho de seus próprios erros.

Com quem ele tinha se casado? Quem ele permitira, de forma tão precipitada, que fosse morar em Carnhallow?

Ray estava voltando do banheiro, fechando o zíper. Ele se sentou na cadeira. Tomou um gole de Guinness.

David olhou para ele. Avaliou quanto ele tinha envelhecido, e assim quanto o próprio David tinha envelhecido desde o último encontro dos dois, talvez cinco anos antes.

Ray era uma espécie de faz-tudo de Edmund. Foi assim que David o encontrara na semana anterior, por meio de amigos de amigos de Edmund. Aquele homem, Ray, um ex-policial de quarenta e poucos anos, trabalhara para Edmund durante meia década, talvez, fazendo investigações particulares, pesquisas discretas, fugindo um pouco do lado certo da lei. Antes de Edmund cair morto, aos 37 anos. Hemorragia cerebral. *Poderia ter acontecido com qualquer um.*

— Ele adoraria este lugar — disse David.

Ray limpou cerveja dos lábios.

— Edmund? Sim. Ele adorava coisas de baixo nível.

— Os namorados dele eram sempre de lugares assim.

Ray riu.

— É verdade. Aquilo que era mistura de classes. Que ele descanse em paz! — O ex-policial parecia estranhamente melancólico. — Sinto falta daquele filho da mãe. Ele era engraçado.

David assentiu. Forçando-se a ser profissional. Não queria falar muito sobre Edmund. Eles não precisavam tocar nesse assunto.

— Tudo bem, o que você tem?

Ray sufocou um arroto, inclinou-se para o lado e pegou uma sacola de supermercado. Tirou um livro fino que parecia um livro de exercícios de criança. Quando o abriu, David tentou não olhar para as páginas de forma óbvia demais. A caligrafia de Ray era pequena, cuidadosa, precisa. Isso, sem dúvida, era o policial nele. Fazendo anotações regularmente.

Ray limpou a garganta como se estivesse em um tribunal e explicou:

— Para ser sincero, David, sua ligação me pegou um pouco de surpresa. Não tenho notícias de vocês há anos, e você não me deu muito tempo. Normalmente eu gosto de ir devagar com essas coisas, ir construindo uma imagem. — Ray sorriu, mostrando um brilho de ouro em uma obturação. — Mas sua proposta foi generosa, e ando trabalhando rápido. E arduamente.

— E?

Ele leu as anotações.

— Rachel Daly. Trinta anos. Um metro e cinquenta e oito. Sem antecedentes criminais. Pais irlandeses. Mãe faxineira, pai vagabundo. Nascida no Hospital Woolwich General. Estudou em St. Mary's Primary. Depois, em Holy Trinity Secondary, escola católica. Terminou cedo a escola, teve empregos básicos de limpeza, faxina, sem vínculo empregatício. Depois, foi estudar Artes em Goldsmiths. E escapou.

— Escapou?

— Parece a palavra certa, você não acha? Dê uma olhada nessa região. Dê uma olhada no histórico dela. Uma típica família de classe baixa do sul de Londres. Eu conhecia o tipo dela quando era policial. Batedores de carteira, desempregados, oportunistas. Semicriminosos cruéis.

— Mais alguma coisa?

— Quando ela era criança, os pais moraram em vários lugares. Uma casa em Thamesmead, um apartamento em Charlton, na parte ruim, depois uma horrível casa geminada em Abbey Wood, sempre aluguel, claro. Aluguel e despejos. A lista de endereços é tão comprida quanto o seu braço. Com oficiais de justiça chegando e saindo a toda hora. Muito difícil.

David se rencostou na cadeira, pensando na sua segunda esposa, inteligente e criativa, que *se moldara a partir de tudo isso*. Uma admiração surgiu, apesar de tudo. Rachel havia superado essa história terrível. Era algo impressionante. Era um dos motivos de ele ter se apaixonado por ela.

Mas uma canção natalina interrompeu seu devaneio. Tra lá lá lá lá. Ele realmente tinha de *parar* de pensar assim. Tinha de lembrar por que agora também se ressentia dela. Essa mulher xeretando em Carnhallow. Essa mulher irracional, incomodando seu filho. Esse desastre em potencial. Com quem ele tinha se casado.

— O que mais?

Ray olhou para as anotações.

— Sim. Tem uma coisa. Eles desaparecem por um tempo.

— Como?

— Perto do final da adolescência de Rachel, a família some. Não tem endereço conhecido. O pai está sozinho. Alguns anos depois, Rachel se matricula na faculdade, a Goldsmiths, e a mãe já estava morando no campo. E, veja isto: ela está morando em uma casa própria.

David se encostou.

— Mas eles não tinham dinheiro.

— Exatamente. Eles desaparecem e voltam, e têm dinheiro suficiente para uma casinha. Não é muito, mas, ainda assim, é bem estranho. E àquela altura o pai dela tinha voltado para a Irlanda. Ele mora lá agora, em Kilkenny. A mãe dela morreu alguns anos depois. Câncer de pulmão.

David tomou um gole da bebida, pensativo, tentando afastar o gosto de traição. Mas era difícil. Ele estava traindo Rachel, a mulher que amava. Mas essas coisas ruins tinham de ser feitas. Talvez ele conseguisse encontrar uma saída fácil. Persuasão, não força. Se o pior se tornasse realidade e o casamento acabasse, ele não queria passar por um divórcio difícil. O que quer que fizesse, o divórcio tinha de ser evitado. Porque ela podia lutar. Podia contar à polícia que ele mentira sobre o acidente, e se começassem a investigar...

Impensável. Ele precisava ser mais inteligente do que isso. Ele era mais inteligente do que isso.

— Quer outro? — Ray estava apontando para o copo. David descartou a oportunidade; um gim com tônica era suficiente. Ele precisava de sua mente afiada.

Enquanto Ray seguia para o bar, David olhou ao redor. Os operários tinham saído no frio de inverno e fechado as jaquetas, fortalecidos pela cerveja do almoço. Sim, era assim. Fechar o zíper, seguir em frente. Fazer o serviço. Uma cerveja.

Ray se sentou com outro copo grande de Guinness. David se inclinou para mais perto.

— Olha. Preciso de alguma coisa agora. Alguma coisa melhor, mais forte.

— Algo que você pudesse usar como chantagem, você quer dizer?

David não respondeu nada. Não havia necessidade. Ray tomou outro gole de cerveja e olhou para a atendente de olho roxo.

— Alguém anda dando de cara em portas. Acontece muito aqui, essas portas devem ser uma merda.

— Ray...

O homem riu.

— Eu tenho outra coisa, sim. Embora elas sejam estranhamente leais, essas pessoas. Carne e unha. Farinha do mesmo saco. Toda essa merda. Mas tem um cara que talvez ajude. Ele é o único disposto a falar sobre ela.

— E esse cara é...?

— Liam Daly, primo da Rachel. Eu disse que você pagaria quinhentas libras para ele se ele dissesse algo legal. Ele afirmou ao telefone que talvez tivesse algo.

— Tudo bem. Tudo bem.

— Bem na hora. Aqui está ele.

A porta tinha sido aberta; um homem ruivo de trinta e poucos anos, usando um casaco enorme, assentiu para eles. Parecia um tanto hostil. Mas, refletiu David, todo mundo era um tanto hostil por ali. Tudo era ríspido, brusco, definhado. Gasto pelo vento do estuário.

— Liam, este é David.

Liam se sentou sem dizer nada.

— Cerveja?

Liam olhou para David e de volta para Ray.

— Abrahams. Cidra. — Uma pausa. Ele não disse obrigado.

A bebida foi trazida. Liam abriu o casaco, exibindo camadas de camisas de futebol. Um homem em forma a caminho de ficar gordo. Metade da bebida desapareceu em dez segundos. David sentiu a frustração aumentando e o interrompeu.

— Então, Rachel Daly é sua prima?

Liam tomou mais cidra e colocou o copo na mesa.

— É.

— Continue.

— Ah. Nós fomos próximos por um tempo.

— Quão próximos?

— Nós estudamos na mesma escola.

— E?

Um movimento de ombros. Mais silêncio. "I'm Dreaming of a White Christmas." Liam estava inerte, quase desafiador. David insistiu.

— Liam. Não vou pagar quinhentas libras para ouvir sobre seus amassos perto do bicicletário.

Where the treetops glisten, and children listen.

Finalmente, com um toque de desprezo, Liam continuou:

— Tudo bem, o que mais eu posso contar? Ela era gata, chamava a atenção. Todo mundo era a fim dela, e ela também era divertida, inteligente. Que bom que ela saiu dessa merda de zoológico! — Liam encarava David com uma agressividade evidente; mas David se deu conta de que talvez Liam estivesse com raiva de si mesmo por trair uma amiga por dinheiro. — Mas aconteceu uma coisa. Ela se desentendeu com a família, não sei por quê, mas tenho certeza de que não foi culpa dela. Eles pararam de falar com ela.

— Você não faz ideia do motivo?

— Não. Nenhuma ideia. A família dela era problemática, vivia metida em problemas. E o pai dela. Meu Deus, que filho da mãe cruel! Bebia e brigava sem parar. Não é surpresa a irmã dela ter surtado.

— O que a irmã dela fez?

Ray o interrompeu.

— Sinead é a irmã mais velha da Rachel. Ela tem trinta e dois anos. Foi expulsa do colégio por quebrar janelas. Ela mora em Glasgow agora, e é enfermeira. Parece que Rachel não mantém contato com o pai e a irmã desde que eles se separaram.

David assentiu, contendo a irritação. Isso ainda não era suficiente. "White Christmas" terminou. Ao que parecia, Ray havia percebido o humor dele; ele cutucou Liam para que continuasse.

— Liam, nós não temos o dia todo. Você pode contar ao David o que me contou ao telefone hoje de manhã? O que aconteceu com Rachel. Você disse que tinha algo que nos ajudaria.

Liam tomou um longo gole, como se precisasse do álcool para acalmar os nervos. Em seguida, olhou diretamente para David.

— Tudo bem. Pouco depois que o pai dela foi embora, talvez antes, sei lá, ela ficou maluca. Surtou.

David sentiu uma aceleração nos batimentos; seus sentidos de advogado ficaram em alerta.

— Você quer dizer que a Rachel teve um ataque de nervos?

— Foi.

— Qual foi a gravidade?

Uma pequena e torturosa pausa.

— Bem ruim. Ao que parece, ela pirou. Ela foi levada para Fraggle Rock. É, ela ficou em um lugar, trancada na... como é mesmo o nome?

Unidade psiquiátrica. Depois que saiu, ela desapareceu. Amadureceu. Livrou-se do sotaque quase completamente. E foi embora.

David olhou para Liam, depois para Ray, e ficou encarando o copo vazio na mesa. Ele tinha uma espécie de prêmio. Rachel tinha problemas mentais. As piores de suas desconfianças se provaram terrivelmente corretas. E isso provavelmente explicava tudo. Rachel estava inventando tudo. A mulher que estava cuidando de seu filho era verdadeiramente maluca, tinha alucinações, era uma paranoica clássica e tinha mania de perseguição. *Eu ouço vozes. Elas me dizem que eu vou morrer no Natal.*

Ele podia interditar a esposa e mandar que a levassem para sempre. Teria de fazer isso. Antes que ela fizesse mal ao seu filho.

David olhou ao redor, para o pub, sentindo o vazio. Apesar da descoberta, não tinha nenhuma sensação de triunfo. A informação o deixava mais triste, mais culpado. Aquela garota espirituosa e engraçada que ele havia conhecido na galeria de artes oito meses antes. A sobrevivente. A garota que ele amava. Ela era única. Era a garota especial que ele sempre quis ter.

Mas era uma garota que teria de ir embora.

32 dias antes do Natal

Noite

Estou pronta. A casa está vazia. Como sempre. Estou sozinha, e estar sozinha é bom, mesmo sendo algo assustador. Paro no alto da escada com a lanterna na mão e lembro a mim mesma por que estou aqui.

Quando voltamos para casa depois de St. Just (e do incidente com o ônibus), Jamie correu direto para o quarto sem falar nada. E a primeira coisa que fiz foi verificar os sites. Verificar a história de Nina. Talvez ela tivesse uma irmã de idade próxima. Uma irmã gêmea? Meia-irmã?

Não. As colunas de fofocas me disseram que ela só tinha um irmão bem mais velho, que agora mora em Nova York e é banqueiro. Mas eu vi Nina, ou alguém que se parecia muito com ela, naquele ônibus em St. Just.

Será que eu vi mesmo?

Desde então, as racionalizações começaram. Porque eu preciso delas. Todas as outras coisas são confusas demais e perturbadoras demais. Minha única escolha é negar por enquanto, até que eu tenha mais provas, negar da mesma forma que estou negando todas as outras coisas, como a lebre e o fogo e a previsão. Eu tenho de dizer a mim mesma que nada disso aconteceu. Era alguém que se parecia um pouco com Nina. Ou muito. Até eu ter mais provas.

Eu não vi Nina Kerthen. Fiquei chateada depois da visita a Mavis Prisk. O estado desequilibrado do meu enteado me abalou. Minha vida está me afetando. O humor histérico desta casa, Carnhallow, está intoxicando a todos nós. Tudo que está errado pode ser atribuído a equívocos e dor. Ao conceito perturbador de Nina Kerthen presa nos túneis, os dedos machucados se esticando na água em direção a uma luz que ela não consegue ver.

Mas ainda há profundos mistérios aqui em Carnhallow. E eu tenho de resolvê-los. Porque estou grávida. Eu mereço saber em que tipo de vida e casa e família meu filho irá nascer.

E David estará de volta em dois dias. O confronto se aproxima, assim como o Natal. Meu dia especial.

Mas, até lá, vou fazer o que tenho adiado até agora. Investigar Nina. Descer até o porão de Carnhallow, verificar o passado recente.

— Vamos lá, Rachel. Faça isso. — Estou falando sozinha.

Está mesmo.

Giro a maçaneta, e a escada vazia e negligenciada parece uma boca aberta abaixo de mim. Viro o interruptor antiquado à minha direita, e a luz úmida ilumina debilmente os degraus sem pintura. Também ligo a lanterna, para o caso de as luzes antigas do porão se apagarem, o que acontece com frequência.

Desço rumo ao sonho mofado e horrível de corredores, acendendo o máximo de luzes possível. Passo pela sala de armas. Passo por uma despensa de caça. Passo por ruídos baixos de camundongos, de ratos, à minha esquerda, que aceleram minha pulsação. Em seguida, paro e fico olhando para a escuridão.

Esses corredores continuam eternamente. Talvez um deles, em algum lugar, tenha mesmo ligação com os túneis mais profundos embaixo de Morvellan. Imagino um mapa desses túneis, semelhante aos ossos cinzentos de uma mão vista no fundo escuro de um raio X. Uma mão que se estica desesperadamente no fundo do mar.

Na esquina seguinte, sinto cheiro de poeira e sujeira antiga, mas também um aroma de especiarias. É um toque final da vida já vivida lá embaixo, nas grandes cozinhas de Carnhallow House.

Aqui e agora, na minha mente, o lugar se enche de fantasmas reais, de movimentação e alegria, de um século passado. Consigo ouvir a conversa vívida dos empregados de libré pegando bebidas e gelo, e as gargalhadas de lindas empregadas de Pendeen e Hayle, de St. Erth e Botallack. Cozinheiras suadas de avental, garotos girando assados, alguém escrevendo cardápios cuidadosos: *Côtelletes d'Agneau à la Macedoine, Poulets à la Langue de Boeuf.* Imagino os Kerthen no andar de cima, comendo com decoro e satisfação a comida infinita levada daquele porão. Os leitõezinhos. Os suflês dourados. A lebre guisada, cozida no próprio sangue.

Agora, tudo está morto. O romance acabou.

O raio da minha lanterna, junto à fraca luz das lâmpadas imóveis, me leva para depois da Despensa do Mordomo. Consigo ouvir guinchos abafados. Morcegos, imagino, ou roedores.

Fazendo uma curva, chego à Destilaria. A porta está aberta. Nunca vi isso. Mais ainda: as caixas não estão lá. As grandes caixas de papelão com *Nina* escrito na lateral. Eu as vi lá mais de cinco vezes, sobre os azulejos sujos. Nunca senti necessidade de abri-las até agora. Mas elas sumiram.

Isso me perturba.

Talvez Cassie as tenha removido, talvez outra pessoa. Empurro a porta seguinte e espio lá dentro. O espaço deplorável está tão sujo que parece estar queimado, como se tivesse havido um pequeno incêndio, apagado pela umidade. Também está completamente vazio.

A porta seguinte está emperrada e exige um forte empurrão. E outro. Quando entro, o aposento parece maior, mais promissor. Os contornos da mobília se agigantam. Mas o interruptor não funciona, e eu tenho de usar a minha lanterna.

O raio de luz cintila em uma pilha de enormes crânios pontudos; crânios de tartaruga, talvez, para sopa de tartaruga. Há também uma janela estreita em arco feita de pedra, coberta de tijolos, provavelmente com mil anos de idade, do mosteiro que está abaixo de tudo isso.

Uma cômoda respeitável domina a parede mais distante. Preciso pisar em pilhas de tapetes fedidos para chegar a ela. Tento a primeira gaveta. Está tão emperrada que preciso puxar com força para abri-la. Com rapidez e determinação, reviro seu conteúdo, invadindo a história da família.

Tudo está lá dentro, tudo e nada: cartas vitorianas com beiradas pretas. Amuletos de luto com cachos de cabelo louro desbotado. Um par de luvas antigas, algumas peças de xadrez quebradas. Uma caixa de botões de prata antigos com o brasão dos Kerthen.

Nada.

A gaveta seguinte é um pouco mais recompensadora: tinteiros com apoio para caneta, mata-borrões, o que parece ser contratos de mineração do século XVII. Com o raio de luz da lanterna, eu passo os olhos pelo papel. O mais impressionante é uma carta manuscrita do Lord Lieutenant de Truro para Lord Falmouth, confirmando (eu acho) a compra de Wheal Arwenack pelos Kerthen.

A gaveta de baixo contém uma pilha de fotografias apagadas de pessoas desconhecidas. Parecem as fotos emolduradas penduradas em New Hall. Uma a uma, eu as examino. As pessoas estão rígidas e sérias. Homens de pé e mulheres sentadas, com poses orgulhosas e formais em frente às minas.

Reconheço Morvellan, pois é muito distinta. Há *bal maidens* descalças, com lenços na cabeça, andando no fundo; várias delas espiam com curiosidade a câmera distante, algumas cuidam de suas tarefas. Um homem segura uma bandeja de pedras com alças passadas nos ombros, como um animal de carga.

Tenho certeza de que devia ser terrivelmente barulhento; o som ensurdecedor do moedor, despedaçando o minério, as meninas martelando os mortos. Mas o ambiente da foto é opressivamente mudo. Sufocado e vitoriano.

Todos na foto estão silenciosos agora. Porque estão *me* observando silenciosamente.

Outra foto mostra a mina Levant e outra, a Wheal Chance. Todas com Kerthen na frente. *Vejam o que temos. Isso é nosso. Tudo isso.*

Alguma coisa chama a atenção. Eu volto para a primeira foto.

Há uma criança no centro despercebido da imagem dos grandiosos Kerthen vitorianos, no ápice da riqueza, com a pose rígida em frente à Mina Morvellan. Uma garota de vestido branco, com botinhas pretas amarradas até o alto, está sentada em uma cadeirinha junto a um homem com bigode vigoroso e rosto severo de quarenta e tantos anos, que a ignora completamente.

A semelhança da garota com Jamie é impressionante. Os olhos enormes. O cabelo preto como um corvo. Mas o que realmente mexe comigo é a sua expressão. Ela parece apavorada. Sem nenhum motivo específico. A boca está entreaberta, como se ela estivesse dando um grito silencioso. Mas talvez ela esteja tentando sorrir, sem conseguir, nesse lugar horrível, com os moedores barulhentos atrás, as crianças com ferimentos de arsênico em volta.

Está tudo aqui. A história nobre e cruel dos Kerthen.

Mas eu não estou descobrindo *nada*. Eu me afasto da cômoda. O feixe de luz da lanterna ilumina o aposento aleatoriamente. Cai sobre as caixas com *Nina* escrito na lateral, colocadas atrás da porta. Alguém levou as caixas para aquele aposento sinistro. Cassie, talvez. Ou Juliet. Talvez tenha sido Jamie, examinando coisas, tentando entender o que aconteceu com a sua mãe; por que ela ainda está viva, sentada em um ônibus, esperando o Natal, preparando-se para o grande dia. Não posso culpá-lo pela confusão.

Vou até as caixas enormes. Elas não estão lacradas.

Equilibro a lanterna na prateleira mais próxima e abro a aba de uma caixa. Está cheia de roupas. Enfio a mão e pego o primeiro vestido. Cintila sob a luz da lanterna, carmesim e turquesa, cetim e seda, muito lindo. Mais, no fundo da caixa, há saias, lenços, mais vestidos macios e finos. Há vidros de perfume. Chanel. O perfume de uma mulher morta, o cheiro de um corpo que meu marido amava tocar.

Preciso ver o que há na outra caixa. Quero ir até o fim com isso. Com urgência e tremendo um pouco, eu abro a aba.

Quando enfio a mão dentro, um som me paralisa. Um som humano, vindo do lado de fora.

Eu espero. Estou tão tensa que os músculos das minhas coxas doem. Minhas mãos estão tremendo.

É o inconfundível estalo da escada de madeira antiga.

Alguém está descendo os degraus. Irão me encontrar aqui, mexendo nos bens de uma mulher morta. Uma ladra pega no flagra.

O pânico tem gosto metálico na minha boca. Acho que consigo ouvir alguém respirando baixo. Isso torna tudo pior. Trata-se de alguém tentando não ser ouvido.

Não pode ser Jamie. Ele está com Rollo. Cassie saiu esta noite e foi dormir com amigos. Juliet saiu para um evento social.

Eu estou sozinha. Mas hoje, no porão de Carnhallow, eu não estou sozinha.

Os passos chegam mais perto e passam pelo corredor do lado de fora. De repente, param na porta desse aposento.

Fico olhando, tomada de medo. Quem está tentando me assustar? Quem está vindo atrás de mim? Em minha mente, vejo Jamie, vejo Nina Kerthen, vejo a garotinha em Levant, com as botinhas do mal, deformada, mas pulando, apontando para o mar, apontando para a água, *olha olha olha olha olha*. A garota que me assustou tanto a ponto de me fazer abraçar Jamie com força.

— Quem é? — pergunto, a voz rouca. — Quem é? Quem está aí?

Ninguém responde. Estou presa. Encurralada nesta sala com os vestidos cheirosos e a garotinha gritando na fotografia.

— Pare com isso — peço. — Quem é? Nina?

Estou falando com uma mulher morta.

A porta se abre. Eu aponto a lanterna.

É Juliet.

Ela me olha com o rosto iluminado pela luz da lanterna.

— Rachel.

Tento gaguejar uma resposta. E não consigo.

Ela sorri.

— Graças a Deus! Eu voltei mais cedo e achei que tinha um fantasma aqui. A casa está tão vazia. É surpreendente não termos sido roubados! Você está mexendo nas coisas de Nina?

Fico muda. O que eu digo? Não tenho escolha.

— Ah, Deus, sim. Não. Sim. Sinto muito. Mas estou.

Ela olha para mim e para as caixas. Depois, para mim novamente. A expressão dela é inescrutável na escuridão.

— São fascinantes. Você não está sozinha. Acho que Jamie também mexe nelas.

Uma pausa.

— Mexe?

Ela sorri e coloca as mãos nos bolsos do antigo cardigã de casimira. Como se fosse uma conversa normal, tomando chá de camomila ou gim Beefeater na cozinha.

— Ah, mexe. Foi por isso que pedi a Cassie para trazê-las para cá, para dificultar um pouco que fossem encontradas. Não é bom para ele. Eu gostaria de jogar tudo fora, mas David não deixa, não deixa a lembrança dela para trás.

— Mas... — Eu tenho dificuldade de falar. — Mas...

— Mas quem pode culpar Jamie por tentar entender o passado? Exatamente, minha querida. Todos esses enigmas. Eles não são o problema? Nina está em toda parte, todos estão aqui, ninguém foi embora de verdade. Às vezes eu acho que consigo ouvir os mineiros cantando quando o vento sopra nesse porão. Eles tinham rostos vermelhos por causa do óxido de ferro.

Sinto vontade de compartilhar, de contar àquela mulher, minha única possível aliada em Carnhallow, o que eu vi. Uma pessoa muito parecida com a Nina. Em um ônibus. Mas não posso. Ainda não. Ainda não.

— Você viu todos os vestidos pretos? Maravilhosos, todos os vestidinhos pretos. — O sorriso de Juliet é indulgente, sonhador. Talvez ela já tenha tomado vinho do Porto. — Eram os mais lindos, eu acho.

Mas tão caros! — Ela suspira. — Mas, como David sempre diz, a morte é o preço que pagamos pela beleza. Pegue um, encoste no corpo.

— Como?

— Você tem o tamanho de Nina. É bem parecida, exceto pelo cabelo. Pegue um dos vestidos dela, encoste no seu corpo, vai ser divertido.

Ela só pode estar bêbada. Mas eu não me importo com isso. Significa que ela pode esquecer esse episódio.

Eu enfio a mão na caixa com obediência e pego um dos vestidos. É cintilante e preto. Eu o encosto no corpo, como se estivesse vendo casualmente o tamanho em uma loja.

— Ah, sim! — Juliet ri com satisfação. — Você é Nina! A esposa de David. A mãe de Jamie! Sem dúvida, é ela. Ah, sim. — A gargalhada dela some. E uma tristeza rápida se espalha. — Bom, eu tenho que ir, mas continue. Tem livros aí também. Boa noite. Não se esqueça de fechar bem a porta para o pequeno Jamie não entrar. Nós temos que proteger Jamie. Jamie é tudo. Ele é o motivo de tudo.

E pronto. Ela se vira e sai, como se tivéssemos nos encontrado na sala de estar e tivéssemos conversado sobre o roseiral. Eu fico ali parada por meio minuto, tentando decifrar as frases arrastadas. Mas é inútil. E existem mais caixas. Quero concluir a busca e voltar para o andar de cima correndo.

A segunda caixa contém vários documentos e arquivos. Figuras e citações. A maioria (tudo?) contratos e cartas sobre a reforma de Carnhallow, o grande projeto de Nina, que estou tentando completar. De forma risível.

Há cartas de empresas de tecido, de estofadores, de designers de interior, compradores em leilões, todos trabalhando para ela. Até museus. Com a lanterna apoiada em uma prateleira, eu mexo com urgência nos papéis enquanto o facho de luz ilumina frases e parágrafos. *Um par de pratos georgianos de prata folheados a ouro. Encontrei lindos espelhos com molduras floreadas. Um molhe de cristal e um aparador. Dois vasos de porcelana branca chinesa; dois ramos de flores de prata de Milão; dois vasos japoneses grandes de vidro Imari: £ 30.000.*

Trinta mil libras.

Mais no fundo da caixa, há um caderno Moleskine. A caligrafia caprichada e inclinada de Nina é delicada e singular. O caderno esconde uma carta. Eu a abro e leio. Ela parece estar escrevendo para um especialista. A carta não está terminada.

Mandei vir um homem de Inverie, na Escócia, para morar em um chalé em Zennor. Ele tinge sua própria lã com tintas vegetais para obter a cor certa para as tapeçarias.

Mais abaixo:

O tecido é feito e tingido por Richard Humphries; eu falei com o departamento têxtil da V&A e escolhi damasco de lã, um tecido com marca-d'água de seda, perfeito para as camas e seus dosséis. Tingido em um azul-esverdeado etéreo...

Isso não me diz nada, só que Nina sabia o que estava fazendo. E que ela nunca enviou essa carta cuidadosamente escrita. Não sei por quê. Mas, como aconteceu com a fotografia da revista de fofoca, tenho a estranha sensação de que agora tenho uma pista.

Eu dobro a carta, recoloco-a no caderno e o enfio no bolso da minha calça jeans.

A última caixa é de livros, como dito por Juliet. Muitos e muitos livros. De memórias, de história, romances. Muitos dos livros estão em francês: Colette, Balzac, Simone Weil.

O livro mais fino parece especialmente manuseado; é uma edição de capa dura de *Poemas*, de Sylvia Plath. Eu o viro em minhas mãos e vejo que está marcado e surrado, embora Nina tenha consertado a lombada, ou mandado consertar. É um livro amado. Ao segurar na palma da mão, o livro naturalmente se abre em uma página. A lombada está marcada nesse ponto. É o poema que ela mais gostava de ler.

"A Lua e o Teixo."

Não conheço Sylvia Plath muito bem, nem poesia. Romances eram os meus preferidos, minha forma de fuga quando a vida se tornou insuportável. Mas o primeiro verso do poema, circulado cuidadosamente por Nina, basta para me dar o gosto poeirento da ansiedade mais uma vez.

Esta é a luz da mente

Eu me lembro bem desse verso. É o epitáfio na lápide de Nina. E posso não saber muito sobre Sylvia Plath, mas sei de uma coisa. Ela cometeu suicídio.

A pergunta cresce e explode, como as tempestades no Cabo da Cornualha. Como ventanias de Natal.

Nina cometeu suicídio? Se sim, isso pode explicar os sentimentos de desgraça, remorso e segredo que envolvem a morte dela. Que envolvem a todos nós, presos em Carnhallow. Mas, se ela cometeu suicídio, qual teria sido o motivo? Ela tinha tudo. Beleza, inteligência, um filho, um marido, uma casa maravilhosa. Ou era o que parecia.

Penso no filho que carrego, que herdará metade de Carnhallow. Mas também toda aquela história.

Levo o caderno para o andar de cima, apago as luzes e vou para a sala. Mas, assim que abro a porta, um novo medo doentio me domina e faz o caderno tremer na minha mão.

Chanel. Estou sentindo o cheiro. Aqui. Nesta sala. Mas não é uma lembrança de aroma, um rastro de uma coisa antiga que se foi. É real. É o perfume de uma mulher que esteve naquela sala há pouco tempo, a favorita dela, sua sala lindamente reformada, e que acabou de sair um momento atrás.

É o perfume de Nina. Ninguém mais usa Chanel. Ela esteve ali. Poucos minutos antes. Eu sei. Eu sei. Não pode ser. Mas é. Nina está andando pelos salões e corredores invisível e em silêncio, como se estivesse esperando que eu vá embora no Natal. Para poder tomar o meu lugar.

30 dias antes do Natal

Hora do almoço

David finalmente vem para casa hoje. Neste fim de semana, vou contar a ele sobre a gravidez. Mas as ideias na minha mente estão me levando ao limite. Literalmente. Estou estacionada no píer de St. Ives, observando as ondas. Impotente.

Coloco uma mão protetora sobre a barriga, sobre o útero, e penso na criança lá dentro. A linhagem da qual essa criança descende. O ávido e cruel Jago Kerthen. O violento e bêbado Richard Kerthen.

E David Kerthen: mentiroso, enganador, ou algo pior.

E se eu estiver grávida de um homem ruim? Um homem que herdou o pior dos ancestrais, o pior dos Kerthen? Talvez essa ideia, da minha credulidade tola, seja o que me deixa louca, porque é culpa minha. Eu vi o que queria ver: o encanto, a aparência, o humor dele. O lindo filho, a casa antiga, a dinastia de mil anos. Foi meu desejo ganancioso de fazer parte disso que me cegou e me condenou.

Eu me deleitei com a inveja de Jessica e das minhas outras amigas quando levei David aos bares de Shoreditch. Ah, sim. Oi. Meu novo namorado. David Kerthen. Advogado em Marylebone. A família vem de antes da conquista normanda. Ele tem uma casa fabulosa na Cornualha. Ah, vocês acham que ele é bonito? É, eu acho que é, sim.

Tudo isso é feito com uma gargalhada falsa e autodepreciativa.

E agora estou grávida. Como irei contar ao David? Como ele vai reagir?

Ligo o carro tentando esvaziar minha mente atormentada e sigo pelos zigue-zagues de granito da cidadezinha, até a estrada da charneca. Fico mais do que feliz em me perder nessas pistas frias e lamacentas, nessas estradas estranhas e labirínticas por Nancledra, Towednack, Amalebra. Passando por igrejas pequenas e poços sagrados, por bonsais da charneca, todos inclinados no mesmo ângulo, açoitados pelos mesmos ventos incessantes.

No alto da colina, a costa norte aparece: o tumulto distante do Atlântico. Não há navios lá hoje. Mas as ondas se agitam, silenciosas e muito rápidas. Como se tivessem um trabalho sombrio e importante mais ao longe na costa, talvez alguém que precisem afogar em Port Isaac.

— Zennor — digo quando entro em Zennor.

Estou falando sozinha. De novo.

Estaciono o carro e saio. Já visitei esse vilarejo remoto e artístico várias vezes, mas a atmosfera ainda me surpreende. Existe *algo* aqui, algo relacionado ao pequeno pub, às casinhas humildes de granito e também à igreja: velha, antiga, com paredes grossas e janelas estreitas e compridas cortadas no granito, como ferimentos profundos.

Essa igreja bem-cuidada faz contraste intenso com todas as capelas metodistas em ruínas. Essas capelas me lembram, de forma estranha e distinta, as minas de estanho em ruínas, porque são todos monumentos que pertencem às indústrias mortas. As camadas da fé foram gastas, os metais preciosos da devoção e da crença foram esgotados.

Mas os trabalhos em pedra permanecem ali. Sofrendo no chuvisco, desmoronando lentamente nos penhascos e nos campos, até finalmente serem tomados por trepadeiras verdes e armerias marítimas, até os parapeitos quebrados se tornarem ninhos de gaivotas e gralhas de bico vermelho.

Acho que um dia irão sumir completamente.

Parte de mim resiste a essa ideia, à erosão total da religião. Eu era católica devota na infância; foi difícil arrancar de mim a fé irlandesa simples ensinada em uma escola primária católica. Eu gostaria de ainda acreditar em Deus, de ter esse consolo, de achar que existe alguma coisa no Além, um irmão para os solitários, um pai para os órfãos, um Senhor acolhedor e eterno, recolhendo os angustiados. E um Deus para meu filho não nascido.

Mas não consigo. Minha fé morreu quando eu tinha 21 anos. Logo depois do Natal. Mas agora eu tenho fé em uma superstição bem mais sombria. Eu acredito que meu enteado é capaz de prever o futuro, e sei que a mãe morta dele anda pela casa, e que tudo isso é impossível, e está me deixando uma pilha de nervos.

Entro na construção e tento inspirar o aroma tranquilizador e familiar da igreja, de flores podres, de incenso doce e de livros de oração mofados. Pego o meu celular e tiro fotos dos vários memoriais, dos Nancekukes de Emba, dos Lerryns de Chytodden e de Jory Kerthen de Carnhallow, 1290–1340, e de William de Kerthen de Kenidjack, *datas obscuras*, e de Mary Kerthen de Carnhallow, 1390–1442. Essas pessoas serão ancestrais do meu filho.

Agora, encontro um túmulo mais humilde. William Thomas: *morto na mina Wheal Chance, em Trewey Downs, perto desta igreja, por uma queda, no dia 16 de agosto de 1809, aos 44 anos.*

Era uma mina dos Kerthen. Wheal Chance. E esse homem morreu lá. Morto pelos Kerthen. Todo mundo é morto pelos Kerthen.

A história é inescapável, ainda que eu escape da igreja. Na metade do caminho, chego ao túmulo que não posso evitar, àquela pedra em particular.

Nina Kerthen, morta aos 33 anos
Esta é a luz da mente

Uma sereia esculpida se curva por cima de uma meia-lua. Juliet me disse que os Kerthen, em tese, descendem de sereias. Ela também me contou sobre os círculos de pedra que envolvem os pequenos campos da igreja de Zennor. *Os artefatos humanos mais antigos ainda em uso com seu propósito original em todo o mundo.*

O vento está aumentando, uma brisa do mar que vem do oeste; frio, com trechos irritantes de chuva. A hora está chegando. A hora de contar.

Entro no carro e dirijo de volta enquanto a escuridão cai, a penumbra precoce de inverno, às 15h30, tão terrivelmente rápida e úmida; não como chuva exatamente, mas com aquela umidade que penetra no coração. Meu rosto está iluminado pelo brilho do painel, encarando a escuridão da estrada da charneca, vendo os faróis baterem nos arcos de Wheal Owles, outra mina Kerthen em ruínas. Enquanto dirijo, mantenho a janela aberta para o ar frio do oceano, respirando o vento saboroso e gelado, inspirando fundo, tentando me manter calma. David volta para casa hoje.

Chego à curva final. E meu humor continua sombrio, cada vez mais, e agora estou passando entre os carvalhos, as sorveiras, os Kerthen. Carnhallow surge em meio à escuridão de Ladies Wood: as balaustradas de pedra clara, os terraços amplos do lado sul, as pedras antigas do mosteiro, acasteladas, escurecidas no luar prateado.

Não tenho tempo de apreciar a beleza antiga, porque já vi o Mercedes de David na garagem. Ele já está em casa.

E, agora, eu sei que alguma coisa vai acontecer. As nuvens de tempestade estão negras demais.

Noite

Por que David voltou tão cedo? Normalmente, ele pega o voo de 16h ou 17h, o trajeto de carro leva mais uma hora, e ele chega por volta de 18h30 ou 19h. Hoje, ele está em casa às 16h30.

Deixo a chave na cozinha iluminada, e não há sinal dele, mas as luzes estão todas acesas, e noto que alguém usou a máquina de café *espresso*. Mas ele não está aqui. Nem a pasta, nem a capa de chuva jogada com descuido em uma cadeira da cozinha. Nem a gravata desamarrada com um suspiro de alívio e jogada na grande mesa de carvalho. Nem a garrafa de uísque. Nem a garrafa de gim. Então, ele entrou aqui, tomou um café e foi... *para onde?*

Do lado de fora da cozinha, tudo está escuro. Algumas lâmpadas cortam a escuridão, mas a maior parte da casa está escura. Penso nos morcegos no porão, pendurados de cabeça para baixo. Felizes no frio e no escuro. Os olhos semicerrados. Mas sorrindo.

A casa me assusta agora. A umidade penetra nos meus ossos e me afoga na escuridão. E eu tenho de enfrentar David. Cavar a verdade, como o estanho preto no final dos túneis. E enfrentá-lo com a minha verdade. Um novo bebê. Outro Kerthen. Acompanhando todos os outros da casa. Jamie. David.

Nina.

Mas onde ele está?

— David?

A casa é tão grande que me responde com um eco. *David...*

— David? Onde você está?

Parada em New Hall, com suas fotos de *bal maidens* com xales esfarrapados, eu pego o celular e ligo para o número dele. Caixa postal.

— David?

Vou até o pé da escada e vejo uma fresta de luz. Vinda talvez do quarto de Jamie. Acendendo mais luzes — mais luzes, mais luzes —, subo a grande escadaria e percorro o patamar até a porta de Jamie, com a bandeira azul do Chelsea pendurada em um prego. Ouço vozes baixas lá dentro. Como pessoas trocando segredos.

Alguma coisa me faz hesitar. Alarme. Medo. Um medo bobo, básico, de que vou encontrar Nina Kerthen lá dentro, conversando com o filho. Em uma existência tranquila.

Controlando minha crescente insanidade, eu bato à porta.

— Jamie. Oi, Jamie, é a Rachel.

Não há resposta. Mas eu ouço sussurros agora. Atrás da porta.

— Jamie, por favor, você pode me deixar entrar? Posso entrar? Estou tentando encontrar o seu pai.

Mais silêncio, porém Jamie diz em seguida:

— Entre.

Giro a maçaneta e empurro a porta. E ali está ele, de uniforme escolar, sentado na cama. E, na cadeira perto da cama, está o pai dele, usando o terno de trabalho e a gravata. A postura deles é um tanto furtiva, como duas pessoas que estivessem falando sobre mim. Eu sei. Eu sei. Os rostos deles dizem: *Nós estávamos falando de você.* A expressão de David está deliberadamente vaga, mas isso, por si só, é suspeito. Ele está se esforçando para parecer normal e despreocupado.

O que eles estavam decidindo, conspirando? Como se livrar de mim? Abruptamente, sinto-me o pior tipo de invasora: uma intrusa. Alguém que não devia estar aqui. Mas eu *devia* estar aqui. Estou carregando com orgulho, impotência e inexorabilidade o filho de David. Agora, eu pertenço a Carnhallow tanto quanto eles. Mesmo que não queira estar aqui, mesmo que não queira ser um deles, eu sou.

— David, o que está acontecendo?

O rosto dele ganha vida, demonstra desprezo.

— Acontecendo? O que você quer dizer?

— Bom, você chegou em casa tão cedo e, hum, agora...

Estou prestes a dizer *você está tendo conversas secretas com o seu filho*, mas me controlo.

— Eu fiquei nervosa — digo. — Cheguei e a casa estava escura, mas seu carro estava aqui, e... foi um pouco estranho.

Ele franze a testa.

— Tem certeza de que está se sentindo bem, Rachel?

— Tenho, tenho.

— De verdade? — Ele se levanta e coloca a mão no ombro do filho. — Tudo bem. Jamie. Faça aquele dever de casa, e depois todos vamos jantar, a não ser que Rachel já tenha comido. E bebido.

Ele me olha de novo. Um olhar de advogado. Eu gaguejo, na defensiva.

— Não, não. Não. Eu almocei, tirei algumas fotos em Zennor, e... jantar seria bom.

— Que bom — diz ele. — Vamos descer e conversar. Deixar Jamie fazer o dever de casa. — Ele se vira para o filho. — Lembra o que conversamos, Jamie? Lembra a promessa? O que nós combinamos?

Bem na minha frente, David inclina a cabeça e levanta as sobrancelhas de forma significativa para Jamie, como quem diz *aquela coisa que combinamos sobre a Rachel, lembre-se disso, e não conte a ela*.

Jamie assente em resposta e se vira para pegar o dever de casa na mochila.

O que os dois estão tramando? Agora eu me irrito. Também tenho segredos. Mas basta disso. Ele precisa saber. E talvez uma parte de mim queira colocá-lo na defensiva. *Você não pode tocar em mim agora, estou carregando seu filho. Sou tão boa quanto Nina.*

David segura o meu braço e me guia para o andar de baixo, até a Sala de Estar Amarela, e acende as luzes. Fecha as cortinas que dão para os gramados pretos de inverno lá fora, isolando-nos da floresta negra de inverno, da pista estreita entre as árvores chorosas, da charneca escura. Nós nos sentamos, e ele começa a me fazer perguntas sobre o meu dia, sobre fotografia, sobre planejamento de Natal, praticamente apenas coisas triviais. Por que todo esse interrogatório?

Ele está bebendo agora. Toma um copo de gim com tônica e depois outro. E eu continuo esperando o momento certo de contar meu segredo. Mas alguma coisa me faz enrolar. Eu conto o *clink* dos cubos de gelo. Seguido de limões cortados da estufa de Carnhallow, tirados de uma tigela georgiana de prata. É a riqueza e a elegância da vida dele em ação. O anel com o símbolo dos Kerthen brilha no dedinho dele.

— Você é feliz aqui, Rachel?

Ele está a cinco metros de distância, e a cadeira foi cuidadosamente recuperada por Nina Kerthen. A distância psicológica entre nós é quase imensurável. Eu me esforço para responder.

— Sim. Bem. Sim. Não tem sido fácil, mas, sim, estamos nos adaptando.

Outro gole grande de gim e tônica, até esvaziar o copo. Ele se serve de uma terceira dose da garrafa gorda de gim Plymouth colocada em uma bandeja de prata, junto de pegadores de gelo de prata e pedras de gelo.

— Você nunca se sente estranha ou com medo das coisas?

— Com medo de quê?

— A ideia de Nina na mina deixa você nervosa.

Eu tremo. Mas escondo meu tremor.

— Não.

— O corpo dela nos túneis, preso para sempre?

O que é isso?

— Não. Não me deixa nervosa. Não realmente.

— Então a ideia dela presa com o rosto na água negra não provoca pesadelos, nem faz você pensar coisas estranhas? Não faz você se sentir perseguida?

Ele está querendo dizer que estou confusa e agindo como uma louca. De novo. Ele andou conversando com alguém? Isso não faz sentido. Ninguém tem permissão de falar, nem mesmo com o meu marido. E como ele ousa me investigar?

Eu me controlo. Minha raiva não está longe da superfície.

— Não. David. Eu estou ótima. Por favor, pare com isso, pare agora.

— Eu vou parar. Claro. Quando você tiver se acalmado.

— Me acalmado? Eu estou *perfeitamente* bem. *Totalmente* bem. — Eu me apresso. — David. Nós só estamos tendo problemas, nós dois sabemos disso, mas podemos superá-los. Nós temos que superá-los. Mas você também precisa responder às minhas perguntas.

Ele engole o resto do gim e tônica com gelo, o belo rosto demonstrando insobriedade. Os olhos cintilando com uma embriaguez taciturna. Penso no pai dele, Richard Kerthen, e em sua crueldade embriagada. *Vejo* o pai dele agora, vejo-o em David. Mas ainda torço para ele não ser realmente assim, porque David é o pai do meu filho.

— Então você diria que está se saindo bem como madrasta? Talvez você ainda ache que o seu enteado é capaz de prever coisas. Você acha isso, hein?

Estou prestes a responder com rispidez, a me defender em voz alta, a contar sobre a minha gravidez, quando o celular dele toca, silenciando a nós dois. Ele o tira do bolso, olha para a tela e faz uma careta de perplexidade. Em seguida, balança uma mão irritada na minha direção, como quem diz: *Isso é mais importante do que você.* Ele sai para o corredor e fecha a porta para atender a ligação escondido.

Eu quero um baseado. Mas não posso. Estou grávida.

A casa fica em silêncio à nossa volta. Esperando. As cadeiras forradas de seda estão silenciosas, porém empertigadas. O papel de parede amarelo adamascado me olha com desconfiança, com as estampas significativas.

203

Eu me levanto, agitada pelo nervosismo, ando até as cortinas e puxo um pouco o veludo pesado para olhar as árvores escuras que se destacam contra o céu azul enegrecido pela chuva que se aproxima, como um caçador vindo da charneca. Mas não tem ninguém lá fora, ninguém entre a charneca e as minas e o mar que canta. Ninguém está olhando. O vale está vazio.

A porta se abre. David volta. Há algo na expressão dele, algo que eu nunca vi. Raiva negra e sombria. Ele está furioso. O punho esquerdo está fechado. Ele chega mais perto.

— Você foi vê-la?

— Hã...

— Você foi vê-la. A psicóloga infantil. A porra da psicóloga. Você foi vê-la?

O que eu posso dizer?

— Fui, mas...

— Mavis Prisk me ligou. Ela ficou bem surpresa ao descobrir que eu não sabia sobre a sua visitinha. Ela me explicou tudo. — Ele está rosnando. — Como você pôde fazer isso, porra? Depois de eu ter dito explicitamente para você não fazer?

— David...

— Como você ousa fazer isso? Você sabe o que poderia acontecer?

Ele está tão perto que a saliva dele respinga no meu rosto. Sinto o gosto do gim Plymouth na saliva fria.

— Sua filha da puta. Sua piranha *idiota*, sua prostitutazinha, sua prostituta *cockney* burra, você fez isso, você arriscou tudo, sua *escrotinha* de merda vinda do *nada*.

O movimento das mãos dele é rápido demais. O primeiro golpe do punho dele é certeiro. Minha mente fica vazia, cheia de luz. Ele me acerta de novo, muito rápido, jogando o meu rosto para a esquerda. O sangue jorra como tinta da minha boca, meus lábios esmagados sobre os dentes. O terceiro golpe é um tapa violento e arde tanto que me deixa engasgada de dor. Solto um gemido enquanto caio.

Fico me perguntando se ele vai me matar.

21 dias antes do Natal

Tarde

— Que delícia esse café!

— Não me agradeça, agradeça à Nespresso.

— Ah, certo. Eu devia prestar mais atenção a minha mãe, ela adora essas propagandas na televisão.

Kelly olha para mim daquele jeito inocente. Fico pensando de novo em quanto ela é nova. Mal completou 25 anos, mas, aparentemente, é quem manda na minha vida. Neste momento.

Kelly Smith, cabelo claro, sardas e um pouco gorducha no uniforme desajeitado de uma oficial de apoio da Polícia Comunitária. Há sete dias, fica comigo de manhã e de tarde, compartilhando xícaras de chá e café, refeições básicas. Falando sobre qualquer coisa e nada. Sendo normal.

Era o que eu queria e agora tenho. Feijão na torrada e reality shows. Algo regular e simples e sem ambições. Há um mês, estou perdida em meio ao exótico. A bela e morta Nina Valéry; o lindo e arrogante David Kerthen. Juliet perdida em seus sonhos. Jamie sozinho no quarto. E, no meio de tudo, essa casa: Carnhallow, barroca em sua tristeza, trágica em sua riqueza em ruínas, ainda dominando o resto da Cornualha Ocidental.

E as minas. Olho para elas sem parar, todos os dias, talvez mais do que nunca. Porque estou desesperada agora. Eu *preciso* entender, preciso ver o que as minas estão dizendo, com as chaminés projetadas, apontando para o céu com o indicador. Punhos pretos enluvados.

E enquanto estou pensando em mãos e em punhos... de repente, volta. Do nada, na minha mente, eu o vejo de novo, socando-me, os punhos acertando meu rosto com força e ainda mais força, o rosto tomado de raiva, feio com aquela agressividade, como uma expressão sexual, mas apavorante, e o sangue jorrando em escarlate, saindo da minha boca.

Tonta e fraca, eu me viro da janela da cozinha. Percebo que olhava pela janela com o olhar vago, a boca meio aberta, parecendo uma idiota.

— Você está bem, Rachel?

— Estou, desculpe, Kelly. Estou.

— Foi uma lembrança?

— Foi. Mais ou menos.

— Bom, é de se esperar. — Ela toma mais café e olha para mim. — Mas os hematomas estão sumindo. Você está com a aparência bem melhor do que estava quando... Você sabe...

Eu sei o que ela vai dizer. *Quando aconteceu.* Quando fui para o Treliske Hospital, levada por uma ambulância depois de uma ligação em pânico, quando ouvi David sair, batendo a porta, assim que se deu conta do que tinha feito e me deixou sangrando no canto da sala de estar.

Quando aconteceu. Quando a médica olhou para mim com pena enquanto costurava o meu rosto. Quando eu decidi que queria a polícia envolvida. Quando conheci Kelly Smith, OAPC. E quando aprendi todo o jargão. Formulário 124D. Medida cautelar de violência doméstica. Relatório do legista. Colheita de amostras. *Risco iminente à vítima com base no DASH, 2009 Fatores de Alto Risco.*

— Eu não estou mais parecendo uma gárgula?

Kelly dá um sorriso educado.

— Não, você parece meio atordoada, Rachel. Mas isso não é surpresa, é? Deus, está chovendo de novo? O jardim da minha mãe vai ficar submerso.

Eu levo um dedo à face e lembro a primeira vez que reuni coragem e peguei um espelho para me olhar, na manhã seguinte à surra de David, sete dias atrás. Meu rosto estava colorido com hematomas e cortes. Pelo menos ele só me socou acima do pescoço.

Eu me acalmo e coloco a mão na barriga. Meu bebê ainda está vivo. Ainda está crescendo dentro de mim. Mas esse bebê é filho de um homem que bateu na esposa. O pai do meu filho é violento. O que quer que eu faça, aonde quer que eu vá, estarei presa em uma sala com esse pensamento pelo resto da vida. Nunca irei escapar de David Kerthen.

Kelly está me observando, a cabeça um pouco inclinada. Talvez avaliando a forma como coloquei a mão protetora na barriga. Ela que olhe. Eu quero que esse bebê cresça, que nasça logo, que venha para a mãe. Não sei por que acredito que esse bebê é uma filha, mas é o que acho. Talvez por eu querer ter uma filha. Agora, não consigo deixar de pensar que já existem homens demais neste mundo.

Kelly coloca a caneca sobre a mesa.

— Sabe, se você não estivesse grávida, não teríamos conseguido a ordem restritiva.

— É mesmo?

— É. Isso é bem incomum. Essa casa é do seu marido, ele não tem histórico anterior de violência doméstica, ao menos não em registro. E o filho dele vive aqui. Os magistrados não gostam de expulsar pais de lares familiares, mesmo quando eles são uns filhos da mãe.

Ela para. Eu balanço a cabeça.

— Kelly. Tudo bem.

— Não. Me desculpe. Não cabe a mim julgar.

É a minha vez de tranquilizá-la.

— Claro que você pode falar. David é um filho da mãe. De que outra forma você o descreveria? Ele fez isso comigo. — Eu indico o rosto para provar o que quero dizer. — Poderia facilmente ter matado o bebê dentro de mim. Eu tive sorte.

Ela assente, com tristeza.

— Bom, sim, era a isso que eu queria chegar: que tipo de filho da mãe bate na esposa grávida? Você sabe. — Kelly se inclina para mais perto, no silêncio da cozinha, com pias de aço clínicas. — Talvez eu não devesse dizer, mas vou dizer, sim. Tem uma boa chance de ele fazer isso de novo. Não importa quanto ele seja rico ou importante. Eles sempre dizem que não irão fazer, mas... eu já vi vezes demais. Algumas semanas depois, alguns meses depois, eles agem novamente. Sem parar. Pense nisso quando a ordem judicial se esgotar. Em três meses. Você pode pensar nisso, por mim?

Eu faço que sim e não digo nada.

Kelly pega a caneca de café, segura-a entre as mãos e olha à sua volta. Vejo uma espécie de admiração nos olhos dela; ela deve estar impressionada com o tamanho da cozinha, do tamanho de muitos dos apartamentos nos quais eu passei a infância. Provavelmente do tamanho do apartamento dela também.

— Você acha que ficará bem aqui, sozinha?

— Acho.

— Sei que a casa é velha e grande e bonita, mas acho que eu ficaria apavorada. Desculpa. Eu também não devia dizer isso! — Ela fica docemente vermelha. Eu balanço a cabeça.

— Estou me acostumando.

— É mesmo?

— Sim.

Estou mesmo. Estou me acostumando à escuridão e ao silêncio intensificado desde que David foi expulso. Às vezes, eu me sento na Sala de Estar Amarela com todas as luzes apagadas e escuto a casa e o mar. As ondas suspiram e se quebram em Morvellan, e alguns segundos depois, Carnhallow responde: um vento frio balança a poeira em um corredor de porão que geme; uma janela gradeada sacode, como se o mar e a casa conversassem, como se estivessem cientes um do outro, os dois aqui há tanto tempo. E, entre eles, Nina caminha. Pronta para me substituir, talvez perto do Natal. Tudo acontece perto do Natal.

Quando termina o café, Kelly se levanta. Aparentemente, meu silêncio a fez pensar que nossa conversa acabou e o dever dela também. Enquanto abotoa o casaco simples, eu tenho vontade de pedir que ela fique e me faça companhia pela noite infinita de inverno, até que eu possa ir para a cama e fingir que a casa é dez vezes menor.

Porque eu estou muito sozinha hoje. E meu padrão de sono está ficando cada vez pior. Em geral, eu fico lá deitada. Rolando. Rolando e às vezes dormindo. Ontem à noite, quando finalmente adormeci, sonhei com a lebre que matei. Eu peguei o cadáver e o segurei na mão, o sangue escorrendo pelo meu braço, e de repente ela voltou à vida, gritando, berrando, cuspindo sangue nos meus olhos.

Acordei com o coração batendo de ansiedade e muita dor. Não dormi de novo.

Não quero ficar sozinha no meu quarto com sonhos assim, não hoje.

Mas Cassie saiu com amigos de novo, para aproveitar o dia de folga. Ela procura qualquer oportunidade para sair de casa agora, olhando-me de cara feia quando sai. Como se eu fosse a culpada. A mulher má que substituiu Nina. Juliet fica quieta em seus aposentos. Apenas Jamie está aqui. Quase sem falar. Ele me culpa pelo exílio do pai, claramente, mas, quando oferecemos a ele a chance de ficar em outro lugar, para evitar a incômoda visão da madrasta surrada, ele se recusou. E não quis nos dizer por quê.

Não, eu vou ficar.

Mas ele não fala comigo. Assim, criei a solidão mais intensa do mundo para mim.

A OAPC Kelly Smith está esperando pacientemente que eu saia do meu devaneio. Como se estivesse acostumada com a minha mente errante. Eu me apresso em tranquilizá-la. Em ser normal. Não, eu não sou louca. De verdade.

— Obrigada por tudo, Kelly. Você tem sido incrível. Não sei se teria conseguido encarar essa semana sem você.

— Ah — diz ela. — Não é nada! Eu faço pelo café. Foi uma piada.

Nós andamos até a porta da frente. Por um momento, parece que vamos trocar um aperto de mãos. Parece loucura depois da semana que passamos, então dou um abraço rápido e constrangido nela, e ela olha para mim com curiosidade e, talvez com pena, toca delicadamente o meu braço e diz:

— Se houver qualquer coisa incomodando você, Rachel, me ligue. — Uma pausa. — Mesmo depois do trabalho. Eu não me importo! E, se houver algum sinal dele perto da casa, andando por aí, violando a ordem judicial, ligue na hora, mesmo que sejam três da madrugada! Promete que fará isso?

Eu faço que sim. E digo sim. Segurando a emoção.

— Farei, sim. Farei, sim. Kelly, muito obrigada.

Mantenho a calma e a vejo se afastar, entrar no carrinho, ligar a ignição e me dar um adeus alegre pelo chuvisco gelado. Por vários minutos, fico observando as luzes gêmeas dos faróis traseiros atravessando a floresta. E, no último instante, bem no último, tenho vontade de correr e bater na janela dela.

Porque também quero confessar. Admitir minha culpa.

Eu sabia desde o começo, sem qualquer estímulo de advogados, que seria muito difícil conseguir uma medida cautelar contra David. Eu pesquisei tudo no Google no leito do hospital assim que acordei, assim que senti as pontadas dos ferimentos.

Meu celular me disse que minha causa era inútil, mas eu estava com raiva demais para ceder. Lembranças do meu passado voltaram em sonhos. Assim, decidi lutar e mentir. Decidi me vingar.

Quando a polícia foi me entrevistar e me levar para casa, eu falei que David sabia que eu estava grávida antes de me agredir. E que me atacou mesmo assim, colocando em risco a vida do nosso filho.

Kelly me disse que a reação dele foi dramática no Fórum de Magistrados de Truro, quando leram meu depoimento de testemunha, quando contaram que a minha gravidez foi o motivo de ele estar exilado da própria casa, sua amada Carnhallow. De acordo com Kelly, David gritou para o juiz: *Eu não sabia, porra, eu não sabia que ela estava grávida, porra.*

Mas os gritos só tornaram a posição dele pior, e eu consegui a medida. David Kerthen não tem permissão de chegar a oito quilômetros de Carnhallow durante três meses. David Kerthen está excluído do vale no qual a sua família vive há mil anos, entre as sorveiras das quais os Kerthen tiraram o nome.

Porque eu menti.

Consigo imaginar a dor que isso provoca nele, e não me gratifica... mas também não me preocupa. Então eu me preocupo com minhas mentiras. Se eu posso mentir para a polícia e para o tribunal para tirar meu marido da própria casa, fico me perguntando o que mais sou capaz de fazer para defender o meu filho ainda não nascido. Para ficar aqui em Carnhallow. Essa casa que eu amo apesar de tudo, ou talvez por causa de tudo. Essa casa que devia pertencer a minha filha e a Jamie. A casa que é direito deles de nascença.

Agora, sinto a escuridão da casa atrás de mim. Esperando para nos consumir. Fico parada na porta aberta, olhando para a neblina. Minha respiração faz plumas brancas na escuridão gelada. Logo será Natal. Quando as coisas descem pela chaminé, como gás envenenado. E Carnhallow tem muitas chaminés.

19 dias antes do Natal

Manhã

— David, você é advogado, como pode ter feito aquilo em um tribunal? Perder a cabeça como uma criancinha?

— Não sei. Não consigo entender direito por que fiz aquilo, por que surtei tanto. Acredite, estou me sentindo culpado. Mas o que posso fazer agora?

David andou até a janela do quarto grande de hotel e ficou olhando para o centro de Truro. As três torres da Catedral de Truro dominavam a paisagem da cidadezinha pitoresca e bonita, espalhada à frente dele. Elas sempre o irritavam um pouco, aquelas torres. Irritavam com a falsidade, com a pretensão de ser góticas, com o fingimento de ser medievais... construídas em 1900.

Falsas, falsas, falsas. Como a mulher que mentiu para ele e o traiu. Fez com que ele agisse como um louco por alguns minutos, para que ele pudesse ser expulso de sua própria casa.

A casa que ele passou duas décadas resgatando, quando a família estava no limite da falência, quando estava prestes a ser vendida.

Ele salvou tudo trabalhando cem horas por semana por duas décadas. Agora, estava *exilado*. No momento em que tinha as provas de que precisava para tirá-la de Carnhallow, ele fez a coisa mais estúpida e foi banido. Porque Rachel mentiu para o tribunal.

A raiva dentro dele o corroía. Ele ficou andando de um lado para outro.

— David?

— Sim. Desculpe. Eu me sinto um daqueles ursos psicóticos de um zoológico vagabundo.

— Bom, o que você esperava? — A voz de Alistair soou incisiva. O sotaque escocês estava carregado de reprovação severa.

— Eu perdi a cabeça... uma vez. E, por causa disso, eles tiram a minha casa?

— Você perdeu a cabeça em um tribunal. É causa imediata. Mas o motivo maior de terem dado uma ordem de restrição foi porque você bateu na sua esposa, David. Sua jovem esposa grávida. Você bateu muito nela. Você tem que aceitar isso. Precisa expressar remorso adequado. Os tribunais vão querer ver isso para terem certeza do seu arrependimento e do seu bom comportamento se quisermos cancelar a ordem.

David deixou a cabeça pender.

— Eu fiz uma coisa terrível, eu sei. Mas eu não sabia que ela estava grávida. Ela *mentiu.*

A música de Natal veio do saguão do hotel. Handel. *Para nós, uma criança nasceu.*

O pensamento triste voltou com tudo. Jamie. Seu filho amado. Ele tinha de salvá-lo dessa confusão.

— David?

Afundando com cansaço na cama macia do hotel, David apoiou a cabeça entre as mãos.

— Alistair, eu sei que sou o vilão aqui. Mas ela me provocou ao ir à psiquiatra.

— Como? Por que isso é tão ruim?

— Al... Eu já falei. É particular.

— E pronto? Isso é tudo que você vai me contar? Você só fica repetindo isso.

— Alistair...

— Você é advogado, David, um advogado muito mais bem remunerado do que eu. Sabe como é difícil ajudar um cliente que é tão reticente sobre detalhes importantes. Não tenho certeza de que adianta termos essa conversa.

— Tudo bem, espere. Por favor. Você pode me dar um minuto?

Alistair disse que esperaria, mas acrescentou outro suspiro modesto e desdenhoso.

A música de Natal chegou do saguão ao quarto do hotel. "Hark the Herald Angels Sing". David pensou em todas as pessoas fazendo compras no centro de Truro, no Papai Noel na gruta, nas mães ansiosas, nas crianças empolgadas, na tolice brega e comercial de tudo aquilo, e sentiu uma tristeza pura e penetrante. Agora que ele estava excluído da própria casa e só tinha acesso a Jamie quando podiam combinar um encontro fora de Carnhallow, toda aquela palhaçada do Natal pareceu insuportavelmente dolorosa e sedutora.

Deus e pecadores reconciliados.

Ele era um pecador? Era realmente mau? Tinha feito uma coisa significativamente ruim. Batera na esposa grávida quando ela o provocara severamente. Ele também fez uma coisa singular, mas não tinha certeza se era errada.

Mas, no fundo, talvez ele *fosse* mesmo ruim, um Kerthen do mal, como o seu pai. Só mais um na linhagem. Um dos homens ricos e sem coração dos retratos.

Pensamentos sombrios ocupavam sua mente agora.

— David?

— Sim, ainda estou aqui.

— Você precisa me garantir que não vai violar a ordem e chegar perto de Carnhallow. Sei que será difícil para você, mas as coisas ficarão muito piores se você fizer isso. A próxima ordem de restrição pode ser de trinta quilômetros e seis meses. Depois, de um ano.

David apertou o celular na mão, querendo estrangulá-lo, como um animal indesejado, como a porra da garganta dela.

— Mas é a minha casa, Alistair. A casa da minha família há mil anos. Eu dei a minha vida por Jamie e pela casa, eles são tudo para mim.

— Bom, agora você tem que se satisfazer com o seu quarto de hotel. Tenho certeza de que é de bom tamanho.

— Ah, é lindo pra cacete. O bufê de café da manhã é imbatível. Tem suco de toranja rosa.

— Você também pode alugar um apartamento. Por enquanto. — Outro suspiro crítico. — E você devia agradecer pelo fato de o Tribunal de Família ser tão discreto. Deixaram todos os nomes fora dos jornais, pelo bem de Jamie e da sua esposa. Para proteger a identidade deles, e não a sua. Mesmo assim, você se beneficiou.

— *Me beneficiei?* — David se ouviu rosnar. Realmente rosnar de raiva.

— Acho que terminamos, não? Tenho certeza de que nós dois temos outros assuntos a resolver.

— Espere... Eu tenho mais uma pergunta.

Sem dúvida, Alistair estava mexendo em papéis com irritação, na distante Londres. Mas David estava pagando quinhentas libras por hora ao sujeito.

— Alistair, e se ela me processar, querendo o divórcio?

— O que você quer dizer?

— Simplesmente isso. Agora que está grávida, se pedisse o divórcio, ela poderia ficar com a casa?

Uma pausa profunda e longa.

Jingle bells, jingle bells.

— É difícil prever, depende do tribunal e do juiz, mas... Você conhece os precedentes tão bem quanto eu. Até melhor, na verdade, eu imagino.

— Você quer dizer que existe ao menos uma chance de ela conseguir, certo? A casa? Se ela encontrasse um juiz que simpatizasse com ela. Ela poderia começar os procedimentos de divórcio agora e, com base no fato de estar grávida e no que eu fiz, ela pode ficar com a casa. Carnhallow.

— Não é totalmente impossível, digamos assim.

— Obrigado, Alistair.

— Adeus.

Ele desligou o telefone... e encarou a janela com uma fúria gelada, tentando não socar o vidro, deixar o ar gelado entrar no quarto. Aquela puta maluca, aquela louca, ela poderia ficar com tudo.

Tudo.

Então, aconteceu. Seu pior pesadelo se formou, como as nuvens de chuva de inverno gelado que ele via agora pela janela do hotel, crescendo acima da espiralada Truro, abrindo caminho das colinas a oeste. De Carn Brea e dos penhascos de Portreath.

E, mais adiante, bem mais a oeste, onde as rochas de Penwith começavam? A chuva já devia estar caindo lá, caindo nos carvalhos e nas sorveiras de Ladies Wood, batendo nos arbustos escuros e emaranhados do vale de Carnhallow. Caindo na casa onde seu filho estava preso com uma madrasta lunática, recusando-se teimosamente a sair de lá. Por quê? Era como se Jamie estivesse ficando cada vez mais próximo de Rachel e se desligando do próprio pai. Ele estava perdendo o amor do filho para outra pessoa.

Pela primeira vez na vida, David se deu conta do que Nina devia ter sentido.

Noite

— Ela acredita mesmo nisso?

— Acredita.

— Acha mesmo que vai morrer no Natal?

— Acha.

— Isso é perturbador. E também um tanto indicativo. Esquizotípico, talvez.

Anne Williamson comeu uma azeitona, pensativa. Colocou discretamente o caroço no pires e tomou um gole da taça grande de vinho tinto.

O único bar de *tapas* de Truro estava lotado; eles estavam em uma mesa de canto apertada, na parte mais escura do salão grande e agitado. Por David, não havia problema. Ele não queria ser visto, ser reconhecido. Queria que aquilo fosse feito de forma rápida e discreta. O dinheiro estava em um envelope no bolso do paletó dele. Junto com todas as informações.

— Na verdade, isso parece alucinação de comando. Um sintoma clássico.

— Sim. Ela é mesmo maluca, como eu falei, e tem histórico disso. Está aqui — ele bateu no bolso do peito —, junto com uma doação. A doação que eu vinha prometendo ao seu trabalho de caridade, Anne. Sei que os cortes tiraram uma parte dos seus fundos.

Anne Williamson se recostou. Ele viu o ceticismo imediato na expressão dela, talvez até mesmo certo desprezo.

Ela era uma psiquiatra de trinta e tantos anos, conhecia David há anos, fora a jantares em Carnhallow quando Nina estava viva, com o marido construtor de iates. Eles agora estavam divorciados. E David e Anne haviam dormido juntos durante o casamento dela. Ele sabia que ela não era santa.

O jeito como ela fazia sexo, até onde ele se lembrava, era como a personalidade dela: profissional e eficiente. Ela era uma mulher que gostava de alcançar objetivos. Atingir a satisfação. Dois orgasmos em uma hora. Então, veste a calça jeans.

Não houve amor declarado entre os dois, porque eles nunca foram tolos o suficiente para isso. O que eles tiveram foi uma troca de prazer. Dois adultos atraentes que precisavam de sexo. E de uma refeição depois. Um pouco de conversa inteligente. Sem compromisso. Para depois seguirem em frente.

Foi por isso que ele a escolheu. Ela era inteligente, mas não era obsessiva. Mais do que qualquer coisa, ela era profundamente pragmática. Ele se perguntou se havia alguma possibilidade de ela ficar com o dinheiro para si e não mencionar a ninguém. Não. Ela faria a coisa certa pelos motivos certos, embora no contexto errado. Ela o doaria ao centro em Treliske. Era prática e cínica, mas não corrupta.

— Não precisa dizer a ninguém que a doação foi minha. Faça com que seja anônima.

— Sim. Entendi.

Os frequentadores de festas de Natal de escritório enchiam o bar com gargalhadas um tanto forçadas. Uma mulher perto das torneiras de metal brilhantes de cerveja (San Miguel, Corona) usava lantejoulas douradas na cabeça. Outra usava um gorro de Papai Noel. Ambas provavelmente estavam bêbadas.

Ele pegou o envelope. E colocou na mesa. E agora seus olhos de advogado detectavam certo brilho por trás da testa ligeiramente franzida de Anne.

— Sabe, Anne, quando liguei para você, eu me lembrei do que prometi anos atrás. E gostaria de continuar apoiando o centro depois disso, de fazer doações grandes e regulares ao longo do tempo. Eu odiaria ver o centro ser fechado. Conheço o bom trabalho que você faz com os jovens da Cornualha. Sei que eles precisam dele.

Anne suspirou.

— Nós estamos com um problema grave com skunk em Penzance agora. A quantidade de problemas mentais provocados por essa substância é horrível. E heroína também. — Ela ficou olhando para o envelope, distraída. Ainda franzindo a testa. — Os turistas vêm para a Cornualha e só veem a linda costa e os belos vales; eles não entendem a pobreza. Mas... — Ela afastou o olhar do envelope e se virou para David. — Vamos voltar para a sua esposa. Fico agradecida pela sua generosidade, mas tenha certeza de uma coisa: eu só farei isso pelos motivos médicos adequados.

— Eu sei.

— Ela realmente acredita que o seu filho pode prever o futuro?

Ele assentiu.

Anne fez beicinho, pensativa.

— E ela ouve vozes, vê coisas. E você diz que ela tem histórico de psicose? De surtos mentais?

— Sim. Sim, sim, sim. Para tudo. Para tudo. É de arrepiar os cabelos. E ela está afetando o meu filho, ele me disse. Os dois acham que conseguem ver a mãe morta dele, ver fantasmas. Leia as anotações. Como ela pode ter permissão de cuidar dele, considerando tudo isso? Como ela pode ter permissão de cuidar do meu próprio filho? De Jamie?

— Consigo entender por que isso faz você sofrer.

— Então você concorda?

Anne estava com os lábios apertados. Ela olhou para o relógio.

— Eu tenho que ir. — Olhou diretamente para ele quando se levantou, sem sorrir. — Eu tenho um encontro.

David também se levantou. Ele pegou o envelope gordo e colocou na mão dela. Sem reagir, ela pegou o envelope, colocou na bolsa e a fechou.

Ele a viu desaparecer depois que passou pela garota com gorro vermelho de Papai Noel, que agora estava cantando uma música pop de Natal. Ele se sentou de novo. David tinha uma taça abalroada de Tempranillo caro para terminar. Uma mulher bêbada diferente, com lantejoula enrolada na cabeça, estava agora beijando um jovem surpreso e feliz, na boca.

Era Natal. A época especial estava chegando. A época de alegria desmedida, quando você podia fazer o que quisesse. A época da baderna.

E David sabia o que uma parte profunda e surpreendente dele queria fazer. O que já tinha sido uma fantasia breve e ridícula agora se apresentava como uma possibilidade distante, mas real. Ele tinha mais uma chance com a interdição: usando tudo o que tinha aprendido... e rezando para que Anne conseguisse convencer o segundo médico sobre a insanidade de Rachel, sobre a psicose dela, o que quer que fosse.

E se não desse certo?

Ele afastou o vinho e olhou com infelicidade para todas as pessoas alegres e bêbadas.

Ele se lembrou de outra expressão que seu pai citava quando eles dirigiam pela costa perto de Carnhallow, naqueles poucos e raros dias em que ele falava com o filho quando estava em casa. Eram versos de um poema sobre West Penwith. *É uma região horrenda e terrível, Descendo para pores do sol odiosos e para o fim do mundo.* Depois de dizer isso, seu pai ria como se fosse uma grande piada, virava o carro, voltava para Carnhallow e pegava o trem seguinte para Londres, enquanto o filho ficava sozinho na região horrenda e terrível.

E agora parecia que estava descendo novamente para pores do sol odiosos. E para o fim do mundo.

16 dias antes do Natal

Tarde

Solto lentamente o ar que eu nem sabia que estava prendendo. A casa está silenciosa, mas, ao mesmo tempo, não está.

Mas está. Eu sei que esses ruídos estão na minha cabeça. Já estive aqui antes.

O ouropel pesa pouco na minha mão. A árvore de Natal está nua e verde, uma presença inocentemente sinistra na Sala de Estar Amarela. Estou tentando decorá-la, ser normal, fingir que somos uma família comum. Mas, em intervalos de minutos, engulo o medo. E as lembranças do meu marido que me bateu. Do homem que espera atrás da porta. Do homem que desce pela chaminé.

Enrolo o ouropel dourado em volta de um galho e me inclino na direção da caixa para pegar outro enfeite. Quero acabar com isso antes de escurecer. Quero lutar contra a noite de inverno lá fora; quando a escuridão chegar a Carnhallow, em duas ou três horas, quero que Carnhallow House esteja magnânima no vale, com todas as lâmpadas acesas. E, no canto da sala, quero que haja uma árvore de Natal verde, enorme, cheia de enfeites e cercada de presentes embrulhados e com fitas, simbolizando felicidade e harmonia.

Sei que é uma farsa. A família está destruída. Mas eu posso tentar.

Mas, enquanto enrolo um enfeite amarelo-dourado em um galho de pícea, ouço a voz bruta do meu pai no andar de baixo.

É sempre ele. Ele sempre faz tudo de novo. Posso prever, estou aprisionada, e vou morrer no Natal.

Acho que agora vou colocar um Papai Noel em miniatura. Depois, outro enfeite listrado de vermelho e âmbar. Ignoro os ruídos do porão. São bastante frequentes agora: sons estranhos, portas batendo sem motivo, uma janela quebrada e solta em uma dobradiça estalando na chuva de inverno. Decidi ignorá-los. Porque já estive aqui antes. Trancada na loucura, trancada em um quarto, sem distinguir entre realidade e imaginação, sem saber a diferença entre uma alucinação e minha mão na frente do rosto.

Eu vi Nina. Não vi, não. Vi, sim. Eu não só a vi, como também senti o cheiro do perfume dela.

Depois que prendo um bonequinho de neve de plástico sorridente na grande árvore de Natal, procuro mais ouropel na caixa. Um ouropel vermelho grande e volumoso. Para deixar a árvore bem burlesca. Fico pensando que tipo de árvore de Natal Nina montava. Sem dúvida, era algo elegante. Talvez eu devesse perguntar a ela.

A melhor explicação que consigo encontrar, a que me salva da loucura, é que ela não está morta. Nina está viva. Talvez tenha tentado se suicidar, mas fracassou e foi salva. Não sei.

Mas, se ela não está morta, isso quer dizer que existe uma conspiração enorme, que é quase tão insana quanto a ideia de que há um fantasma por aí, andando alegremente de ônibus pelas ruas molhadas de chuva de St. Just. E, se ela não está morta, a pergunta é como escapou do poço de Morvellan? Fizeram exame de DNA em alguns resquícios encontrados. O sangue e as unhas deixados enquanto ela lutava para escapar, antes de afundar na água negra.

É impossível. Tudo é impossível.

— Srta. Rachel.

Um salto do coração.

— Cassie.

— Desculpa, srta. Rachel, tem gente na porta. Três pessoas. Quer ver você.

— Pessoas?

— Não sei. Umas pessoas de Truro. Quer falar com você.

Ela parece nervosa. Mas ela sempre parece nervosa agora, os olhos me observando, examinando e avaliando. Ela deve se perguntar se estou louca, como todos os outros.

Reparo agora que ela está usando um colar novo. Uma tira de couro com uma plaquinha dourada com o desenho de Buda. Acho que sei o que significa. Já estive na Tailândia.

— Que bonito — digo. — Seu colar novo.

— Ah — diz ela. — Sim, eu compra online.

Ela está vermelha. E, mais uma vez, eu sei por quê. Cassie é supersticiosa. E isso é um amuleto contra o mal. Ela acha que o mal está aqui, em Carnhallow. E imagino que ela acredite que o mal sou *eu*.

Eu a encaro. Desafiadora.

— Peça que entrem. E eu acho que vamos tomar chá. Em uma bandeja. Obrigada.

Cassie desaparece. Fico imaginando quem podem ser esses visitantes; fico pensando em como devo estar. Os hematomas praticamente sumiram do meu rosto, mas eu não ouso me olhar no espelho, com medo de me ver como realmente sou. Uma mentirosa. Uma louca. Desmoronando.

Vozes murmurantes se aproximam: parecem de um homem e duas mulheres, falando com Cassie do lado de fora da sala. A voz do homem é reconhecível; é do médico da família Kerthen, o dr. Conner, ostensivamente meu médico, embora eu raramente o veja. Ele é próximo demais de David. Prefiro o anonimato das clínicas, com obstetras sobrecarregados que mal sabem o meu nome.

O médico de David entra, junto com uma garota de cabelo claro e uma mulher alta e bem-vestida.

Atravesso a sala e estendo a mão. A mulher mais velha e mais alta sorri.

— Oi, eu sou Anne Williamson. Trabalho na Treliske. A unidade psiquiátrica. Esta é Charlotte Kavenna, também da Treliske. — Ela aponta para a mulher mais jovem. — Ela é enfermeira da unidade psiquiátrica. É uma profissional qualificada em saúde mental.

Com um tremor de reconhecimento, percebo o que está acontecendo. E eu sei porque já me aconteceu antes. Três pessoas. Um médico. Uma profissional qualificada em saúde mental. Eu não os convido a se sentar. Sei perfeitamente bem que estou lutando pela minha vida.

— Vocês vieram me interditar, não foi?

Uma careta de desprazer surge no rosto de Alan Conner. Ele é um homem decente, ainda que um pouco empertigado. Já o vi puxando o saco de David em eventos sociais. Mas ele é fundamentalmente uma boa pessoa. E parece pouco à vontade. Consigo ver que ele me observa discretamente. Pergunto-me se ele consegue ver rastros dos hematomas e se sabe que foi David.

— Estamos aqui para fazer uma avaliação — diz Anne Williamson, e a voz dela é seca. Profissional. — Seu marido está preocupado...

— Preocupado? *Ele está preocupado?*

Mesmo enquanto falo, percebo que estou gritando. Berrando com essas pessoas.

Os dois médicos olham para mim, assustados. Cassie entra na sala com uma bandeja de chá e biscoitos, e também me encara com a boca semiaberta. A casa inteira me olha com desdém. A mulher maluca.

Que burra, Rachel! Que burra! Não deixe que eles vejam como você está com raiva, como pode estar com medo de cair novamente na psicose. Tenho de ser uma atriz agora. Tenho de ser a Rachel sã, embora minha alma esteja instável. Para me salvar e ao meu bebê ainda não nascido.

— Por favor — digo. — Fiquei um pouco chocada. Sentem-se e tomem um chá. Façam a sua avaliação.

A enfermeira diz:

— Você sabe que pode pedir para alguém acompanhá-la se quiser.

— Não — digo. Preciso me esforçar para ficar calma. — Estou bem. Façam as suas perguntas.

Alan Conner parece querer acabar com isso o mais rápido possível. A enfermeira é irrelevante. Então, Anne Williamson é a minha verdadeira inimiga. A policial ruim. É ela que tem olhos calculistas, já penetrando com tudo na minha cabeça. Querendo me abrir, verificar meu equipamento, ver onde errei, onde minha mente está falha e quebrada. Para me colocar de volta naquele quarto do Woolwich General, do qual quase não escapei.

— Não vai demorar, sra. Kerthen — diz Alan Conner.

Eu sirvo o chá. Dou um sorriso sem graça. Eles que façam o trabalho deles. Sou capaz de lidar com isso, espero, porque já passei por isso antes, com psiquiatras.

Cassie sai. A sala se prepara para atacar. Sou eu e a minha loucura, e três desconhecidos que têm o poder de me arrancar daqui e me trancar num quarto.

As primeiras perguntas são previsíveis. Coisas sobre a minha vida, coisas para garantir que eu sei o nome do primeiro-ministro. Annie Williamson toma chá e pergunta:

— Você às vezes pensa que está na televisão? Que tem gente assistindo?

Seria o mesmo que perguntar: *Você é uma esquizofrênica paranoica?*

— Não. Eu não acho isso.

A xícara dela estala no pires. Ela empurra o pires na mesa e faz um barulho irritante. De repente, do nada:

— Sra. Kerthen, você acredita que seu enteado, Jamie, é capaz de prever o futuro?

Uma pausa. Uma pausa estúpida e perigosa. Meu lábio inferior está tremendo. Ou talvez seja a minha pálpebra. Eu olho para Alan Conner. Ele parece me estimular, assentindo de forma sutil e discreta, tentando ajudar. Mas eu estou paralisada. Porque eu *realmente* questiono se Jamie às vezes consegue prever o futuro. Já pensei nisso em momentos ociosos e crédulos. E a lebre, eu não entendo a lebre. Como ele pode ter previsto aquilo? Não tem explicação. Mas não posso admitir. Não, não, não.

— Não, claro que não. Eu não acho isso.

— E a previsão de que você vai morrer no Natal? Aparentemente, você ouviu Jamie dizer isso e ficou abalada. Correto? — Anne Williamson está olhando diretamente para mim enquanto fala.

Não faça pausa, não faça pausa, não faça pausa.

Eu faço uma pausa. O suor brilha acima do meu lábio superior. Não ouso secar porque pareceria coisa de louco.

— É verdade. Quero dizer, ele falou, bem. Hum. Ele... — Eu faço outra pausa. Ah, as drogas das pausas. Por que não me algemam e me levam logo de uma vez? Por que não me colocam em uma camisa de força? Por que não me prendem? Já aconteceu antes. — Ele. Ele. Hum. Ele. Nós cantávamos uma música: "Minha calça, minha calça, é do tamanho de uma balsa."

Alan Conner fechou os olhos. A enfermeira, Charlotte, está vermelha. Constrangida por mim. Eles vão me levar.

Eu tomo chá quente e consigo elaborar uma resposta melhor.

— O que quero dizer é, hã... é, hã, que nos divertíamos juntos, enteado e madrasta, e dizíamos um monte de bobagens, e acho que talvez ele tenha dito coisas de brincadeira. Obviamente, uma brincadeira estranha, mas ele ficou muito afetado pela morte da mãe e... bem... sim, ele disse uma coisa assim, mas é claro que não acredito que tenha alguma, você sabe, base na realidade.

Isso basta? Inesperadamente, a enfermeira assume a conversa, e as perguntas dela são mais suaves, porém ainda muito perigosas.

— Você pensa na falecida esposa do seu marido? Nina Kerthen?

Eu enrolo para ganhar tempo.

— O que você quer dizer com "pensa"?

Anne Williamson se intromete.

— Por exemplo, você já imaginou que ela ainda possa estar viva? Sentiu a presença dela em Carnhallow ou em algum outro lugar?

Seja rápida. Não fique vermelha, não faça careta, não admita que a viu no ônibus. Mas tenho vontade de dizer: eu a vi no ônibus. E senti o perfume dela nesta sala. Senti, senti, senti. Quero dizer isso, cantarolar, ser sincera. SIM, EU A VI.

Minha boca treme, prestes a falar. Vou admitir tudo. Sim, eu a vi no ônibus, ela está viva, eu acredito em fantasmas. Ela voltou.

Finalmente, respondo:

— Não.

Conner olha para o teto como quem diz *Graças a Deus.*

Anne Williamson se senta ainda mais ereta. Tenho a sensação de que ela está ficando sem ideias. Mas eu ainda estou com medo, ainda estou cautelosa, eles ainda podem me algemar, me espetar com agulhas caçadoras de bruxas, abrir meu cérebro fervente e ver todos os insetos correndo embaixo da pedra, e aí vão me levar para ser internada. Por muito tempo. Eu posso até não sair mais. Não vou ter permissão de cuidar do meu próprio bebê.

Minha inimiga pegou o celular e está clicando na tela, em busca de anotações.

— Agora tenho que fazer umas perguntas muito pessoais. Sobre seu passado. E é claro que você ainda pode pedir para alguém estar com você, sra. Kerthen, se preferir.

Tenho certeza de que tenho de dizer "não" para isso também. Uma onda de desafio surge, pela filha dentro de mim. Para protegê-la ao me proteger. Sim. Eu tenho que ser forte e sã por ela, minha garotinha. Não estou mais sozinha.

David andou me investigando e descobriu sobre o meu passado. Mas e daí? Já passei por coisa pior.

— Eu estou ótima. — Olho para ela com falsa confiança. — Sim. O que você quiser. Pode perguntar.

— É verdade que você foi interditada quando era mais nova e passou um tempo no Woolwich General Hospital, internada contra a sua vontade?

Não há pausa dessa vez. Nenhuma.

— Sim.

Conner se intromete.

— Sabemos que isso deve ser doloroso, sra. Kerthen, mas...

— Tudo bem. — Eu olho para ele e me permito dar um sorriso tranquilo. Tenho um trunfo aqui. Esse passado é meu. E meu passado costuma vencer. — Eu fui estuprada.

Eles ficam em silêncio.

As profissionais de saúde mental se entreolham. Eu supus que elas não sabiam *disso*. Ninguém sabe *disso*. É lei que ninguém nunca saiba *disso*.

— Você foi, hum, estuprada? — Pela primeira vez Anne Williamson parece atordoada.

— Vou contar o que aconteceu, porque vocês não vão encontrar nos registros.

— Por favor.

Consigo ver que Williamson quer intervir, mas ela pode ir se ferrar. Essa é a minha história especial. Ninguém pode interromper.

— Eu fui criada como católica devota. Ainda acreditava em religião na adolescência. Mas depois do estupro... digamos que nunca mais acreditei.

Conner me observa com a testa franzida, perplexo. Eu continuo e arrasto a história deliberadamente, a fim de provocar impacto.

— Durante alguns anos, nós ficamos em um abrigo. Eu e minha mãe. Minha irmã já não ficava mais em casa na maior parte do tempo, ela tinha um namorado. Então uma pessoa invadiu o último abrigo, e me estuprou.

— Quem?

— Meu pai.

O silêncio na sala é o som do meu amargo triunfo.

— Meu pai abusou de mim desde os meus nove ou dez anos. Ele entrava no meu quarto. Eu me lembro vividamente, mesmo agora. — Estou encarando Anne Williamson. — Ele estava bêbado, sempre bêbado. Me pegava pelas marias-chiquinhas e... se colocava na minha boca.

A enfermeira não consegue olhar para mim. Está desviando o rosto. Tenho uma sensação peculiar de desagravo.

— Isso parou, meu pai parou quando eu tinha doze anos e comecei a me defender. Eu era durona, tensa, furiosa, e arranhava e lutava e quase arranquei um dos olhos dele. Então, ele me deixou em paz. Mas, então, começou a descontar na minha mãe. Batia nela. Sempre. Durante anos. Acabamos indo para um abrigo no sul de Londres, mas, sempre que ele nos encontrava, tentava entrar e chegar até nós. Então tínhamos que nos mudar. — Sinto um engasgo de emoção na garganta. — Meus estudos foram prejudicados pelo caos, pela violência, pelas mudanças. Quando completei dezesseis anos, eu tinha que aceitar qualquer emprego que conseguisse, para ajudar a minha mãe. Mas eu tirava boas notas, trabalhava à noite e lia o dia inteiro. Talvez porque eu ainda fosse uma guerreira. Determinada. E, aí, completei vinte e um anos. Ia fugir finalmente, ir para a faculdade, para Goldsmiths. Tinha trabalhado como assistente de um fotógrafo. Não foi nada de mais, recebia um salário mínimo. Mas eu sabia que tinha talento. E sabia que queria fazer isso, aprender fotografia direito. — Eu faço uma pausa e deixo a ideia se fixar. — Um dia, voltei para o quarto do abrigo para pegar minha bolsa e não tinha ideia de que ele estava lá dentro, esperando a minha mãe. E ele decidiu que eu serviria no lugar dela. Ele me agarrou, me deu um soco, usou uma faca e me ameaçou. E me estuprou durante horas.

Anne Williamson não tem nada a dizer. A enfermeira está escondendo o rosto.

— E então, sim, meses depois eu tive um colapso nervoso. Eu não contei para ninguém. Não no começo. Sentia vergonha, eu acho. Mas parei de acreditar em Deus e, quando perdi isso, senti que não havia nada que me impedisse de despencar chão adentro. Eu comecei a me cortar.

Os médicos não dizem nada.

— Foi a minha mãe quem chamou os médicos. Ela me encontrou cortando o braço, me ferindo com a tesoura. Eu lutei contra os médicos, mas ela estava certa. Eu teria me matado. Na verdade, teria deixado que *ele*, meu pai, me matasse.

Acho mesmo que a enfermeira está quase chorando. Olho para ela e continuo calmamente. Tudo funciona bem melhor quando estou calma.

— Eu fui internada por algumas semanas. Para a minha própria segurança. Tive uma breve psicose, mas só por algumas semanas. Como é que se diz? Breve transtorno esquizofreniforme. Uma breve psicose. Mas eu pergunto: quem não teria ficado um pouco louco depois de tudo isso?

O silêncio se prolonga. Reparo que o dr. Conner se levanta. Ele contorna a mesa, pega a minha mão e a segura, olhando com firmeza nos meus olhos.

— Lamento ter feito você passar por tudo isso, Rachel. Todo esse absurdo. Sinto muitíssimo. Acho que fizemos perguntas mais do que suficientes. Acredito que você não vai mais ouvir falar de nós.

Anne Williamson não diz nada. Ela parece sentir culpa. A enfermeira se aproxima e aperta a minha mão também, depois seca outra lágrima do olho. Os três vão até a porta. Quando saem, o dr. Conner se vira e diz:

— Espero que você fique bem. Eu soube que David não está aqui no momento. — Ele me olha de um jeito que parece dizer *eu sei por quê*. O sorriso dele é sincero e verdadeiro. — Se precisar de qualquer coisa, por favor, me ligue.

E ele vai embora. E eu sou vitoriosa.

Eu me viro e olho para a minha árvore de Natal pronta.

A fadinha no alto da árvore de Natal está olhando para mim. Sinto que ela sabe. Ela sabe que eu contei a verdade amarga, mas também uma enorme mentira. Ela está sorrindo. Todos estão sorrindo. É Natal, afinal.

10 dias antes do Natal

Tarde

Os dois olham para o mar. Para onde aquele barco ainda estava parado, sem sentido; e para onde as casas da mina Lizard estavam paradas e pretas, bloqueando parte da vista.

Se ao menos pudessem ser demolidas. Retiradas. Empurradas para o mar e esquecidas. Parte de David desejava derrubar todas as minas da Cornualha. Explodir todas.

Mas não podia. Assim como as minas de Morvellan, Levant, Consols e todas pela costa, aquelas minas eram Patrimônio Mundial da Unesco. Intocáveis. Protegidas. Todos os residentes da Cornualha Ocidental, particularmente os Kerthen, sofriam a maldição de ter de olhar para elas todos os dias.

O único consolo era que dava a ele e Jamie algo sobre o que conversar e pensar além do horror que se desenvolvia em Carnhallow quando ele passava suas horas felizes com o filho. Seu dia livre semanal, quando ele podia ser pai. David estava tirando todos os seus dias de folga para ficar o mais perto possível do filho.

Eles almoçaram no Pizza Express de Truro e tomaram sorvete no píer molhado pelas ondas de Mullion Cove, e agora, com o fim do dia, eles estavam caminhando pela costa da Lizard, uma região de contrabando, olhando na direção de Penzance e de Mousehole, por cima do caos e da agitação do Atlântico. Vinte anos antes, era o tipo de vista que ele gostava de desenhar e pintar. Não agora.

Jamie estava falando.

— Me conte mais sobre as minas, pai. Nós realmente somos donos de todas? Como elas nos deixaram ricos, as minas?

Essas perguntas sobre as minas se haviam tornado mais frequentes ultimamente. Fazia sentido, conforme Jamie começava a perceber quem era: filho e herdeiro da autoridade mineira de Penwith.

David ficou refletindo sobre uma resposta: alguma coisa envolvente, mas não emotiva demais. Eles não precisavam de nada emotivo. Conforme a dupla andava pelo caminho no alto do penhasco, os sopros de vento de inverno carregavam espuma de onda, cortavam as cristas das ondas abaixo. Os respingos brancos do mar caíam na grama trêmula e derretiam. Como se nunca tivessem existido.

Jamie ergueu os olhos quando David respondeu.

— Nós ficamos ricos porque a terra é rica. Eu me lembro de uma lista que meu avô costumava recitar de todos os minérios que existem embaixo da Cornualha. Como se fosse um poema. — David fechou os olhos procurando no passado, uma época de felicidade. — Como era... Sim. Sim, era o seguinte: sulfeto de bismuto, cobre nativo arborescente, arseniato de ferro cristalizado em grandes cubos. E também cristais de granada de trinta centímetros, prismas de ferro, hematita, óxido de ferro hidratado, piritas magnéticas, horneblenda misturado com ardósia, veios de axinite, talite, clorite, tremolite, e também jaspe, turmalina e traços de ouro. Tudo isso aqui, tudo isso bem aqui, embaixo dessas pedras.

Ele fez uma pausa. Jamie estava olhando para ele com os olhos arregalados. Se em dúvida ou impressionado, David não sabia. Portanto, continuou:

— Quinze por cento dos minerais do mundo podem ser encontrados na Cornualha. Há mais diversidade mineral aqui do que qualquer outra área comparável da terra, com a possível exceção do Monte Olimpo, na Grécia...

Jamie o interrompeu.

— Mas como a gente *conseguiu*, pai? Como a gente conseguiu todas as nossas minas, tipo Morvellan e Levant, e como conseguimos as minas da charneca?

— Seus ancestrais inteligentes fizeram negócios inteligentes. Nós sempre fomos donos de Morvellan. Mas compramos Pendeen dos Bassett, em 1721. Levant, nós compramos um pouco depois. Costumávamos comprar minas quando os antigos donos faliam.

— O que isso quer dizer? Fal...?

— Quer dizer que os donos, ou os acionistas, ficavam sem dinheiro. Mineração é uma atividade cara, e muitos investidores não encontravam os minérios que esperavam.

Jamie inclinou a cabeça.

— Mas nós encontramos?

— Ah, sim. Nós encontramos.

— E quantos homens morreram nas nossas minas, papai? A professora disse na escola que foi muito ruim, que eles morriam cedo demais.

Agora, David hesitou. Ele estava se esforçando, fazendo o melhor que podia. Mas as rochas acima dele começaram a rolar, estrondosas e abafadas.

— Bom, sim, sim, Jamie, foi muito horrível. Eles pegavam doenças. Horríveis. Sua avó se lembra de ter visto mineiros se segurando nos postes de St. Just, jovens morrendo por causa de doenças no pulmão, sem conseguirem voltar para casa...

— Por que eles não escolheram ser pescadores, ou...

— Pescar não era muito mais fácil. Às vezes eu acho que os córnicos deviam ficar no contrabando. E na destruição.

Jamie ficou parado. Assentindo. Absorvendo. Pensando. Uma criança muito inteligente, mas com coisa demais para pensar.

— É verdade que havia homens cegos, pai?

— O quê?

— Nos túneis das minas, nos túneis embaixo do mar? A sra. Everett disse na aula que havia homens cegos lá embaixo porque eles conseguiam ver melhor no escuro, e se houvesse um acidente, o mineiro cego levava os outros mineiros para um lugar seguro.

— Sim. É verdade.

David se lembrava de quando soube desse fato surpreendente: a qualidade gótica da informação foi chocante, mesmo no contexto daquelas grandiosas e satânicas minas submarinas. Homens cegos eram empregados por sua cegueira, porque eram considerados mais capazes de enfrentar a total escuridão quando as explosões apagavam as velas.

— Parece horrível o que faziam, pai. Então por que nós os mandávamos pelos buracos e para baixo do mar?

— Porque...

— É porque éramos maus? Porque os Kerthen eram pessoas más?

— Não, está errado, não é nada disso. De verdade. Você não deve pensar assim.

Ele estava tentando disfarçar sua preocupação paternal. A perturbação mental de Jamie estava se agravando, graças à proximidade com Rachel. David precisava desesperadamente salvar o filho da loucura da madrasta. Mas não tinha ideia de como fazer isso. A lei conspirava contra o advogado.

A brisa estava ficando cada vez mais forte. Eles estavam parados no alto do penhasco. David se inclinou para fechar o zíper da capa de chuva do filho. Jamie empurrou o braço dele.

— Pai. Eu estou bem. Consigo fechar meu próprio casaco!

— Tudo bem. Tudo bem. Desculpa.

David também sabia que estava sendo superprotetor, tentando compensar sua ausência intensificada. Mas o tanto que sentia saudade de Jamie era como uma doença, ele sentia falta dele demais. Sentia falta das coisas diárias. Só de ficar com o filho, compartilhando refeições, rindo de uma piada, coisas assim. Agora que David estava totalmente excluído da vida familiar, ele percebia que eram as coisas mundanas e espontâneas as que mais importavam. Um jogo repentino de varetas do Pooh, com Jamie perto de um riacho, em Ladies Wood. Fazer um churrasco não planejado com Jamie e Rollo no gramado da frente no verão.

Com a objetividade de um exilado, David conseguia ver que esses momentos aleatórios com Jamie foram os melhores momentos de toda a sua vida, os momentos em que ele se surpreendia com sua capacidade de felicidade, as horas em que ser pai era mais intensamente alegre do que qualquer outra coisa que ele já tivesse feito na vida.

E agora esses momentos espontâneos não existiam mais. Seus encontros eram programados. A vida era forçada.

Tudo estava perdido. Ou próximo de estar perdido.

— Tudo bem, Jamie?

— Sim, pai.

Jamie sorriu. Aquele sorriso intrigado e melancólico. Uma tristeza mal escondida no olhar.

— Papai, você vai voltar logo para casa? Não é a mesma coisa sem você, a casa fica solitária.

— Espero que sim, Jamie.

— Por que eu tenho que me encontrar com você tão longe de casa? Hum, eu me diverti hoje, mas por que tem que ser assim?

— Porque eu fiz uma coisa muito burra. Uma coisa muito ruim. E lamento muito agora, mas tive que ir morar em outro lugar por algum tempo.

— Eu vi o rosto de Rachel quando voltei daquela temporada que fiquei na casa de Rollo. Aconteceu alguma coisa com ela, papai? O que aconteceu?

Essa pergunta. *Essa pergunta.* Os pais de Rollo acolheram Jamie temporariamente com muita gentileza, por duas noites depois da agressão, mas o garoto não podia ser totalmente protegido da verdade. Além do mais, Jamie disse, na época, que queria ficar em Carnhallow, com Rachel. E não quis explicar o motivo.

— Bom, Jamie, nós tivemos um tipo específico de briga, mas também foi muito diferente. Foi uma coisa idiota. Eu fui muito idiota.

— Tudo bem. — Jamie pareceu satisfeito, mas David não sabia bem por quê.

O garoto olhou novamente para o mar. David também. Era o que se fazia. Todo mundo na Cornualha Ocidental olhava para o mar quando a conversa morria; aonde quer que você fosse, via o mesmo gesto, as pessoas caindo no silêncio e depois olhando para o oeste, com uma espécie de saudade. Era como se a paisagem moldasse a mente. Morar na beirada trêmula da Europa, perto do paraíso celta. Aquele lugar no qual as pedras e a grama se projetavam para a eternidade; ensinava as pessoas a fazerem o mesmo.

Um leve tremor percorreu o corpo de David. O crepúsculo do inverno estava chegando, e as últimas marcas de ondas estavam ficando rosa-prateada. Jamie estava olhando para o barco parado. David pensou em tentar mais uma vez.

— Jamie, você sabe que não precisa ficar em Carnhallow?

O garoto sequer olhou para o pai; seu olhar se manteve direcionado com firmeza para as ondas.

— Você não precisa ficar com a Rachel. Você pode vir ficar comigo, ao menos nos fins de semana. A escolha é sua.

Silêncio.

Finalmente, o menino se virou, os olhos azuis ardentes.

— Pai, você sabe por que não vou fazer isso.

— Sei?

— Sabe! — Havia fúria na voz dele. — Sabe, sim! Você sabe. A mamãe está lá. A mamãe está em Carnhallow. Então, eu não vou me separar dela. Nunca, nunca. Você não pode me obrigar.

— Mas, Jamie... Sua mamãe...

— Eu sei, ela está morta, eu sei, ela está em Zennor, eu sei, ela está no poço, é o que você diz... mas, papai, eu a vi! Em casa. É como se ela estivesse realmente lá, é quase tão real, ela está lá. E Rachel também a viu. Ela está lá!

Isso era quase um colapso, uma coisa horrível.

Homem e garoto se entreolharam. O pai balançou a cabeça, decidindo ignorar essa explosão. Ele não tinha ideia do que poderia fazer se agisse de forma diferente. A primeira coisa, a mais importante, era se livrar de Rachel. Tirá-la de Carnhallow. Eliminar a fonte da loucura.

Mas o plano de David de interditar Rachel havia falhado. Na verdade, tinha piorado as coisas. Seu próprio médico estava desconfiado, quando antes era claramente leal. E seu médico conhecia muitos policiais de Truro. Todos deviam estar falando sobre aquele caso singular de Nina Kerthen. *O que acontecera mesmo naquele dia, dois anos atrás? Nós nunca encontramos o corpo. Por que o filho se comportara de forma tão estranha? Vamos examinar tudo de novo.* A vida de David estava prestes a se desintegrar por completo.

Jamie parecia ter se acalmado. O vento estava frio. O garoto estava soprando ar quente entre os dedos.

— Venha — disse David. — Cassie vai buscar você no meu hotel. É melhor nós irmos.

Quando eles seguiram para o carro, estacionado perto do pub King of Prussia, David se virou. O barco peculiar e imóvel tinha sumido. Mas o mar continuava agitado, sem se importar. Talvez os oceanos tivessem engolido a pequena embarcação quando ninguém estava olhando. As coisas podiam desaparecer muito rapidamente nessas águas geladas.

9 dias antes do Natal

Manhã

David foi mais devagar na lama de dezembro e parou o Mercedes em uma pista lamacenta, bem longe da sinuosa estrada menor que seguia a costa de St. Ives. Ele não queria ser visto por ninguém, não ali. Já devia estar a uns sete quilômetros de Carnhallow, violando os termos da ordem de restrição.

Mais uma vez, ele bufou de raiva por causa dessa ideia. Restrição? De sua própria casa, de seu próprio filho. A impotência fervia dentro dele, como o mar em Zawn Hanna. Ele estava impotente. Castrado pelo tribunal.

David pegou o binóculo e olhou a margem. Entre as pedras delgadas e as árvores ressecadas da charneca e as ondas cinzentas e agitadas, ele conseguia identificar as formas pretas e desajeitadas das casas das Minas de Morvellan. Carnhallow não estava visível, escondida no aconchegante vale. As telhas, sem dúvida, brilhavam depois da última chuva.

O dia agora estava claro, porém muito nítido. Era esperado que nevasse mais tarde, e mais neve estava prevista para o Natal. Isso era uma raridade. Normalmente, havia tempestades intensas de inverno, sem geada ou neve. David não via Carnhallow adormecida na neve havia meia década; ele conseguia lembrar quanto a casa ficava deliciosamente linda na neve, antiga e elegante. Ele se lembrava de flocos de neve espalhados como grandes cristais de açúcar nas frutinhas vermelhas da guirlanda de Natal que decorava a porta da frente.

Eles fizeram guerra de bolas de neve no jardim naquele inverno; até a sua mãe participou. David ficou pensando no aroma dos flocos de neve no cabelo louro da esposa quando ele a beijou; ele via tudo. Estava com o olhar fixo agora, observando um cartão-postal mental da sua felicidade passada, o marido abraçando a esposa, os pais abraçando o filho sorridente. Todo mundo feliz na neve.

David resistiu às lágrimas de emoção. Usou o binóculo novamente. Tinha de planejar. Mas o que ele realmente iria fazer?

Se fosse para agir, ele teria de ser inteligente... e cuidadoso. Ele já sabia que sua segunda esposa estava perturbada com a ideia do Natal, então seria um bom momento para tirar vantagem do estado de desequilíbrio dela. O Natal também era o momento perfeito para isolá-la em Carnhallow; a mãe de David às vezes ia ficar com velhos amigos durante as festividades, os Penmarrick de Lanihorne, os Smithwick de Falmouth, por uma semana comendo batatas assadas em gordura de ganso e bebendo sloe gin.

Ele podia encorajá-la a aceitar outro convite. Podia até conseguir fazer Cassie se afastar; ela não estava feliz em Carnhallow agora que David tinha sido proibido de ir para lá. David era *paterfamilias*, o senhor da casa, e sua ausência ofendia sua sensibilidade patriarcal tailandesa. E David pagava o salário dela.

Se afastasse Cassie e Juliet, Rachel ficaria quase perfeitamente vulnerável. Grávida e vulnerável. Girando descontrolada.

Mas, se fosse para agir, o que ele realmente *faria*? Até onde iria para salvar Jamie?

Ele ficou observando os campos verdes com as formações proeminentes de granito e as estradas evidentes que abriam caminho pelos campos verde-acinzentados, seguindo para oeste. Não. Ele não podia dirigir até Carnhallow. Seria evidente demais. Nessas estradas solitárias da charneca, um carro podia ser visto a muitos quilômetros de distância.

Mas, se ele andasse pelos penhascos, usando o caminho costeiro mais longo, ninguém o veria. Seria fácil ficar fora do campo de visão. Quando chegasse a Morvellan, ele podia desviar para Carnhallow com facilidade. Havia muitas formas de ganhar aceso. Muitos porões e túneis, muitas entradas e dutos esquecidos. Ele talvez tivesse de agir à noite, quando as sorveiras e os carvalhos parecessem coral negro em um mar da meia-noite.

Ele também sabia que tinha de testar a rota, ver quanto tempo levaria, descobrir a melhor forma de chegar perto sem ser visto. E o Natal se aproximava rapidamente. Assim, quaisquer preparativos que fossem necessários tinham de ser feitos logo.

Ele trancou o carro e enfiou os braços na capa de chuva dura Barbour. David abotoou o casaco para se proteger do vento gelado do mar e foi seguindo a placa rachada de madeira que dizia *Caminho costeiro.* Corvos e gralhas bicavam os tojos de ambos os lados.

Ele logo ficou com lama até os tornozelos, um lamaçal contaminado com bosta fedorenta de vaca. Tirou o celular do bolso fechado e fez uma anotação.

Botas boas.

Lanterna de cabeça.

Ele precisaria de uma lanterna de cabeça, porque precisaria fazer isso na escuridão profunda. Na véspera de Natal, talvez, ou na noite seguinte. Era quando Rachel estaria mais assustada, mais enlouquecida, facilmente levada a cometer erros.

A caminhada dali até Carnhallow era muito irregular, ao longo dos penhascos íngremes. Ele via a casa marrom de Zennor oitocentos metros à esquerda e a bela igreja maltratada pelo tempo. E os túmulos. Ele seguiu em frente, desceu um penhasco, subiu outro promontório e repetiu o processo, passando cuidadosamente pelo Gurnard's Head, pelos chalés de férias fechados e trancados durante o inverno e pelas cabanas dos antigos mineiros, ruínas destruídas, cobertas de mato seco como arame farpado enferrujado.

Casas mais novas e cheias de vidro se erguiam nos penhascos mais altos. As luzes das árvores de Natal atrás das janelas mostravam que estavam ocupadas. Mas não via ninguém nesse dia cruel e desagradável; o tempo estava à beira das lágrimas, frio, úmido e triste.

David estava chegando perto. As árvores ficaram mais altas, a paisagem se suavizou perceptivelmente, e ele viu as formas negras da Mina Morvellan. Era esse o local. Assim que David passasse pelo bosque de carvalhos seguinte, veria o caminho que levava a Carnhallow e depois a casa em si, sonhadora no trecho do vale, protegida pelo bosque ao redor.

Esse era o ponto mais perigoso da perspectiva de David. Rachel gostava de ficar na cozinha, de olhar para as minas. Se fizesse isso hoje (ou na véspera de Natal, quando ele voltasse), ela o veria.

David enfiou as mãos nos bolsos, longe do frio. Pensando em cada detalhe. Se andasse mais dez metros, ele ficaria perfeitamente visível.

Como ele faria quando chegasse o Natal? Invadir a casa era bem fácil. Mas e então? O que quer que ele fizesse, precisava que ela sumisse para sempre. E não havia solução fácil. David se perguntou brevemente o que Jago Kerthen teria feito. Teria agido sem piedade, sem dúvida. Preservando a família a todo custo.

Perdido em especulações, David ficou olhando para os penhascos, e sentiu o pânico emergir. Ele tinha andado para perto das casas da mina, onde ficava completamente visível. E a cem metros ele via Cassie, percorrendo o caminho do penhasco de volta para casa.

Ela estava olhando pensativamente para o chão enquanto se aproximava. Foi o único motivo para ela não avistá-lo. Isso era potencialmente um desastre. Ela o flagraria violando a ordem judicial. Seus planos seriam destruídos antes mesmo de ele começar. E não havia para onde ele ir. Se corresse, seria visto. Não podia contar com Cassie para ficar quieta e violar a lei. A ordem judicial seria prolongada. Ele acabaria novamente no tribunal. Tinha segundos para se esconder.

A mina. A casa do poço de Morvellan. Ele carregava a segunda chave da casa o tempo todo. Um sinal de propriedade. De lorde mineiro de West Penwith.

Desesperado e desajeitado, David procurou a chave. Tinha segundos para agir antes que Cassie o encontrasse. Dez segundos. Cinco. Quatro. Ele sentia a proximidade dela quando enfiou a chave no cadeado enferrujado e a girou.

Cassie estava a trinta metros. Três segundos, dois. Ela devia estar vendo-o agora. Dois segundos, um. Mas as correntes se abriram, e David empurrou a porta, entrou e voltou a fechá-la.

Salvo.

A mina o cumprimentou como a um velho amigo. Tudo estava como ele se lembrava. Estranhamente silencioso, abrigado do vento incessante, mas totalmente frio. Sem teto, como uma torre de igreja destruída; um templo sinistro e primitivo de proporções bizarramente perfeitas, construído com solidez. E havia aquele buraco enorme, o poço que descia por um quilômetro e meio.

O coração de David estava batendo rápido. Ele se sentia como um garoto assustado. Aquele lugar, onde ela morrera. Um lugar de dor e sofrimento, de gritos e horror, de homens descendo pelos poços do inferno para trabalhar, um quilômetro e meio abaixo do mar, só com as pequenas chamas das velas.

Aproximando-se com cautela do poço, David lançou um breve olhar para a escuridão. Estava escuro demais para ver qualquer coisa, era muito profundo. Um lugar do qual não dava para sair. O lugar perfeito onde jogar uma vítima de assassinato.

David pegou uma pedra qualquer, um pedaço de quartzito dos mortos, e o jogou no buraco. Costumava fazer isso quando era garoto, para ver quanto tempo demorava para cair, até fazer barulho. Era algo irresistível. Todo mundo fazia.

Ele contou os segundos de silêncio. Quando o som veio, foi estranhamente abafado. Mais um baque do que um splash. Como se a pedra tivesse quicado em alguma coisa e depois deslizado para a água.

Tateando no frio, David enfiou a mão nos bolsos; não tinha lanterna, mas tinha a luz do celular. Ele a ligou e chegou o mais perto que ousava da beirada do poço. A sensação era profundamente enervante. As beiradas de pedra eram perigosamente escorregadias. Seria fácil perder o equilíbrio e cair. E, se caísse, ele também morreria. Mas precisava ver o que abafara o ruído.

Inclinando-se e depois se agachando, David espiou pela beirada e esticou o celular, iluminando o suficiente para poder ver a superfície escura da água, nove metros abaixo.

No mesmo instante, sentiu a alma ser tomada pelo horror. Porque, bem visível, flutuando de barriga para baixo na água negra como tinta, havia um corpo.

Estava meio inchado, aumentado por algum processo de decomposição. Resistindo à vontade de recuar, David permaneceu parado, observando. O vestido vermelho estava desbotado, rasgado. Agora estava rosa-acinzentado, meio dissolvido. Mas o cabelo louro, a cabeça com uma auréola que parecia feita de algas prateadas, era bem distinto.

Era a sua primeira esposa.

Nina Kerthen, nascida Valéry, tinha voltado. Suspensa dessa forma, ela parecia estar nadando no mar de Collioure, mergulhando com um snorkel, procurando ouriços-do-mar com Jamie.

Ele ficou olhando, arrebatado, mas ao mesmo tempo chocado, hipnotizado pelo espetáculo monstruoso. No começo, não conseguiu registrar a coincidência; pela primeira vez em um ano, ele visita Morvellan e, nessa mesma ocasião, ele encontra o corpo?

No entanto, fazia sentido. Nina podia estar flutuando ali havia meses, sem ser vista. Os detetives e patologistas sempre disseram que havia uma chance de ela voltar um dia, tudo dependia daquelas marés e correntes submarinas misteriosas. Ninguém nunca ia à desolada casa do poço, cena daquela tragédia de Natal.

Ninguém teria reparado no cadáver de Nina até aquele momento. Ela podia estar suspensa ali desde o verão. Flutuando nas águas com aquele vestido se desfazendo, despercebida e sem ninguém para chorar por ela. Uma astronauta na escuridão negra e agitada.

Agora, a tristeza surgia. Dor e raiva e arrependimento frio. Essa coisa, esse espetáculo lamentável, era a sua primeira esposa. A mulher que ele tanto amara, a mulher por quem ele correra os maiores riscos.

E a visão grotesca dela o fez tomar uma resolução: ele tinha sacrificado quase tudo por Nina, Jamie, Carnhallow, pelos Kerthen. Tinha corrido o maior dos riscos para manter tudo junto, para que continuasse existindo. Se Rachel ameaçasse destruir tudo, ele faria o que fosse necessário.

David colocou a mão na pedra molhada, preparando-se para sair. Mas, quando fez isso, um gorgolejar das águas abaixo o fez parar.

O corpo estava se movendo. Uma movimentação na corrente ou algum gás subterrâneo estava virando o cadáver. Com um movimento triste, o corpo se virou. Agora ele estava olhando os restos de um semblante, morto, porém parcialmente preservado, expressivo, mas sem carne. Ele via um meio crânio sorridente, dentes expostos. Ela sorria para ele.

Aquela visão horripilante era mesmo Nina? Era impossível saber, a decomposição estava avançada. Tinha de ser Nina, mas os efeitos de dois anos na água gelada eram tão perturbadores que ela estava irreconhecível.

A vontade de fugir era enorme. Cassie já devia ter ido embora. David abriu a porta, saiu no frio e correu para a floresta. Fugiu do que tinha visto. As aves marinhas riram dele enquanto ele fugia.

8 dias antes do Natal

Manhã

Estou fazendo uma refeição matinal solitária de torrada e Marmite, meu prato preferido quando eu era criança, no momento em que Jamie entra na cozinha. Ele já está vestido: calça jeans e camisa de futebol do Chelsea. Está magro e pálido, mas os belos olhos continuam brilhando como sempre. Tão tristes como sempre.

— Olá, rapazinho. Quer torrada ou ovo cozido?

Jamie olha para mim e tenta sorrir. O cabelo está despenteado do sono.

— Hum. Ovo cozido mole com palitinhos de torrada?

— Saindo.

Meu enteado puxa um banco, senta-se à bancada e fica olhando pelas janelas, para o céu cinzento. Estamos todos perdidos em uma névoa de melancolia e ansiedade.

— Papai vai me ver hoje de novo.

— Eu sei, Jamie.

É o terceiro dia consecutivo que David pede para ver Jamie. Eu aceitei. Estamos na época de Natal e, apesar de eu ter um ressentimento intenso por David, não vou afastar um pai de seu filho. Não no Natal.

Mas, quando Jamie volta dessas visitas, agora diárias, quando sai do carro de Cassie, ele não me conta nada sobre o que fez com David, aonde foram, sobre o que conversaram. Geralmente, quando está em Carnhallow, Jamie vai direto para o quarto, fecha a porta e fica em silêncio.

Pelo menos ele está aqui agora, na minha presença, na cozinha. Ele mergulha um palitinho de torrada no ovo, fura a gema, que escorre como sangue dourado, e mastiga em silêncio. Em seguida, para, olha na minha direção... e se levanta, atravessa a cozinha até o calendário do advento, preso à parede. Ele faz isso todas as manhãs, conta os dias.

— Oito dias até o Natal — diz ele. E dá de ombros, nem feliz nem infeliz. — Não é muito tempo.

— Eu sei. É empolgante.

Eu sufoco minha ansiedade. Oito dias. Apenas oito dias até o Natal.

— É um pinguim. Na foto.

— É? Que legal!

— Você sabia que são os pais que cuidam dos bebês pinguins? Eu li sobre isso na escola. Sobre os pinguins esperando na neve. Foi triste. Mas a mamãe pinguim sempre volta.

Eu fico olhando para ele. Há uma lembrança aí. Não consigo identificar qual.

Pinguins.

Ele volta para a mesa da cozinha, termina de comer as torradas, e eu tenho a sensação de que ele está esperando que algo aconteça em breve. Mas todos nós estamos esperando, e aguardando, e perguntando *O que vai acontecer conosco? O que vai acontecer no Natal? Como viemos parar nesse lugar terrível?*

Quero gritar essas perguntas, mas ninguém vai responder. A avó de Jamie tem-se recusado a atender o telefone atualmente. Ela é a minha única amiga, mas também parece estar me evitando. Como se eu estivesse me tornando nada. Totalmente indesejada.

Eu sei que não devia pensar isso, mas sinto bem no fundo da mente. Sinto quando Jamie termina o ovo e as torradas, então visto o casaco nele e o coloco no carro, e Cassie vira o volante e segue pelo vale de Carnhallow até a charneca. Quando o carro se afasta, tenho a sensação de que Cassie está olhando para mim pelo espelho. Observando enquanto vou ficando cada vez mais distante. *Está vendo, ali está a sua madrasta, desaparecendo. Em pouco tempo, ela vai sumir. O Natal está chegando.*

NÃO.

Eu preciso afastar essa depressão. Assim, ocupo-me com tarefas, lavo os pratos e arrumo a cozinha e verifico se tem manteiga e leite na geladeira, depois me tranco no carro e dirijo por Botallack e Zennor, vou até a última colina da charneca, onde desço para St. Ives e sigo para o grande supermercado Tesco, nos arredores da cidade. A loja tem vista da baía Carbis e do farol. O farol de Virginia Woolf. A romancista que cometeu suicídio.

O farol está escondido hoje: uma neblina gelada obscurece a vista.

Compras. O que podia ser mais comum, sensato e regular do que fazer compras no Natal? Apesar de não precisarmos de muita coisa.

Só estou fazendo isso para me distrair, para sair de casa. Minha família não fala comigo. Ninguém mais me conhece, mesmo que já tenham me conhecido no passado. Então, por que todo mundo está me encarando? Caminhando pelos corredores festivos, fingindo estar interessada nos *melhores* pudins de Natal e nas *saborosas* tortas de carne, só consigo ouvir as cantigas de Natal direcionadas a mim. Pessoalmente.

Doze tocadores de tambor tocando.

Tocando na minha cabeça. Bum bum BUM. Faltam oito dias.

Uma garotinha está olhando para mim. Ela está com a mãe. Elas estão no corredor de frutas e verduras, e a mãe está examinando tomates e, parada ao lado dela, a garotinha me observa com grande curiosidade. Um olhar de arrebatamento.

Ela está de vestido branco com meia-calça preta, embaixo de um casaco cor-de-rosa. Está sorrindo, os olhos grudados nos meus, como se eu fosse uma coisa nova e bizarra, uma coisa indesejada, mas divertida. Constrangida, eu me viro e finjo estar interessada em nozes e tâmaras e em seleções de queijos de Natal, mas consigo sentir os olhos dela queimando nas minhas costas.

Eu me viro. A garotinha ainda está lá, não se moveu nem um milímetro, e está olhando hipnotizada, sem piscar. A mãe dela desapareceu.

A tensão penetra a minha pele. Talvez eu devesse ajudar a criança, ajudá-la a encontrar a mãe, mas a ideia de fazer isso é terrível. Eu estou paralisada. E essa droga de música fica repetindo a melodia idiota. *Doze tocadores de tambor tocando*, só faltam oito dias, só oito para você morrer, *simplesmente saia saia saia. Bum bum bum, bangue bangue bangue!*

A garota está andando na minha direção agora, e percebo que ela está usando botinhas pretas. Botinhas pequenas demais para ela. E eu sou tomada pelo medo.

Não tenho ideia do motivo. Olho para a esquerda e para a direita, em busca de ajuda, torcendo para que alguém me salve de uma garotinha de oito anos com botinhas pretas apertadas, mas eu sei que ela quer me fazer mal.

BANGUE BANGUE BANGUE BUM BUM BUM

Consigo ouvir o estalo dos pezinhos dela no piso polido do supermercado. E eu sei que, se a criança tocar em mim com um dos dedinhos esticados, vai me matar, eu vou sangrar, vou sofrer. Minha boca vai tossir sangue como a lebre nas minhas mãos.

Dez senhores pulando. Nove damas dançando.

Estou no supermercado Tesco perto de St. Ives, e há propagandas de chocolates belgas especiais de Natal para todo lado, e agora a criança corre na minha direção, ela está correndo para cima de mim, vindo atrás de mim, e eu estou encurralada, eu me encosto à parede, me agacho, sei que, quando o dedo frio tocar a minha pele, eu vou gritar e cair e...

— Pare! Pare pare pare!

Meu próprio grito me dilacera, me vira do avesso e me joga na realidade cinzenta.

Metade da loja se vira para olhar. Carrinhos estão parados, rostos estão virados, clientes estão horrorizados. Vejam a maluca, vejam como ela está AGACHADA perto dos canapés prontos.

Uma música suave de Natal ocupa o silêncio assustado. E a garotinha passa correndo por mim. Eu consigo vê-la nas distantes caixas registradoras pulando nos braços da mãe.

Isso é pior. De seu próprio jeito, isso é ainda mais ameaçador. Eu largo o carrinho perto das pilhas de manteiga e procuro a saída. O gerente do supermercado lança um olhar plácido na minha direção quando saio correndo da loja para o ar frio e chuvoso e pulo para dentro do meu carro. *A maluca no supermercado. Você viu?*

Disparo pelos tormentosos quilômetros de volta para casa. As charnecas estão cinzentas, o mar está cinzento, o céu está cinzento; só os penhascos oferecem cor, onde as ondas verde-azuladas do mar batem no prateado das pedras e recuam em confusão e perplexidade.

Quando chego a Carnhallow, corro para dentro de casa e bato a porta. Encosto-me contra a parede e tento me recompor. Respiro fundo lentamente. Inspiro o ar silencioso e gelado. Inspiro a tranquilidade. Calma, Rachel. Calma.

Preciso sobreviver. Preciso ficar melhor. Não posso deixar que vençam. Eles estão vindo atrás de mim, e eu preciso ser mais inteligente. Meu Natal está próximo, a época do ano que mais temo, e eles estão tornando tudo pior.

Mas não vou me deixar derrotar. Não agora, não aqui, não depois de tudo isso. Minha mente é boa o suficiente. Vou decifrar o enigma por trás do que aconteceu com Nina Kerthen e por quê. Preciso encontrar uma resposta antes do dia de Natal, quando, ao que parece, nossos presentes irão chegar ao mesmo tempo.

Fechando o máximo de portas que consigo, bloqueando os corredores úmidos e escuros que levam a porões sem uso e a quartos tristes, vou caminhando pelo corredor, passo pelas gravuras de Wheal Chance e de Kerthen Count House, e sigo para o calor silencioso e solitário da Sala de Estar Amarela, onde a fada da árvore de Natal ainda está sorrindo para mim. A varinha dela pisca.

Oi, Rachel.

O calor evidente, em comparação ao restante da casa, é bem-vindo: mostra-me que não estou perdendo a cabeça totalmente. Porque o aquecimento reduzido é uma escolha lógica e coerente que eu fiz recentemente. Para diminuir os custos. Pois estou no comando. A frugal Rachel está cuidando de Carnhallow.

Por que esquentamos tanto Carnhallow e desperdiçamos o dinheiro de David? Jogando calor inútil em copas sem uso e em sótãos poeirentos? Era loucura. Agora, a maior parte da casa grande e antiga voltou ao frio ancestral e deserto, um frio que aumenta dia após dia, à medida que a prometida neve de dezembro vai se aproximando.

Dizem que a nevasca pode ser pesada. Os meteorologistas estão adorando a perspectiva; as pessoas amam o tempo ruim da mesma forma que amam um mistério de assassinato. Mas, aqui em Carnhallow, o mistério de assassinato é real. É a minha vida. Um mistério que preciso desvendar. E rapidamente.

A solidão me cerca, machuca o meu coração, o peito, como uma espécie de câncer. Uma coisa ruim que cresce. Uma solidão que acreditava ter deixado para trás. A garota que se escondia no quarto. Mas pelo menos ajuda na minha concentração.

Estico a mão para pegar meus arquivos na mesa de centro e seleciono o artigo de revista de Nina, David e o bebê Jamie. Quando vi aquela foto dos três, meses atrás, achei que tinha uma pista. Uma dica de por que Nina podia estar morta, mas ainda viva, um motivo para o filho dela parecer capaz de ver as coisas no futuro.

Mas ainda sinto como se houvesse uma verdade escondida na foto. A família perfeita. Perfeita *demais*. Mas como?

Eu sou — ou era — fotógrafa; isso é uma foto. Eu devia ser boa nisso. O que estou deixando passar?

A criança quase oculta estica a mão para a mãe. Para a elegante Nina. David está ao lado deles, alto, másculo e protetor. É praticamente uma cena de presépio. O Natal em uma foto.

O rádio está tocando "I Believe in Father Christmas". Ferida por uma lembrança repentina, eu levanto o rosto, os olhos úmidos. Minha mãe cantava essa canção triste, adorável, suave. Eu a vejo balançando o corpo, uma taça de Chardonnay barato na mão, durante os nossos desagradáveis jantares familiares de Natal. Eu me lembro de tudo, sou muito boa em lembrar. Vejo latas de cerveja na mesa. Bolinhos de peru baratos, feitos no micro-ondas. Queijo stilton, que o meu pai provavelmente furtara de alguma loja.

O dia se desenrola. Meu pai ficando bêbado às 11 horas da manhã. Minha irmã doida para fugir. A estampa horrível da cortina do chuveiro. Minha mãe dormindo. Meu pai me procurando. Eu subo, mas não consigo fugir. Mais tarde, os dedos dele entram em mim, os dedos sujos. O bafo de uísque na minha pele trêmula, nua e assustada. Feliz Natal, Rachel.

Disseram que vai nevar no Natal
Disseram que vai haver paz na Terra...

É muito, é demais. Seco duas lágrimas idiotas dos olhos e me concentro na foto. Intrigada, pensando, decifrando. Mas nada me ocorre, nada sólido ou produtivo. Os pensamentos fogem.

Exasperada, coloco a foto na mesa e abro o caderno de Nina de novo.

Isso pode ser mais produtivo. Continuo lendo com atenção, enquanto a silenciosa sala de estar espera.

Com o avançar dos meses, como os anos inicialmente felizes se passando, as anotações de Nina foram se tornando cada vez mais caóticas. O entusiasmo foi se dissipando no tempo. No final, ela ficou reduzida a anotar trechos de história familiar e folclore local, sem dúvida extraídos de Juliet.

Uma ida a Lizard com Jamie. Para ensinar. História. Cornualha. Lizard é uma região de naufrágios e contrabandos. Origens dos Kerthen. Breage, Prussia Cove. Gunwalloe.

Histórias de naufrágio. Se vissem um navio em dificuldades, eles iam até a costa e balançavam luzes. Chamando-os para a segurança, ou era o que os marinheiros pensavam, mas, na verdade, estavam seduzindo os navios para as pedras, para que colidissem. Afundassem. Depois, alguns deles desceriam até a praia e quebrariam a cabeça de qualquer sobrevivente. Para poderem roubar rum e tabaco, xerez e melado, o ouro, o conhaque, os pedaços de seda.

Por que ela estava escrevendo isso? E por que estava escrevendo *isto*:

Lucro e perda. Morte e vida. Eu me pergunto se ele já sentiu culpa, Jago Kerthen: tristesse pelos mineiros que ele enviou para debaixo do mar, pelas crianças que envenenou com arsênico. Pelos aldeões que pôs para trabalhar dos 10 aos 30 anos. Juliet diz que consegue se lembrar das cenas nos vilarejos, Four Lanes, Carnkie, St. Agnes. Aos domingos, ela diz que andava pelas ruas dos vilarejos, e todas as casinhas estavam com uma janela aberta, e havia um homem colocando a boca pela abertura, désespéré, sugando o ar nos domingos cinzentos de inverno. Eles estavam tentando respirar, tentando ficar mais uma semana vivos, sobreviver a mais um inverno. Desesperados por ar fresco frio para limpar os pulmões, embora fosse impossível limpá-los. E todos eles mortos em seis meses? E foi assim que os Kerthen fizeram fortuna.

O resto dessa página no caderno dela está em branco. Exceto por uma frase final. Isolada embaixo, datada de junho.

Familles anciennes. *Continuando a linhagem.*

Mais uma vez, tenho a sensação de uma pista, de uma ponta de fio que, se for puxada, pode desenrolar tudo, mas eu não tenho ideia de como fazer isso.

Depois do trecho anotado, os comentários vão sumindo. A escrita dela fica mais descuidada, em comparação ao capricho de antes. Mas, bem no final, ela registra uma última imagem penetrante, que parece uma anotação de diário:

Havia um quadrado de luz nas pedras de Old Hall hoje de manhã, quando desci, e encontrei uma jovem raposa parada bem no meio, tremendo, na luz das janelas gradeadas. Eu teria um dia contado a Jamie.

— Eu teria um dia contado a Jamie.

Essa é a última frase. Por que tem essa elaboração distorcida? Eu *teria um dia.* Haveria algum estranhamento entre eles?

E havia o momento.

Agosto.

A verdade me atinge como um tapa quando a chuva gelada bate na janela, quando o inverno córnico tenta entrar na casa.

A última anotação é de agosto. Não há mais anotação nenhuma depois disso.

Tarde

Saio correndo da sala de estar, vou direto para a cozinha e desço os corredores escuros e gelados. Os rostos dos veneráveis Kerthen olham para mim conforme passo correndo, os rostos das fotos das minas, as *bal maidens* com os aventais sujos.

Em frente, em frente, em frente.

No armário da cozinha, tenho uma pasta com todas as cartas de Nina, notas fiscais e recibos, pedidos e encomendas dos restauradores, estofadores, tingidores e tecelões. Ela gostava de guardar tudo em papel, gostava das coisas escritas, não por e-mail. Ela queria guardar registros.

Arrumei toda a correspondência dela por data. Eu me sento à mesa da cozinha, abro a segunda pasta e levo menos de meio minuto para mexer na papelada e encontrar o que procuro.

O último *desses* itens também data de agosto.

Agosto. Quatro meses antes de ela morrer.

Isso quer dizer que Nina *parou* de reformar Carnhallow em agosto. Como sei pelo caderno dela, o interesse passou naquela primavera e se tornou uma curiosidade mais ampla sobre os Kerthen, Carnhallow, histórias de acidentes e das minas quando o verão chegou. E depois morreu por completo. Mas por quê? A reforma de Carnhallow era a paixão dela. Ela amava fazer isso. No começo.

Mas então não amava mais. E depois parou. E começou a se perguntar se os Kerthen eram maus de alguma forma.

Quatro meses depois, ela sofreu o acidente e se afogou. Supostamente.

Estou sombriamente empolgada. Talvez eu não tenha imaginado coisas. Qual o próximo passo, agora?

O quarto de Jamie. A ideia pesa na minha consciência; eu nunca fiz isso antes. Eu queria tanto ser uma boa madrasta. Mas é o único lugar no qual não olhei direito. Portanto, o único lugar que pode conter a resposta final.

A casa espera. Olha para mim com certa desconfiança. Vou acendendo as luzes à medida que avanço e subo a escada gelada. Já são quatro horas da tarde. Como o dia escureceu tão rápido? E onde estão todos? Talvez Cassie esteja fazendo compras com Jamie, depois de buscá-lo no David. Mas normalmente eles voltam às 15 horas nessas tardes de inverno.

Eu sei que Cassie odeia levar Jamie para o pai porque ela odeia a viagem longa até Truro, o trajeto difícil pelas estradas sinuosas, escorregadias e perigosas da charneca, deslizando por causa do gelo, depois uma hora na A30, onde venta muito.

Era possível que eles tivessem sofrido um acidente? Parada ali, na escadaria, imagino o carro desviando, açoitado pelos ventos de inverno, sendo arremessado da charneca verde-acinzentada perto de Stithians. Em seguida, vejo Jamie trancado atrás da janela de um carro, a boca se abrindo e fechando sem palavras. A ideia de alguma coisa acontecer com ele é mais perturbadora, talvez, do que a de alguma coisa acontecer *comigo*.

Mas a ideia é absurda. Presumivelmente, Cassie está esperando por uma bebida em algum Café de Truro, esperando que David entregue Jamie. Eu teria sido informada se algo tivesse acontecido. Alguém me diria. Não me ignorariam completamente, como se eu não existisse.

Ignorariam?

A escada está muito escura e fria. Eu devia ter feito isso antes. Agora, a melancolia gelada do inverno preenche os aposentos e os corredores. Na profundeza do inverno, o vale de Carnhallow é uma piscina fria e sem luz. Uma fossa de ar gelado. E a casa fica mais fria do que qualquer outro lugar. Fria nos ossos. Fria em sua essência.

Sigo pelo corredor, fingindo que não estou com medo.

O quarto de Jamie.

Minha mão hesita na maçaneta. Um vento forte de dezembro sopra lá fora, sacudindo os carvalhos e as sorveiras. Mas eu não escuto carros, vozes, nada.

Giro a maçaneta, empurro a porta e entro.

O quarto tem um aroma inesperado de sabonete Pears. O sabonete do pai dele. Às vezes, esqueço que Jamie é muito filho do pai dele.

O quarto também está muito arrumado. Meu enteado pode estar cada vez mais solitário, mas Cassie mantém a bagunça sob controle. Os livros da escola estão cuidadosamente empilhados nas prateleiras, ao lado de alguns exemplares de Harry Potter e C. S. Lewis. Tem uma bola de futebol balançando de um lado para outro em um canto. Não tem, não. A bola está parada.

A cama exibe um edredom azul do Chelsea; a foto de um jogador de futebol famoso que eu não sei identificar está grudada na parede. Podia ser o quarto de qualquer garoto de oito anos; não é óbvio que seja o quarto de Jamie Kerthen, do herdeiro de Carnhallow House.

O que eu poderia encontrar aqui? Estou procurando alguma coisa importante, alguma coisa anormal. E não preciso procurar muito. Claro que são as fotos. Quantos garotos de oito anos têm fotos da mãe em porta-retratos de prata? Muito poucos, *mas Jamie Kerthen tem*. A ideia é de partir o coração, mas também perturbadora. Uma pista.

Chego mais perto da mesa, com o cabo do smartphone e jogos de computador, e inclino a primeira imagem.

Essa foto foi tirada no sul da França, acho; parece calorosa e florescente demais para ser a Cornualha. A luz é mediterrânea. A mãe e o filho estão em uma praia. Nina parece jovem, feliz, bronzeada de sol. Está de biquíni, mas eu vejo marcas de bronzeado das alças de um vestido. Jamie está ao lado dela, pequeno e vulnerável, com um short quadriculado azul, mas satisfeito por ter o braço da mãe em volta de seus ombros estreitos.

Ele também está queimado de sol e parece ter uns cinco anos. Os dois olham para a câmera com sorrisos alegres, e eu imagino que David esteja tirando a foto. A satisfação e o contentamento são palpáveis, é um passeio feliz, habilmente capturado em uma imagem. Mais tarde, eu os imagino comendo mariscos e batatas fritas, Jamie jogando futebol de praia com os garotos do local. Frutos do mar grelhados. Vinho rosé gelado. Gargalhadas.

O corpo de Nina é invejável.

A segunda foto, na mesma mesa, é mais recente. Eu a pego. Parece uma foto tirada nos jardins de Carnhallow.

Atrás, Ladies Wood está vermelha e dourada, então deve ser um dia bonito de meados ou final de outubro. Dá para ver frutinhas vermelhas ao fundo. Está fazendo sol, mas deve estar frio: Nina está usando um casaco luxuoso. Não há contato dessa vez, nenhum braço lânguido passado pelos ombros de Jamie. Ele está de capa de chuva, perto da mãe, mas sem tocar nela. Jamie parece ter uns seis anos. Deduzo que seja uma foto do outono antes de ela morrer. Uns dois meses antes de ela morrer.

Se ela morreu.

Olho com mais atenção.

O sorriso dela é falso. Reconheço um sorriso falso quando vejo um. Sou fotógrafa. Poucas pessoas conseguem dar sorrisos falsos de modo convincente, os olhos sempre entregam, e Nina falhou nisso. Sua boca se curva para cima, mas os olhos estão frios. E a postura dela está rígida. E distante.

Com medo, talvez?

Eu largo a foto na cama; parece me dar choque. Meus dedos formigam.

Nina não quer estar nessa foto. Não quer tocar no filho. Ela está fingindo. Ou ela não gosta do filho ou está com medo dele.

O que aconteceu entre eles? Por que ela parou de reformar a casa e começou a desconfiar ou se desgostar do próprio filho, ao mesmo tempo, no último verão antes do acidente?

Pinguins. Agora tudo se volta para Jamie. Ele escreveu sobre pinguins naquelas cartas. E o que mais ele escreveu?

Eu me lembro daquela frase riscada.

~~Eu amava você tanto quanto o papai, desculpa~~

As ideias inundam a minha mente. Talvez Jamie tenha mostrado sinais de estranheza ou animosidade naquela época também. Rejeitando a própria mãe. Preferindo o pai. Mas por que ele faria isso?

Estou prestes a pegar a próxima foto quando ouço algo. É um barulho que me paralisa, gera uma ansiedade intensa e dolorosa nas pontas dos meus dedos. É o estalo baixo de uma porta no andar de baixo. *Uma porta interna*. Onde o vento não sopra. Há alguém vindo. Se fosse Cassie, Jamie ou Juliet, eu teria ouvido o carro lá fora, vozes, uma porta grande batendo e alguém entrando.

E agora, escuto uma voz chamando:

— Jamie!

A voz é jovem. E pertence a uma mulher. Não é Cassie.

Noite

Eu tenho de descer. Mas estou momentaneamente assustada. Lembranças surgem, lembranças do meu pai no andar de baixo. Gritando o meu nome. *Minha pequena Rachel. Onde ela está? Estou subindo atrás de você.*

A tela de cinema das minhas lembranças ganha vida e se enche de imagens minhas: aos dez ou onze anos, em posição fetal no meu quarto escuro, fingindo estar dormindo, torcendo para ele não entrar. Ele sempre entra.

Sua piranhazinha!

Eu tenho de lutar contra isso, lutar contra o medo dentro de mim e contra o medo do lado de fora. Fecho obstinadamente as mãos em punho e respiro o ar gelado, então passo pela porta do quarto de Jamie e falo, grito para o silêncio envolvente:

— Olá!

Não há resposta.

— Olá!

As janelas escuras debocham de mim, a lua olha pelos teixos e carvalhos, muda e inescrutável.

— Olá! Olá!

Mais uma vez, não há resposta. Eu me pergunto se essa mulher no andar de baixo consegue perceber quanto estou com medo.

Todas as luzes ainda estão acesas no patamar; mas, de alguma forma, elas não afastam completamente a escuridão. Porque a casa está sendo invadida pela negritude e pelo frio; as águas geladas e negras presas em Morvellan estão subindo para nos engolir, subindo pelos poços, inundando os porões, subindo pela escada, sorrateiras e inexoráveis.

— Quem está aí?

Consigo ouvir passos não muito distantes. Alguém está atravessando o comprido corredor no andar de baixo, em direção à cozinha. Ou caminhando em direção à Old Hall.

Reúno o que resta da minha coragem, corro até o corrimão e olho para baixo. Ali. Não. Mas eu escuto movimento, muito claro agora.

A coragem é minha única opção. Desço a escada correndo e me esforço para enxergar, mas, quando faço isso, distraída, sem olhar para onde estou indo, prendo o pé nos tapetes, os tapetes idiotas embolados, e caio. Caio para a frente e bato com a cabeça no corrimão de madeira, tão belo e grandioso. Continuo caindo, bato com o joelho no degrau de baixo e torço o tornozelo. Desabo no chão. Caio, caio, caio, virando de cabeça para baixo, despencando como uma dublê.

Para baixo. E fim.

Solto um gritinho em resposta à dor e me viro. O movimento dói, mas eu não ligo. Só quero saber se a queda machucou a minha filha. Ofegante pelo choque da queda, estico a mão e toco na curva da barriga ligeiramente arredondada. Não sinto nada, nenhum dano horrível, nenhum sangramento, aparentemente meu bebê está bem. Mas foi uma queda assustadora. Eu poderia ter quebrado a perna ou o pescoço. Poderia ter morrido e matado o meu bebê.

E agora quero ficar parada. Deitada quieta no piso encerado. Fingindo que não ouvi nem vi nada, para deixar que ela vá embora. Ficar encolhida e escondida. Deixar que as sombras saiam da grande casa.

Sinto muito por incomodar você.

Carnhallow está silenciosa. Eu fico deitada de costas, estupidamente, encarando o trabalho no gesso do teto. Acho que talvez eu tenha sofrido uma concussão. Tudo está dançando.

A casa está me olhando, curiosa e debochada. *Está vendo, ela não consegue nem descer a escada. Ela tem visões. Ela vê rostos pelas janelas. Está acontecendo novamente. Olhe para ela. Olhe para ela. Está na hora de ela se matar.*

— Não!

Eu realmente falei com a casa. Gritei em resposta. Estou falando com as vozes. De novo.

A dor surge no meu tornozelo, como um prólogo. Pergunto-me se o quebrei. Quando levanto o rosto, avaliando a dor, o gesso do teto vira um desenho, que gira como um caleidoscópio. Minha visão está borrada. Eu olho para a direita e tento focalizar, ainda deitada no chão.

Estou olhando para Nina Kerthen.

A mãe morta de Jamie está no final do corredor que termina em Old Hall, o corredor que sempre fica escuro. Há luz suficiente para que eu identifique o rosto dela.

Ela me olha do escuro, a boca ligeiramente aberta, como se tentasse falar, mas sem conseguir. Sem dúvida, é Nina Kerthen dois anos mais velha, um pouco diferente, mas com o mesmo cabelo, olhos e pescoço elegantes. É a mesma mulher que eu vi no ônibus.

Consigo ouvir outra música de Natal do rádio distante que deixei na sala de estar.

Eu afastei o rosto
E sonhei com você

A música some e volta, minha mente volta e some. A moça na escuridão ainda está lá. Sem se mexer. Olhando. Sorrindo um pouco. Finalmente, ela se move, aproxima-se, vem das sombras. Caminha lentamente na minha direção. Ela está com um braço esticado. Acho que vejo sangue nas pontas dos dedos dela, seu rosto está pálido como neve fresca. Ela vai me tocar, vai me tocar com os dedos macios e ensanguentados. Tocar minha pele, acariciar meu rosto.

Eu fecho os olhos, cheia de horror. Ela deve estar muito perto, a mão esticada, os dedos sangrando. É o teste. Eu conto os terríveis segundos, os olhos bem apertados.

Eu poderia ter sido alguém
Assim como todo mundo

Eu abro os olhos.

A mulher sumiu. O fantasma. A mulher. Sumiu. E agora eu sei. Estou tendo alucinações. Não há outra resposta. Está acontecendo de novo.

Eu *estou* vendo e ouvindo coisas.

E, assim, as confissões jorram, os muros de negação estão caindo. Claro que David estava certo. Ele está, ele está. Eu imaginei tudo. Tudo. Isso prova.

Eu estou juntando minha família perdida: devido à loucura e às lembranças. Até a minha garotinha está aqui. E por que não? Afinal, como Juliet diz: os mortos estão sempre conosco.

Eu me apoio nos cotovelos. Várias partes de mim doem, mas a minha mente está estranhamente clara. Consigo ver mais longe agora, muito mais longe. A neblina gelada do mar se dissipou. Por enquanto.

Fico agachada e depois me levanto e testo o tornozelo. Não está quebrado, mas talvez esteja torcido. A dor lateja ferozmente no osso. Olho para o corredor que termina em Old Hall. Eu poderia segui-la, mas sei que não vou encontrar nada. *Não há mais ninguém aqui.* Por motivos que só posso supor, estou vendo mães e filhos mortos. Mas por que isso está acontecendo *agora*?

Eu sigo mancando pelo corredor antigo.

A cozinha me recebe com muita luz; como um sorriso falso, branca e alegre demais. Sento-me numa cadeira e massageio o tornozelo. Dói, mas a minha ansiedade dói mais. Minha filha ainda não nascida. E agora, quando toco em minha barriga, protetora e assustada, é que me dou conta. Preciso ligar para a minha irmã. Tenho de saber quanto estou repetindo as coisas.

Tiro o celular do bolso e busco o número dela: *Sinead*. Não ligo para esse número há anos. Nem mesmo tenho certeza de que irá funcionar.

Os ventos de dezembro sacodem os últimos galhos de outono nas janelas da cozinha, como se o tempo estivesse cansado de esperar a neve. Eu digito os números.

A linha toca por oito, nove, dez segundos, até eu ter certeza de que irá cair na caixa postal. Mas alguém atende.

— Alô.

É ela. Minha tristeza aumenta e chega às minhas mãos, que tremem. Minha família destruída.

— Sinead, sou eu, Rachel.

Um silêncio significativo. Eu me pergunto onde ela está. Tomando café em um intervalo no hospital? Em um carro, pegando os filhos com a babá? Não conheço mais a vida dela. Finalmente, ela responde.

— O que *você* quer?

A frieza mata. Seguro a vontade de chorar, por mim, pela minha família, pelo passado, e digo:

— Sinead, eu sei o que você acha. Sei que você me odeia.

O suspiro dela é breve.

— Rachel, eu não odeio você. Só não quero falar com você.

— Eu preciso da sua ajuda, Sinead. Acho que está acontecendo de novo.

Outra pausa, agora curta.

— Eu soube que você se casou, um cara rico?

— Espere... não... espere...

— Rob me contou. Advogado bilionário ou algo assim. Muito bem. Feliz Natal. Você tem dinheiro de novo. Você sempre gostou de dinheiro.

— Eu dei para a mamãe! Era para ela!

— Olha, eu tenho que voltar ao trabalho, estou atrasada, alguns de nós têm empregos...

— Sinead, por favor, por favor, por favor, por favor, eu preciso da sua *ajuda*.

Ela faz um ruído debochado, mas não desliga.

— Tudo bem. Você tem três minutos. O que é?

Eu falo correndo, antes que ela mude de ideia.

— Estou com medo de estar acontecendo de novo, o colapso, os episódios, tudo, mas não tenho certeza, porque não me lembro como aconteceu na primeira vez, por estar naquele estado. Apenas você e a mamãe sabem, só vocês se lembram.

— Dois minutos.

— Sinead, por favor. — Eu olho, impotente, para as janelas pretas da cozinha. Aonde a lua foi parar? Talvez tenha ido para as minas, para se olhar, o rosto branco na água preta. — Por favor.

— Você ficou louca. Teve alucinações. Via coisas. Surtou. No final, começou a se cortar.

Eu fecho os olhos e aperto o telefone com os dedos brancos.

— Sim. Eu me lembro dos cortes, mas não me lembro das visões.

— Bom, você tinha várias, Rache. Você ficava agressiva, ouvia vozes.

— Eu ouvia coisas?

A voz dela ainda está fria.

— Ouvia. Ordens. Faça isso, faça aquilo. Você sabe.

Então é verdade, eu estou ouvindo coisas de novo, estava ouvindo o tempo todo. Imaginando tudo.

— Mas por que voltaria agora? — O medo dentro de mim é um animal encurralado, lutando para sair do meu peito. — Os médicos disseram... eles disseram que era algo como um episódio esquizofrênico breve. Uma reação ao que aconteceu, ao que eu fiz. Que nunca aconteceria de novo. Foi o que eles disseram.

Uma pausa. Ventos do mar, uma porta sacudindo.

— Desculpe. Não faço ideia de por que voltaria. — O tom dela se suaviza. — Olha, Rachel, sinto muito por você estar com problemas, eu não odeio você. Mas é doloroso demais, só isso, e eu estou dando continuidade à vida. Os garotos, meu emprego, você sabe. E eu tenho que desligar.

— Você não consegue mesmo pensar em um motivo para... — eu mal consigo articular as palavras — ... para a loucura voltar? Você é enfermeira, fez treinamento em saúde mental, não fez?

Tenho a sensação de que ela está pensando, tentando ajudar, apesar do ressentimento.

— Bom, humm, alguns meses atrás.

— O quê? O que foi? O quê?

— Provavelmente nada.

— Sinead. Por favor.

Ela expira com impaciência.

— Bom. É o seguinte. Eu me perguntei se os médicos se enganaram.

— Como?

— No diagnóstico, Rachel. Estou trabalhando com ob-gin.

— O quê?

— Obstetrícia e ginecologia. Teve uma mulher aqui um ano atrás com psicose pós-parto. O comportamento dela foi bizarramente parecido com o seu. E eu fiquei me questionando.

A escuridão lá fora está mais sombria do que nunca. Um vento de ferro de Morvellan sacode o jardim.

— Se você ficar grávida de novo, é melhor tomar cuidado, porque pode voltar. Mas fora isso... sei lá. Olha. Tudo bem. Eu tenho mesmo que desligar. Vou visitar a tia Jenny no Natal. Mando lembranças suas se você quiser.

— Pode mandar — digo, lutando para encontrar as palavras. — Por favor. Diga isso a ela. Diga que eu a amo, como amo você, abrace os garotos por mim, deseje Feliz Nat...

— Tchau.

A ligação morre nas minhas mãos. Eu largo o celular na mesa e fico pensando nas palavras dela. Minha irmã poderia estar certa? A explicação me consola, mas também me assusta. Minha gravidez.

Puxo a cadeira para mais perto da mesa e viro o laptop. Abro a tampa e me preparo enquanto digito as palavras febris e assustadas em um mecanismo de busca. Gravidez e psicose.

Na mesma hora, a expressão-chave aparece:

Psicose pós-parto.

A lógica faz sentido. Eu nunca contei aos médicos sobre a gravidez, sentia vergonha demais do que tinha acontecido. E pareceu irrelevante, meses se haviam passado. Mas e se o meu colapso fosse em parte culpa do meu próprio corpo? E se fosse fisiológico além de psicológico? Isso poderia explicar por que estava voltando.

A vergonha não tem sentido. Eu preciso saber.

Abro um site que parece ser sério e leio as palavras com desespero.

<u>**A psicose pós-parto é uma doença mental perigosa que afeta a mulher depois de ela ter o bebê.**</u>

Pode provocar ilusões e alucinações, às vezes intensas e peri-gosas.

Estima-se que a psicose pós-parto afete uma em cada mil mulheres que dão à luz.

Sim sim sim. Não não não. Eu continuo lendo.

A maioria das mulheres com psicose pós-parto vivencia uma psicose (um "episódio psicótico") e outros sintomas logo depois de dar à luz, normalmente nas duas primeiras semanas, mas às vezes isso acontece vários meses depois.

A psicose faz as pessoas perceberem ou interpretarem as coisas de um jeito diferente dos outros ao redor. Os dois sintomas principais são:

Ilusões — pensamentos ou crenças provavelmente falsos.

Alucinações — ouvir ou ver coisas que não existem; uma alucinação comum é ouvir vozes.

Sim sim sim sim sim. Mas por que isso me afetaria de novo agora? Finalmente, aqui está a declaração crucial.

Mães que já vivenciaram psicose pós-parto apresentam risco significativo de um segundo episódio. Pode acontecer durante ou depois da gravidez seguinte.

Isso é suficiente. Mas tem mais. Assustador e arrasador.

As mulheres com expectativa de psicose pós-parto devem ser cuidadosamente monitoradas devido ao elevado risco de suicídio (5%) e também de infanticídio (4%).

Eu fecho a tampa do laptop e coloco a mão na curva da minha barriga saliente, no silêncio da cozinha de Carnhallow.

O astronauta gira no espaço instável, caindo sem parar na escuridão; minha filha espera e dorme dentro de mim.

Dentro da mãe maluca e perigosa.

3 dias antes do Natal

Manhã

O dr. Conner toma um gole de chá de ervas, coloca a xícara na mesinha à esquerda e une as mãos, como se fosse guiar uma oração. Uma árvore de Natal cintila atrás dele.

— E, então, eu estou maluca?

Ele balança a cabeça.

— Primeiro...

— Eu preciso saber. Por favor. Minha psicose está voltando? Você fez todas as suas perguntas, por favor. Foi por isso que implorei por uma consulta, eu tenho que saber se sou capaz de me cuidar, de cuidar do meu bebê... e do Jamie. Não posso deixar passar nem mais um dia.

Ele separa as mãos e faz um gesto: pare.

— Rachel, eu tenho mais algumas perguntas sobre a sua última gravidez.

Eu olho para ele, para o rosto simpático, inclinado com solidariedade na minha direção; para a bonita camisa quadriculada azul e branca embaixo de um suéter de lã de carneiro. E suspiro.

— É que é muito difícil.

— Claro — diz ele. — Tenho certeza de que é.

Estou olhando pelas janelas grandes da sala de sua bela casa à beira do mar. O céu está cinza madrepérola, tingido com tons pastéis de azul-bebê, e os primeiros flocos da prometida neve estão caindo. Há um cachorro solitário lá embaixo, na praia de Maenporth, aparentemente sem dono, latindo para os flocos de neve como se fossem coisas assustadoras.

Ele tenta de novo.

— Eu sei como aconteceu, Rachel... Você me contou — diz ele. — Mas, depois, o que aconteceu depois?

Sentada ali, preciso forçar as palavras a saírem, porque a verdade é bem mais difícil do que as mentiras.

— Foi... foi assim. Foi isto que aconteceu. Ela... nasceu horrivelmente prematura. Meu bebê, a minha filhinha. Prematura de umas doze semanas, talvez mais. Eles a levaram, explicaram que ela não estava bem, tinha algo a ver com as pernas, a coluna. E... e ela morreu logo depois. Eu nunca a segurei. Nunca segurei direito o meu próprio bebê. — O choro não está distante agora, quando chego à dor maternal. O precioso mineral na pedra. — É um dos motivos para eu desejar tanto ter filhos, para superar isso. Se. Se. Se puder. Se você puder. Eu sei que deixei de acreditar no momento em que me disseram que meu bebê estava morto. Mas... mas levou um tempo até o meu colapso se revelar. E acho que foi por isso que eu nunca desconfiei de psicose pós-parto.

O cachorro está de novo na praia, correndo atrás da neve. Pulando e latindo, quase enlouquecido. Mas eu não consigo ouvir nada, o vidro abafa o barulho. Tudo está mudo, uma mão pressionada sobre o grito do mundo. Eu me lembro da mão do meu pai na minha boca.

— Sabe, quando minha filha morreu, eu percebi que podia me vingar. Era tudo que tinha me restado.

Conner franze a testa, confuso.

— Não sei se entendo o que você quer dizer.

— Eu contei à polícia sobre o abuso. Sobre meu pai. Contei sobre os outros estupros. Estava na hora de alguém *saber*.

A neve está caindo, linda e triste. Neve na areia cinza, areia em um mar calmo de aço.

— E o que aconteceu quando você fez isso?

— Eles não tinham nenhuma prova. Eu demorei demais. E o meu bebezinho, minha garotinha, tinha sido cremada. Claro que ninguém testemunhou. Mas meu pai tinha fugido, então a minha acusação destruiu a minha família. Minha irmã se afastou completamente. Minha tia Jenny também. Disse que eu devia ter ficado calada, que eu havia destruído a família. Minha mãe sentiu culpa porque não sabia, não estivera ao meu lado para me defender, para impedir o abuso, desde os meus oito anos.

— Mas nada disso está registrado por causa da lei do estupro?

Eu olhei para ele, admirada com a astúcia. Ele vê meu plano inteligente.

— Sim, exatamente. Denúncias de estupro são anônimas por toda a vida. Eu estava protegida pela minha acusação. Até os registros do meu colapso nervoso, qualquer coisa que pudesse indicar que eu fui estuprada, tudo foi escondido.

— E o hospital?

— Fui diagnosticada como se tivesse sofrido um surto. Um breve transtorno esquizofreniforme. Mas essa é a minha questão, a questão levantada pela minha irmã: talvez tenham me dado esse diagnóstico porque eu não contei aos médicos do hospital sobre o bebê...

— Por vergonha.

— Eu não podia. Contei aos psiquiatras o que eles precisavam saber, contei que fui abusada quando criança, que fui estuprada... isso foi suficiente para conseguir ajuda. Para conseguir medicação. Para conseguir anonimato. E para ser hospitalizada e tratada.

Conner franze a testa novamente. Ele toma um gole de chá. Eu olho pela janela mais uma vez. O cachorro desapareceu. O mundo está deserto, a neve sufocante derrotou tudo e a todos, até mesmo as fracas e geladas ondinhas da praia Maenporth parecem querer desistir. Parar. Finalmente.

Esta é a luz da mente. Risco elevado de suicídio e infanticídio.

— Certo, você sabe de praticamente tudo, dr. Conner. Sabe por que eu quero ficar com o bebê, apesar de tudo, porque eu perdi um. Sabe de tudo. Então, me diga. Eu estou louca? A minha psicose voltou?

Ele balança a cabeça.

— É uma história horrível.

— Eu não quero solidariedade! Quero a sua opinião.

— Claro. — Ele balança a mão como se fosse começar um discurso. — Primeiro, quero deixar bem claro que a psicose durante e por causa da gravidez é algo muito raro.

— Mas o site... A minha irmã...

— O Google não é seu amigo, não nessa situação. O site está errado, ou ao menos enganado. Parece, sim, que você vivenciou psicose pós-parto quando era mais nova, possivelmente catalisada pela circunstância incomum. — Ele olha para mim e tenta sorrir de uma forma tranquilizadora. — E, sim, mulheres que tiveram esse tipo de psicose têm uma chance significativamente maior de ter o mesmo problema *depois* de uma segunda gravidez. Você precisará ir a especialistas em breve, para que possamos nos preparar; existem medicações boas e seguras que podemos receitar. Vou marcar uma consulta depois do Ano-Novo. Não há muito que possamos fazer antes do Natal, que já está muito próximo. Preciso olhar a minha agenda.

Ele pega o celular e verifica um aplicativo de calendário. Tenho uma repentina sensação de que tudo é falso. Enganação. Eu tenho de sair daqui. Deixar as vozes para trás.

Obrigo-me a olhar para o dr. Conner. Esperando. Em busca de esperança.

— Certo. — Ele levanta o olhar. — Na segunda semana de janeiro deve estar bom. — Um olhar direto. — Mas vamos falar sobre a sua pergunta de novo. Psicose *durante* a gravidez é realmente muito raro. É por isso que se chama *pós*-parto. Eu não acredito no seu caso. Durante a gravidez? Possível, mas não. Primeiro, pessoas psicóticas raramente procuram médicos, é quase um dos critérios do diagnóstico.

— Então o que está acontecendo comigo? Eu vi um fantasma?

— Não.

— Então, quem eu vi? Nina Kerthen está morta, não está?

Ele dá de ombros, cansado.

— Sim. Ela está morta. Eu vi os resultados do exame de DNA. Estava no inquérito. Ninguém poderia ter sobrevivido àquela queda, naquela mina, naquela água fria. Ela está morta.

Em algum lugar dentro de mim, estou tentando não gritar. As vozes estão quietas, mas eu estou sozinha com a minha confusão; escondo o rosto nas palmas das mãos e entrelaço os dedos para esconder as lágrimas.

— Então o que diabos está acontecendo comigo, doutor? Os barulhos que eu escuto, a mulher no ônibus, o perfume na casa. Por favor. Por favor, me ajude. Fico tão sozinha o tempo todo. Eu não tenho ninguém. Ninguém fala comigo. Exceto a casa.

É agora. Finalmente, estou chorando. Com grandes soluços e sem fôlego. Sinto vergonha, mas ao mesmo tempo não ligo. Estou falando como o lugar de onde vim. Porra porra porra. E a neve está caindo. Porque o Natal chegou.

Conner se levanta, parece prestes a me abraçar; a resposta reflexiva. Mas ele apenas põe a mão firme no meu ombro. Eu me viro para olhar para ele, suplicante. Como se eu tivesse seis anos e estivesse procurando um pai que não fosse me molestar.

Ele encontra um lenço de papel, entrega-o para mim e se senta.

— Você mesma disse que sofreu uma concussão quando caiu. Então você imaginou uma figura, imaginou Nina. Estava escuro, isso acontece. A mente está predisposta a ver figuras humanas quando não há nenhuma; é uma reação evoluída. Quanto às vozes, ao ônibus, isso é estresse. Falando friamente, você está se apavorando. E não é surpreendente. Carnhallow House já é deprimente e solitária, por si só.

Mas a questão é: quando você é questionada, mostra-se completamente lúcida. Completamente. Você não está maluca, Rachel, e isso não é uma psicose perigosa.

— E quanto ao Jamie? E as coisas que ele diz?

Uma leve testa franzida.

— Jamie é um garoto perturbado. Ele não se recuperou completamente da morte da mãe. Ainda não, pelo menos.

— Eu não estou ouvindo coisas e ele está mesmo dizendo essas coisas?

— Sim, provavelmente. Embora seja possível que, em seu estado um tanto febril, você esteja exagerando, interpretando demais, alimentando os traumas dele e, assim, transformando uma mulher perfeitamente comum no ônibus em Nina Kerthen. Também é possível que Jamie esteja reagindo às suas ansiedades, alimentando você. Então, há uma sinergia negativa, um elemento de *folie à deux*. E agora, que o pai dele não está presente em Carnhallow, ele deve estar ainda mais desorientado...

Ele faz uma pausa. E eu percebo por quê. Ele soube sobre mim e David, e revelou esse fato, e está constrangido.

— Você sabe sobre a medida cautelar.

Conner balança a cabeça e suspira.

— A Cornualha ocidental é um lugar pequeno. Eu tenho alguns amigos advogados em Truro. Não consegui acreditar no começo, mas me lembrei de que você tinha hematomas da última vez que nos vimos. Desprezível. David devia ter vergonha.

— Ele fez algo parecido com a Nina?

O médico parece surpreso.

— Não que eu saiba. Ele era apaixonado por ela, obcecado. Eu mal os via. Eles moravam em Londres e Paris na maior parte do tempo, quando Jamie nasceu. Sim, eles tinham brigas perto do final, como todo mundo. Um pouco de tédio, acho. Ela estava aborrecida por estar presa lá em Carnhallow. Era uma mulher muito inteligente e muito bonita. A dor de David foi enorme.

— Tenho certeza de que foi.

Há amargor em minha fala, e eu nem me dou ao trabalho de esconder. Amargura é a reação *sã*. Então talvez eu esteja sã.

Termino o chá e coloco a caneca sobre a mesa. O silêncio é gratificante. Preciso me agarrar ao que o doutor disse. Eu não estou louca. Isso é uma janela, uma abertura. Eu vou sobreviver a isso. Há uma saída. Nós só precisamos sobreviver ao Natal.

— Certo, obrigada. Muito obrigada. — Eu olho para o relógio. — Preciso voltar.

Eu me despeço e vou até o carro pela neve, que cai cada vez mais densa. Giro a chave e dirijo quilômetros pela nevasca.

Está nevando em todas as partes da Cornualha ocidental: no vilarejo da Idade do Ferro de Chysauster, nas charnecas e nas igrejas de Carharrack e Saint Day. Está nevando nas pistas de Chacewater e Joppa e Lamorna. Está nevando em Playing Place, em Roseland, em Gloweth.

E eu estou chorando de novo, enquanto guio o carro pelo quilômetro final de Ladies Wood, descendo o vale até a linda casa antiga, perdida na floresta; como aquela caixa dourada em uma coroa de espinhos, eu me lembro de quando vim aqui pela primeira vez e li a história de Carnhallow, da Cornualha ocidental, dos Kerthen. Como desejei ser parte disso: ficar sentada na Sala de Estar Amarela, vendo o sol de verão nos lírios, desejei pertencer a esse lugar ferido e lindo. Eu queria estar entrelaçada com a história intrincada e infinita de Carnhallow. Estava pronta para me entrelaçar com as sorveiras, estava pronta para me enraizar em Playing Place, onde os nomes brilhavam.

E agora tudo se foi. O sonho morreu. As árvores estão negras e desfolhadas, a neve está caindo tão pesada que mal consigo ver as minas nos penhascos, onde os túneis descem para debaixo do mar.

Estaciono o carro ao lado do Toyota de Cassie. Em seguida, entro, e sou cercada pelos odores frios de Carnhallow, uma luta de lembranças e de dor. Olho pelo corredor que leva a Old Hall, onde pensei ter visto o fantasma de Nina Kerthen. Onde, na verdade, eu não vi nada. Porque não estou maluca.

O corredor está escuro, mas vazio. Não há fantasma nenhum.

Estou exausta. Consigo ouvir Jamie na cozinha, falando com a Cassie. Não quero falar com eles. Então subo a escadaria, desabo com cansaço na cama e durmo.

Mas um sonho invade meu descanso. Meu pai está dirigindo um carro e eu estou atrás. Tenho dez anos, é Natal e estamos indo ver a tia Jenny. Ele está tão bêbado que o carro gira fora de controle, e ele ri quando atropelamos a criança perto de Carnhallow. Eu saio correndo. Abraço a lebre, mas estão levando-a para longe, para jogá-la no mar em Zawn Hanna, e agora meu cabelo está embaraçado na minha boca, pelo vento, sufocando-me.

Eu grito tão alto que acordo.

Tremendo, sentindo o gosto do sonho na boca, desperto do sono. Estico a mão para um copo de água poeirento sobre a mesa de cabeceira e tomo um gole. O quarto está escuro, a única luz vem de fora. Parece que estou dormindo há dez minutos, o sono ofereceu tão pouco descanso, mas devem ter sido horas.

E agora Jamie entra correndo no quarto. Ele pula na cama, apavorado, e me abraça com força.

— Rachel, Rachel, Rachel...

— O que foi?

Ele está me apertando tanto que dói. Eu o afasto delicadamente e percebo que ele andou chorando. Seu rosto está rosado.

— O que foi, Jamie? O que aconteceu? Qual é o problema?

— Ela voltou, ela está aqui... eu consigo vê-la...

O frio penetra em mim, uma lâmina feita de gelo.

— Ver quem?

— A mamãe. — A respiração dele está rápida demais, em pânico.

Apesar do medo que aperta meu coração, tento parecer comedida, responsável, sã. Não estou louca. Tenho respostas a essas perguntas. O médico me disse.

— Jamie, calma, calma, shh...

— É ela! — Ele está quase gritando. — Mas não era ela. Ela estava nas minas, você não lembra? Ela estava lá, era ela. Ela falou comigo, era ela. Tinha o cheiro dela, da mamãe, da mamãe, da minha mamãe, era a mamãe, mas não era. Era e não era. É e não é.

— Jamie...

— Ela está morta, mas não está. Rachel, eu toquei na minha mamãe, mas não toquei. Eu vi a minha mamãe, mas não era ela. Eu a abracei, mas não abracei. Eu vi um fantasma, Rachel. Eu abracei um fantasma. Eu toquei num fantasma. Um fantasma, um fantasma, um fantasma!

Tarde

Eu achei que estava salva, que o médico tinha me arrancado da água gelada. Agora estou de volta nela, tateando na escuridão. Afogando-me.

O olhar de Jamie procura o meu.

— Você acredita em mim, Rachel? Ela estava lá! Na mina. Com o elevador de homens. Eu contei ao papai e ele não acreditou em mim, e eu contei para Cassie, mas ela também não acreditou em mim.

Eu não tenho ideia do que dizer. Talvez eu devesse admitir que a vi também; dizer para a criança que sua mãe está viva, ou meio viva, em nossas mentes iludidas. Mas a história das minas é confusa. Quando ele foi a Morvellan? Por que Cassie o deixara andar por aí? Tudo é confuso; o vento gelado açoita a floresta lá fora, o clima de Natal se prepara para jogar mais neve nesse vale assombrado.

Ela está mesmo maluca. Vai ter outro bebê. Piranha burra.

— Pare — eu digo a mim mesma, para Jamie. Para as vozes na minha cabeça. — Por favor, por favor, pare.

Jamie olha para mim, perplexo.

— Rachel?

— Jamie...

Preciso seguir no meio disso. Calar a loucura. Eu também tenho de mentir para Jamie. Fingir que sou uma adulta sã e estável, que ele pode contar comigo.

— Jamie, você não viu *nada*.

— Mas, Rachel, eu vi. Era ela, mas não era. Era mesmo a mamãe, eu sei, eu acho. Mas, mas... mas foi tão estranho, tipo um sonho, sabe? Eu a vi na mina, eu a abracei. Estava ventando e frio, e ela estava lá, eu senti o cheiro dela, eu a abracei, toquei nela, e ela me abraçou, abraçou, sim.

Consigo ver dúvida nos olhos dele. Consigo vê-lo questionando a própria mente. Ah, eu conheço esse sentimento.

E a imagem é nítida. Nina Kerthen, pálida e magra, linda e loura, com o casaco escuro caro, saindo das minas, indo se encontrar com o filho. Abraçando-o com lágrimas geladas nos olhos.

— Onde está Cassie?

Jamie dá de ombros com tristeza, a voz ainda tensa e ansiosa.

— Na Sala de Estar Amarela. A vovó e ela estavam conversando. Alguém veio levar a vovó. Não sei, não sei.

— Juliet está aqui? A vovó?

— Ela queria me ver, queria me ver antes de ir embora, nós jogamos um jogo de Natal, mas aí ela saiu, e, quando eu olhei pela janela, era a hora certa.

— E você disse a ela que viu a sua mãe nas minas? Você contou para a vovó?

Ele engole o ar, e assente.

— Contei. Eu falei com a vovó. Com a Cassie também. Ela ficou com raiva de mim. Diz que fantasmas são coisas do mal. Diz que eu não devia falar assim. Rachel, por que ninguém acredita em mim?

Consigo imaginar Cassie chamando a atenção do garoto. Mas também assustada. Usando os amuletos contra o mal. Sei que ela está prestes a pedir demissão há semanas: a atmosfera cada vez mais venenosa de Carnhallow a deixa infeliz. A lealdade dela não está vinculada a mim. Isso pode ser decisivo para fazer com que ela peça demissão, deixando-nos isolados e sozinhos.

Suicídio.

Ou infanticídio.

— Rachel?

— Jamie, eu vou... Jamie. Sinto muito. Olhe, vamos preparar o jantar, linguiça e purê de batatas, que tal?

Ele olha para mim com tristeza e dúvida. Os olhos azul-violeta me penetram fundo. Penso nos olhos da mãe dele, os olhos que me olharam do corredor que leva a Old Hall.

Não. Sim. Não.

Tremo de frio diante desse pensamento: aquela câmara gelada e monástica. *Há* alguma coisa lá dentro. Eu sei. É onde ela estava quando saiu da escuridão. Há alguma coisa em Old Hall.

Há. Esperando você.

Eu seguro a mão de Jamie e o levo até a cozinha, onde frito as linguiças e preparo o purê, enquanto ele fica sentado à bancada, lendo uma revista de futebol do seu amado Chelsea.

O purê é colocado em um prato, formando uma montanha branca e fumegante. Em seguida, coloco as linguiças direto da frigideira, mas deixo uma cair no chão.

Pego a linguiça e a coloco na lixeira acionada por pedal. Há muitas outras linguiças lindas e tostadas. Três devem ser suficientes. Jamie ainda está concentrado na revista. Ele mal levanta o rosto quando ponho o prato na frente dele. Seu pescoço está branco e exposto, inclinado sobre a leitura. Um pescoço bem fino. Uma criança muito bonita. Aqueles lindos olhos. O pescoço é tão vulnerável. Tão branco e fino.

Quebrável.

— Obrigado.

A voz dele soa normal agora, o comportamento mais calmo depois da explosão intensa. Talvez ele esteja fingindo que tudo está bem. A menção às minas me confunde. Quando ele foi lá?

Agora, meu celular toca, vibrando e pulando na bancada de granito. Graças a Deus! Penso que pode ser o David, e me vejo desejando que fosse. Sinto necessidade de falar com o meu marido. Sinto falta dele.

E sinto falta de nós. Sinto falta do que éramos e do que tínhamos, algumas semanas atrás.

E, assim que penso isso, meu ódio por mim mesma surge. Essa é a voz da criança abusada dentro de mim, perdoando o abusador. David é violento. Bateu em mim. Ele não merece nenhum amor.

A tela do celular diz *Juliet*.

— Alô. Juliet?

— Rachel. Nós precisamos conversar.

Ela parece relativamente calma. Possivelmente mais sã do que eu.

— Juliet, o que foi?

— Você está na cozinha? Está com o Jamie?

— Estou, sim.

— Ele está bem?

— Hum. Sim. Está. — Não quero chatear o Jamie, então vou para o canto mais distante da cozinha, perto do calendário do advento. Assim, Jamie não pode me ouvir.

A janela do calendário está aberta e mostra um Papai Noel alegre, vestido de vermelho, em um trenó. Faltam apenas três dias para o Natal. A neve cai pesada sobre nós.

— Juliet, ele está jantando. Está bem.

— Mas ele não estava bem, estava?

— Como assim?

O pequeno Papai Noel está erguendo um copo de alguma coisa. Hidromel. Ou vinho de cevada. As renas têm focinhos grandes e vermelhos, como cerejas. O Natal está chegando!

O ganso está ficando gordo.

— Rachel, eu estou na casa dos Penmarrick, em Lanihorne Abbey. Vim passar o Natal. Eles foram me buscar mais cedo. Eu precisava me afastar por alguns dias. Sinto muito, mas a minha saúde não anda muito boa, tantas preocupações... e eu preciso estar mais perto de um hospital...

A escuridão se adensa. Juliet se foi? Só estamos eu, Cassie e Jamie.

— Tudo bem...

— Mas, Rachel. — A voz dela treme. Constrangida e insegura. — Eu preciso lhe contar. Não posso mentir, hum, hum. Rachel, antes de Andrew Penmarrick me buscar e me trazer para cá, eu estava com o Jamie.

O vento frio sacode a porta da cozinha.

— E?

— Foi horrível. — A voz dela começa a falhar. — Eu vi o pequeno Jamie na cozinha. E, meu Deus! Meu Deus! Eu entrei e ele estava rindo como antigamente, estava mais feliz do que o vejo desde que a Nina sofreu o acidente. Era como se ele realmente a tivesse visto. E, então, perguntei por que ele estava rindo, e ele ficou com raiva de mim, com raiva e com medo, e disse: "Ela está aqui, ela já está aqui." Ele foi muito convincente. Ele acredita que a mãe dele voltou para Carnhallow.

— Mas isso é ridículo...

— Eu sei. Eu sei. Ainda assim, acredito nele, porque eu estava olhando para ele enquanto ele falava, com muita atenção. E você sabe como ele vira a cabeça e olha para você com certa tristeza quando está *mesmo* dizendo a verdade? Foi assim.

Noite

Eu não posso negar. Sei o que ela quer dizer. Sei como Jamie se comporta quando está falando a verdade. Ele faz exatamente o que ela disse.

Mas isso é impossível. Eu me esforço para entender e para falar.

— Então ele está vendo um fantasma?

— Sim. Não sei, ah, ah.

— Juliet?

Ela fica em silêncio por um instante, mas, então, volta a falar.

— O que nós vamos fazer? Eu não tenho ideia. Nenhuma ideia. Eu voltaria, mas, ah, agora está nevando tanto, eu não vejo neve assim há muitos anos. Acontece muito raramente, mas, quando acontece, meu Deus! — Ela tosse profundamente e acrescenta: — Carnhallow pode ficar isolada pela neve; as estradas são fundas e o vale ainda mais, você devia tomar cuidado, devia comprar comida. Há falta de energia. Bem desregrada. Em um ano, tivemos que ir andando até Zennor, então ficamos isolados pela neve durante metade de uma semana, e só tinha sobrado tangerina, nozes e gemada.

Deixo que ela fale por um momento.

O calendário do advento está a quinze centímetros de distância. As janelinhas mostram pinguins e trenós, árvores de Natal e ursos-polares. Nem uma única imagem cristã, o que é adequado. Aqui em West Penwith, tão perto de Land's End, parece um feriado pagão de

Yule. A época do medo e de fogo na lareira, uma última festa para afastar o frio antes de os monstros ficarem à solta.

E talvez eu seja esse monstro.

Controlo-me e invado as lembranças fracas e emboladas de Juliet. Ela é tudo que eu tenho. A única fonte, por mais que não seja confiável.

— Juliet, por favor, por favor... vamos voltar. É possível que a Nina tenha sobrevivido ao acidente?

— Ah, eu acho que não.

— E foi realmente ela quem caiu no poço de Morvellan?

Uma pausa.

— Foi.

— Isso forma um ciclo, Juliet, um ciclo idiota. Nina se afogou dois anos atrás. Mas você diz que Jamie está vendo a mãe. Não é possível.

— Rachel, eu nem comecei a entender. Essas pessoas aqui... — A confusão dela fica ilógica, consigo imaginá-la lutando para encontrar palavras que façam sentido, sentada ao lado do telefone em Lanihorne Abbey. — Às vezes eu acho que consigo senti-la, sentir o perfume dela. Mas é claro que não estou certa, você não devia me ouvir. Jamie é quem importa. Ele diz que a abraçou na mina.

— Sim, eu sei. Ele me disse.

Mas eu preciso saber *mais*. Estou tentando me agarrar a alguma esperança. Se eu *vi* Nina no ônibus, talvez não esteja tendo um colapso, não esteja entrando novamente em estado psicótico, talvez o dr. Conner esteja certo de uma forma que não esperaria.

— Juliet, conte-me de novo o que aconteceu na noite em que a Nina morreu. Se ela não estiver morta... então alguma coisa muito estranha aconteceu, e talvez nós... talvez nós consigamos descobrir.

Um pinguim me olha do calendário. Eu espero minhas próprias vozes. Silêncio. Que bom! Vão embora e me deixem em paz.

Juliet responde.

— Mas você já sabe, já conhece a cadeia de eventos. Tão horrível, tão horrível. Você sabe que David mentiu e disse que Jamie não estava lá no acidente. Quando ele realmente *estava* lá. E você sabe que David pediu que todos nós ficássemos quietos, pelo bem de Jamie.

Eu me viro das janelinhas do calendário de advento e olho para as janelas da cozinha. A neve se empilha no parapeito. Como uma vitrine de loja com neve de mentira.

— Você já sabe de tudo isso, então sabe tanto quanto eu.

— Mas você foi *a* testemunha ocular crucial naquela noite, Juliet, além da Cassie. Havia apenas você. O que realmente aconteceu?

— Eu queria contar a verdade! — Ela parece afrontada. — Queria. De verdade. Eu estava no meu quarto. Nós todos tínhamos bebido, tínhamos recebido alguns convidados para o Natal, mas eles já tinham ido embora, estava muito tarde e eu estava indo dormir, mas algo me despertou. Havia vozes. Vozes exaltadas. Uma discussão. David e Nina gritando. A maior parte do que eles disseram foi abafada, mas eu ouvi quando ele gritou para Nina: *Como você pôde dizer isso, como você pôde dizer isso?* — Ela hesita, mas é uma hesitação nascida da relutância, e não da confusão. Juliet sabe de alguma coisa e está prestes a revelar.

Eu pergunto o mais gentilmente que consigo:

— Você ouviu mais alguma coisa, não ouviu? — Eu imagino essa senhora gentil e inteligente do outro lado da linha, em uma sala grande e imponente, uma árvore de Natal bem ao fundo, velas de verdade ardendo na penumbra. Lenha ardendo na lareira de mármore.

A voz de Juliet está carregada de culpa.

— Nina disse algo surpreendente, algo que o David não pôde tolerar.

A pausa é enorme. Eu juro que consigo ouvir o gelo se formando nas calhas de Carnhallow.

A resposta dela é triste e baixa.

— Eu nunca contei isso a ninguém, mas eu ouvi mais uma coisa naquela noite. Nina gritou tão alto que qualquer um poderia ter ouvido em Land's End.

Eu prendo a respiração. A neve cai. Em Manaccan e Killivose. Em Boskenna e Redruth.

— Ela gritou: *Por que você não conta para ele? Conte para o seu filho o nosso grande segredo de merda, sobre os verdadeiros pais dele.* E ela gargalhou como se fosse uma piada terrível, como se fosse uma piada terrível e sádica. Mas verdadeira.

— Nina deu a entender que David não era o verdadeiro pai dele?

— Sim.

— E você não contou isso à polícia? Por quê, Juliet? — Não há resposta. A raiva ferve dentro de mim, como as ondas batendo nos penhascos de Levant. Eu continuo: — Eu sei por que você ficou quieta! Eu sei. Porque comprometia David. Certo? Porque queria dizer que ele tinha um motivo para matá-la? — Eu estou quase gritando.

Juliet está chorando agora. A voz dela engasga na garganta. Rouca e trágica.

— Ah, Rachel. Houve tantas mentiras naquela noite, tantas. Eu fiz o que meu filho me mandou fazer depois: deixar tudo para lá. Para proteger o Jamie. Para protegê-lo da investigação. Eu fiz uma coisa ruim?

Eu preciso me controlar.

— Sim, eu acho que fez.

— Ahh. — Consigo ouvir o barulho de respiração rápida. — Ah, Deus! Que horrível! Sinto culpa há muito tempo. Talvez seja por isso que não consigo mais pensar direito, talvez eu tenha imaginado muita coisa. Talvez eu queira que ela esteja viva, porque isso quer dizer que David não a matou, sua própria esposa, que ele não matou a mãe do Jamie, e que ela não disse aquela coisa terrível, e que Jamie é meu neto de verdade. Eu tenho que acreditar nisso, ele é tudo o que eu tenho. O lindo Jamie. Ah, Deus! Ah, Deus! Ah, Deus! — Ela chora abertamente. — E, agora, a neve.

Véspera de Natal

Manhã

Conseguimos chegar ao Tesco de St. Ives pouco antes de fechar para as festas. Compro tudo de que precisamos às pressas, com Jamie ao meu lado, observando-me distante, intrigado, mas obediente. Não pudemos sair para fazer compras no dia anterior porque estava nevando demais, mas hoje houve uma pausa. O céu está branco como os lençóis de um hospital, mas a neve deu uma trégua de Natal.

— Só isso? — Jamie olha nosso carrinho quando vamos para o caixa. — Rachel. É só isso?

Meu carrinho tem uma caixa de biscoitos salgados. Um rocambole de peru. Algumas batatas e couves-de-bruxelas. Um pudim de Natal em miniatura. Jamie está acostumado com Natais opulentos. Muitos adultos rindo, a elegante Nina recebendo amigos elegantes. Rumtopf de sobremesa. Uísque single malt. Tortinhas e ganso assado. E o pai dele pagando por tudo, generoso e encantador, atraente e inteligente. Dessa vez, seremos eu, Jamie e Cassie. Um Natal pequeno e trágico. Estou acostumada a Natais trágicos. E à tristeza que vem depois.

— Não será um jantar grande, Jamie, apenas nós. Mas vamos nos divertir, prometo. Com muitos presentes embaixo da árvore.

— Ah. Ah, tudo bem, tudo bem. Está bom assim.

O sorriso dele é corajoso. Os ombros estão muito magros sob sua camisa vermelha favorita. Mas todas as roupas dele têm uma pungência suave e terrível. A calça jeans de menino de oito anos, as camisas azuis de futebol, infantis e inocentes, o gorro de lã das corridas de inverno frio da escola; nenhuma criança pequena assim devia ter vivido tanto, devia estar no centro disso tudo.

Se ao menos eu pudesse pensar em alguma coisa tranquilizadora para dizer a ele. Algo feliz, alegre, uma piada ou uma distração. Mas é difícil encontrar um assunto que não nos leve na direção das pedras em que vamos naufragar como família, o fato do afastamento do pai dele, meu colapso incipiente, o mistério da morte de sua mãe. E o temor iminente do dia de Natal em si.

Há perigo à nossa volta; mesmo aqui no supermercado, estamos cercados de Natal, com tudo que o representa, como um barco em uma baía, como um pequeno esquife se aproximando das grandes rochas negras que protegem as encostas córnicas: Manacles, Wolf's Rock, Main Cages. Muitos morreram nessa costa.

— Rachel?

Balanço a cabeça para afastar a fantasia. Pelo menos não estou ouvindo vozes novamente.

— O quê?

— Posso fazer uma pergunta?

— Pode. — Eu quase digo *por favor*. Estou desesperada por uma conversa a caminho do caixa.

— Será que um dia posso chamar você de mãe?

O rosto doce de Jamie está virado para o meu. Tento esconder minha confusão e nervosismo, e pego uma lata de feijão na prateleira. *Ele quer que eu seja a mãe dele.* Isso é o que eu quero há séculos. Mas não nessas circunstâncias, no meio desses terrores de Natal. Talvez eu pudesse levá-lo para bem longe, salvá-lo de tudo isso. Meu lindo enteado. Meu amado enteado.

— Hum. Sim. Sim. Claro que pode — digo, colocando a lata de feijão no carrinho. — Claro que você pode me chamar de mãe se quiser, é ótimo, eu quero que sejamos uma família.

Quero? Quer*ia*.

— Quando o papai voltar, eu posso chamar você de mamãe e tudo vai ficar bem, não vai, Rachel? Por favor?

Eu começo a falar, mas ele continua e me interrompe.

— É como se a mamãe não fosse o que ela era, sabe, a mamãe lá embaixo, nas minas, a mamãe em Morvellan. O rosto dela está diferente, mas, quando eu a abraço e sinto o corpo e o cheiro dela, sei que é a mamãe, mas como pode ser... ela está morta. — Quando ele para de falar, sua expressão de angústia é insuportável.

— Jamie, querido. — Eu me inclino e o encaro, tiro o cabelo escuro dos olhos dele. — Jamie, você tem que ser corajoso. Nós temos que enfrentar o Natal. Eu irei cozinhar essa refeição, um peru bem gostoso com linguiça, você gosta de linguiça chipolata? E talvez bacon, ou pãozinho com salsicha, posso comprar um pãozinho com salsicha bem gostoso, e nosso Natal vai ser ótimo...

— Sem o papai? O papai não vem no dia de Natal? Não vai estar com a gente amanhã?

Eu sabia que essa pergunta seria feita. Agora, preciso lidar com ela.

— Ele não vem para Carnhallow, não na manhã de Natal, Jamie... não para Carnhallow com você, comigo e com a Cassie. Não. Mas à tarde, se o tempo estiver bom, a Cassie irá levar você para vê-lo, e você vai ficar com ele no dia de Natal, mas não em casa.

A dor no rosto dele dispensa palavras. Eu fico de pé e empurro o carrinho. Tenho de sair desse lugar agora. O trajeto até o mercado foi bem ruim; tive dificuldade para não sair deslizando pela estrada costeira, quase bati nas cercas de pedra duas vezes, pois as rodas giravam em falso e escorregavam. Agora a luz de inverno lá fora está amarelada, morrendo.

No caixa, as funcionárias estão de olho no relógio, querendo que marque 15h, todas de minissaias vermelhas e chapéus de ajudante de Papai Noel, para poderem ir para o pub. Eu adoraria ir com elas; ir para um bar alegre na bela St. Ives, talvez o Sloop, no porto. Só tenho trinta anos, sou jovem o suficiente para apreciar bares barulhentos e beijos de véspera de Natal embaixo do visgo. Mas não este ano. Nós temos de fazer nosso trajeto sofrido em meio aos penhascos até Carnhallow, indo para um ambiente bem mais solitário.

Eu manobro o carrinho até o estacionamento gelado e começo a colocar nossas poucas compras no porta-malas. Gaivotas tremem na cerca, batendo os bicos curvos e amarelados; os ruídos são abafados, com um toque de pânico. E agora a neve está caindo de novo, ameaçando nos encurralar em St. Ives.

Por que não dirigir até a beirada do penhasco?

Afasto o pensamento. Concentro-me. Essa neve infinita e repetitiva foi bonita três dias atrás; agora é ameaçadora. *Nós poderíamos ficar isolados pela neve*, foi o aviso de Juliet. Nós podemos ficar aprisionados pela nevasca e isolados do mundo. Não consigo suportar a ideia de pensar no outro aviso implícito nas palavras dela; no fim das contas, David é um possível assassino.

E se ele for um assassino? Seria capaz de fazer a mesma coisa de novo? Ele já está impedido de entrar na própria casa, está com um divórcio iminente. Eu estou no caminho. Nós estamos presos em Carnhallow.

Kelly Smith, a OAPC, me disse semanas atrás: *Eu já vi vezes demais... quando eles fazem uma vez, acabam fazendo de novo.*

Vou ligar para ela quando chegarmos em casa. Vou, sim.

Ou talvez não. Fecho o porta-malas, coloco o cinto de Jamie no banco de trás, ligo o carro e vou pensando na lógica.

— Tudo bem?

— Tudo bem, Rachel. Tudo bem.

— Vamos nessa, soldado. Este é o time Kerthen, a caminho do Polo Norte.

Jamie dá uma gargalhada fraca.

Só estou brincando um pouco. Nós temos de chegar em casa antes que as estradas estejam intransponíveis.

O dilema é excruciante. Se a polícia reabrir o caso e a desconfiança de Juliet estiver correta, David será preso. Por vinte anos ou mais.

Se ele for condenado e preso, sua renda termina. Nós vamos ficar com a casa, que terá de ser vendida.

E Jamie vai perder o pai por vinte anos, essencialmente para sempre, quando ele já perdeu a mãe. E o meu bebê irá crescer sem pai. A conclusão é inescapável: é melhor deixar o passado onde está, deixar o cadáver de Nina flutuando nos túneis.

Se ela estiver lá embaixo.

Jogo neve suja longe com os pneus e saio do estacionamento. O carro desliza na rua principal, os limpadores de para-brisa estão esmagando os flocos de neve com um prazer especial.

Faço uma curva fechada para a esquerda e pegamos a estrada de Zennor. O final do subúrbio de St. Ives, com as palmeiras trêmulas, abre espaço para as escarpas abobadadas de charneca coberta de neve, que estão cintilantes, lindas e sinistramente imóveis.

Tudo está envolto em gelo e branco. A paisagem está confusa, isolada, muda. Há estalactites de gelo penduradas em moledros de granito como armaduras de vidro. O único movimento vem do mar, que valsa sem parar, uma dança de morte. Não vai parar nunca. O mar parece histérico em comparação à terra congelada e paralisada.

Os pneus do carro deslizam pelos montículos lamacentos conforme mais neve cai, transformando a neve manchada de lama novamente em um branco imaculado. Tudo se repete, repete, repete. Nós somos as únicas pessoas percorrendo a charneca, as únicas pessoas loucas o suficiente para andar por aí nessa brancura congelada.

— Christingle!

— Como?

No banco de trás, Jamie está gritando e apontando. Há uma placa velha de metal que diz *Igreja de Zennor*. Embaixo dessa placa, tem uma temporária que diz *Christingle, Véspera de Natal, 14h*.

— Podemos ir, Rachel? Por favor.

— Jamie, já está escurecendo, temos que voltar, se a neve piorar...

— Era o favorito da minha mãe! A gente sempre ia. Ela não gostava do Natal. Mas amava as velas. Por favor, por favor, por favor. Por favor.

Não posso recusar. *O favorito da mãe dele.* Com alguma relutância, viro o carro para a direita e dirijo pela pista silenciosa e coberta de neve até Zennor. O pequeno pub, Tinners, está decorado com as cores vibrantes de luzes de Natal. Vejo gente bebendo do lado de dentro, apreciando a lareira acesa, comemorando, tomando vinho, ponche quente, com cachorros cochilando no calor. Há mais carros estacionados na frente da igreja, alguns dos tetos já cobertos de neve fazendo-os parecer ursos-polares. Então há outras pessoas tão loucas quanto nós, que enfrentaram esse tempo brutal.

Eu paro o carro e quase bato no muro da composição. A porta medieval da igreja de Zennor está aberta. Um vigário está parado na porta, sorridente e bondoso, cumprimentando os recém-chegados enquanto tiram a neve dos guarda-chuvas e dos chapéus.

De alguma forma, eu sei o que vai acontecer quando fizermos o caminho até a porta: Jamie vai me puxar para a esquerda. A atração gravitacional, o buraco negro da dor, tudo será intenso demais. E, de fato, ele olha e aperta a minha mão. Agora ele está me puxando para fora do caminho gelado e duro, em direção ao ponto desolado que é o túmulo vazio de sua mãe. Até a sereia perfeitamente esculpida. Até o temeroso epitáfio.

Os flocos de neve estão caindo nos teixos do pátio da igreja, nas pontas de lança da cerca de ferro fundido, no granito polido do túmulo, e Jamie se ajoelha diretamente em frente à lápide. Não consigo suportar vê-lo ajoelhado no cascalho gelado, abraçando a lápide com força, como se fosse sua mãe de volta à vida. Os braços de menino dentro da capinha de chuva tentando envolver a pedra por completo, com lágrimas rolando pelo rosto enquanto ele sussurra:

— Feliz Natal, mamãe. Eu te amo, mamãe.

A luz crepuscular escura aumenta no oeste enquanto a neve cai com uma gentileza impressionante no gorro azul do Chelsea.

— Feliz Natal, mamãe. Me desculpe por ter deixado você triste. Feliz Natal. Feliz Natal.

Já basta. Eu me ajoelho ao lado dele e tento reconfortá-lo. Mas a dor de Jamie é um aquífero, um rio subterrâneo, invisível até jorrar na superfície; uma maré alta, transbordando, capaz de carregar tudo.

— Jamie.

Com o canto dos olhos, vejo o vigário observando da porta. Uma expressão de pena substituiu o sorriso beatífico de Natal. Ele sabe quem somos e o que está acontecendo. Conhece a história trágica de Jamie Kerthen.

— Jamie... — Abraço meu enteado. — Está tudo bem. Está tudo bem.

As lágrimas ainda caem aos montes. Os ombrinhos gelados de Jamie estão tremendo, do frio cortante e da agonia da dor. A neve da véspera de Natal cai em Zennor. Mas isso é bom, mesmo assim, eu penso. Que saia. Que venha. Que despenque.

Por três, quatro, cinco minutos, eu abraço o meu enteado. Não há como tirar-lhe o pai também. Não posso ligar para a polícia.

— Adeus, mamãe.

Ele beija a lápide mais uma vez, e limpa o nariz com a manga da capa de chuva. Flocos de neve derretem nos cílios compridos e expressivos. Nós ficamos em silêncio juntos. Ele tira uma pedrinha do túmulo e a gira na mão como se fosse uma pedra preciosa, depois olha para mim.

— Sabia... sabia que a mamãe dizia coisas horríveis?

— Jamie?

As palavras dele saem em uma avalanche.

— Eles discutiam o tempo todo. Não sei, Rachel, a mamãe... eles brigavam tanto, não sei por quê. Devia ser importante, porque o papai ficava zangado. Naquela noite, no Natal, ela disse que a mamãe e o papai não são quem... quem... quem você acha que são, mas ela disse como se não estivesse falando sério, depois se virou e disse "Vou contar sobre a mamãe, a verdade sobre a mamãe", e eu gritei e disse não, e eu disse que odiava ela e corri para a mina e ela tentou me pegar, tocar em mim, pedir desculpas, ela escorregou. — O rosto dele está rosado e branco de frio. — Então será que foi uma coisa que ela fez ou uma coisa que eu fiz? Ela disse que eu ia entender um dia, sobre o Natal, por que tinha acontecido. Por que ela odiava. E... — Ele olha para mim, desesperado. Como se quisesse me contar uma verdade mais profunda, ir mais longe, mas não pudesse. Como se não tivesse permissão. — Pode ter sido minha culpa, as coisas que ela disse na mina antes de cair. Foi minha culpa?

Eu seguro a mão dele.

— Jamie, por favor. Calma. Fique calmo. Você sabe que a sua mamãe está no céu e ama você, ela está cuidando de você.

— Mas, se ela está no céu, por que você acha que vai morrer amanhã, por que ela voltou para pegar o seu lugar? Quem é ela?

Eu dou de ombros e olho para o gelo que contorna o relógio de sol antigo e enferrujado. *A glória do mundo passou rapidamente.*

Os olhos dele estão vermelhos.

— Eu não quero que você morra amanhã, Rachel. Não quero que você morra, não quero mais a outra mamãe de volta. Ela me dá medo. Eu não entendo. Não quero que você vá, não me deixe aqui sozinho com o papai e um fantasma. Não morra no Natal.

— Eu não vou a lugar nenhum. Prometo.

Sinto uma necessidade desesperada de proteger o garoto, quase tanto quanto a de proteger a filha dentro de mim. Mas também estou tentando me manter calma, entender tudo isso. Agora sei o que a Nina disse: "Mamãe e papai não são quem você pensa que são." Preciso saber por que ela fez um comentário assim tão terrível, mesmo que fosse piada. Quem poderia fazer uma coisa assim com o próprio filho?

Desejo saber mais, limpar minha mente confusa... mas também quero ir para casa. Tenho de deixar isso de lado por enquanto. Christingle aguarda, e Jamie precisa disso.

Nós nos levantamos, tiramos o cascalho e a neve das roupas, e seguimos pelo caminho congelado até a igreja e o vigário, que segura minha mão e me deseja um feliz Natal, e quando faz isso, ele olha para mim com determinação, sem dúvida tentando expressar sua solidariedade. Em seguida, ele segura a mão de Jamie e diz:

— Olá, pequeno Jamie. Faz um tempo que não vemos você.

Nós entramos e nos sentamos em um banco perto dos fundos. A missa começa logo em seguida, como se Deus estivesse à nossa espera.

Não sei bem o que estou esperando, mas o ritual me surpreende, e depois de meia hora me emociona. Faz com que eu esqueça o tempo. Eu preciso dessa paz.

Eu nunca tinha ido a um Christingle. Imagino que seja uma cerimônia da Igreja Anglicana, mas eu gostei. Dentre os horrores, acalma. Crianças da cidade carregam velas enfiadas em laranjas, e cantigas são entoadas enquanto muitas chamas cintilam, como as das velas nos chapéus de feltro dos mineiros, descendo pelos poços, seguindo pelos túneis que se prolongam sob o mar. De repente, o vigário se levanta no púlpito e fala da grande *previsão*, na Bíblia, em Isaías.

— Porque um menino nos nasceu, um filho se nos deu, e o principado está sobre os seus ombros, e o seu nome será: Maravilhoso, Conselheiro. Deus Todo-Poderoso.

E as palavras são tão lindas que fazem meus olhos formigarem novamente. Como se eu estivesse aprendendo a grande verdade pela primeira vez. Seguro a mão de Jamie. Uma a uma, as velas são apagadas, até que a escuridão sagrada e aromática nos cerca totalmente.

Um filho se nos deu.

Quando saímos, está quase escuro. Ainda temos uns vinte minutos de luz. E um novo problema surge: a neve está caindo mais pesada do que nunca. Paro ao lado da porta do carro e toco no ombro do meu enteado.

— Jamie. Sabe... nós podemos ir para um hotel.

Ele abre a boca, chocado.

Eu me apresso em explicar.

— Essa neve é perigosa.

— Não. Não, nós não podemos fazer isso. Não, Rachel, por favor. Nós *temos* que ir pra casa. Nós temos que ir para Carnhallow. Mamãe está lá. Por favor. Nós temos que estar lá. É Natal...

A angústia dele está aumentando. E é decisiva.

— Tudo bem — digo delicadamente. — Nós vamos para casa.

Entramos no carro, e o veículo derrapa e escorrega enquanto desbrava as estradas estreitas a caminho do oeste, de Carnhallow. Por três vezes, tenho que parar, dar ré e adernar em pilhas de neve que cresceram contra os muros antigos de pedra. Mas, de alguma forma, chegamos ao grande portão que leva ao bosque.

O mar está distante à frente. Como uma legião poderosa que avança eternamente sob escudos prateados. Um crepúsculo frio e azul-marinho nos cerca. Mais uma vez, a neve cedeu, dessa vez com um ar de finalidade, diminuindo até se tornar pontinhos de pó frio e prateado e depois, nada.

Fim.

Há um ar de realização. O tempo concluiu sua tarefa. Aperfeiçoou a paisagem. Vestiu a noiva predestinada e lunática. Uma lua cheia ascende e sorri com complacência, como se estivesse acostumada a esse tipo de coisa. Eu olho para ela enquanto dirijo, acelerando aqui, freando ali. Imagino que a lua tenha visto Carnhallow na neve muitas vezes ao longo dos séculos. Elas são velhas amigas.

— Rachel?

Tarde demais.

— Não...

O carro ronca loucamente em uma superfície de gelo negro. Estamos acelerando, os freios não vão funcionar.

— Jamie!

— Rachel!

Eu enfio o pé no acelerador, em pânico, e levo o carro a trinta, cinquenta, setenta quilômetros por hora, e agora deslizamos pela beirada do caminho e descemos uma ladeira congelada, e Jamie grita.

Véspera de Natal

Noite

Isso é silêncio. O silêncio da mente, contemplando a sobrevivência. Balanço a cabeça, tiro a neve do rosto e me pergunto por que tenho neve no meu rosto. Está tão escuro no carro, as luzes do painel se apagaram, o motor morreu. Jamie?

Com urgência, aperto o interruptor de luz acima e me viro. Ele sumiu. Desapareceu. Eu perdi meu enteado. Assim como perdi meu bebê. Essas crianças que nunca existiram de verdade.

— Rachel, estou aqui.

O garoto está do lado de fora do carro, o luar fraco ilumina seu rosto: ele abriu a porta do passageiro e saiu, e um vento baixo está soprando neve para dentro do veículo. Flocos de cristal com gosto de sal. Estamos resumidos a sensações primárias. Jamie está de pé do lado de fora, olhando para mim.

— Rachel, eu tive que sair. Estava assustador.

— Desculpe. Deus, Jamie. Acho que derrapamos, batemos no gelo. Você está bem?

— Estou.

— Acho que devo ter desmaiado por um segundo.

— Eu te sacudi para fazer você acordar.

— Obrigada. — Eu suspiro quando o choque começa a passar. —
Eu... eu estou bem agora. Mas...

Solto o cinto, pego o celular e acendo a lanterna. Uma observação
rápida mostra que meu Mini está embicado em uma vala na lateral
de um caminho, e que o para-lama está enfiado na base de um tronco de
árvore grosso e escuro, que deve ter interrompido a derrapagem,
mas me fez bater a cabeça no volante, deixando-me inconsciente por
alguns instantes. O carro está amassado e imóvel. O motor parado
solta fumaça no frio.

O único jeito de entrar e sair de Carnhallow por alguns dias provavelmente será a pé.

Um vento frio e penetrante, congelado pelo caminho sobre a neve,
entra pela porta aberta. Preciso colocar Jamie para dentro. Talvez eu possa ligar para Cassie e avisá-la, mas uma olhada no meu celular diz que
eu não tenho sinal. Teremos de andar pelo bosque para chegar em casa.

— Tudo bem, capitão Kerthen.

Eu abro a porta e desço com cuidado na neve. A leve torção no
meu tornozelo ainda dói, aquela de quando eu caí da escada, mas não
tenho nenhum outro ferimento ou dor exceto a do impacto do cinto
de segurança no meu pescoço. E um hematoma enorme na testa, onde
acertei o volante.

Segurando o celular como lanterna, contorno o carro e dou um
abraço rápido e tranquilizador em Jamie, embora ele não pareça aba-
lado. Talvez ele veja isso como uma aventura, algo para contar aos
amigos da escola. Talvez não. Ele é um garoto muito corajoso, do jeito
dele. Há algo de admirável e profundo em sua alma. Sempre houve.

Tiro as compras do porta-malas e abandonamos o carro para
começar a caminhada glacial até Carnhallow. O braço de Jamie está
entrelaçado ao meu; não podemos dar as mãos, pois estou carregando
as compras em uma e o celular na outra.

Somos duas pessoas sozinhas em um bosque silencioso que parece
tão grandioso quanto uma floresta bávara esta noite, na véspera de

306

Natal. Tudo é grandioso, imponente e sombrio. Árvores negras ladeiam o caminho, como se lamentassem. Sincelos pendem dos galhos pretos e molhados, cintilando sob a luz da minha lanterna, com maravilhosas presas de dragões invisíveis. A neve jovem e fresca embaixo dos nossos pés tem brilho próprio.

Nós andamos juntos, madrasta e enteado. E não dizemos nada.

Acima de nós, a lua aparece, majestosa e indiferente; as joias que são as estrelas estão espalhadas aleatoriamente, como se Carnhallow tivesse sido saqueada por anjos e seus famosos diamantes tivessem sido espalhados pelo céu aveludado.

— É lindo, não é? — diz Jamie à medida que vamos andando lentamente pelo caminho iluminado pelo luar.

— É.

Sombras pulam dos dois lados, aparentemente alarmadas com a nossa presença.

— Mas também assustador.

Eu não o quero falando assim.

— Nós chegaremos logo...

— Você acha que ela está aqui agora? No bosque? A mamãe amava esse lugar. Você acha que é ela ali?

Eu pulo ao ouvir as palavras dele. Mas repreendo a mim mesma. Rachel. Rachel.

Sim. Rachel. Estou esperando.

Eu ignoro a voz. Mas ouvi. A loucura volta. *Papai, não. Papai, não.*

Jamie está apontando para uma árvore murcha, pouco mais que um cotoco; dois galhos se esticam, com pontas como dedos alongados, contorcendo-se de dor.

— É uma árvore, Jamie.

— Não — diz ele. — Ali!

Ele está certo, eu vi *alguma coisa*. Uma breve sombra de escuridão passando entre árvores pretas, que estão tão silenciosas, os galhos pesados de neve, como soldados se curvando para a carruagem funerária de uma rainha. Mas o que eu vi? Foi alguma coisa. Qualquer coisa. Por favor, que seja alguma coisa. Ou nada. Que possamos chegar em casa em segurança.

Foi uma coruja, talvez, as asas enormes lançando sombras ainda maiores, por causa da luz do celular.

— Não, Jamie, foi o vento ou um pássaro. Já estamos na metade do caminho.

A luz do meu celular é tão fraca, não alcança mais do que alguns metros. Além dela, o mundo está congelado e impenetrável.

— Parece que o vale está tentando falar com a gente, não é, Rachel? Mas não pode. Como uma daquelas pessoas no hospital que você pensa que está morta, mas não está.

— Mais da metade do caminho agora.

Estou ignorando o que ele diz, apesar de ele estar certo. Esta noite, véspera de Natal, o dia antes do dia em que eu vou morrer, o mundo parece imóvel, mas alerta, um paciente em uma cama branca de hospital com síndrome do encarceramento. Pensa e observa, mas não pode se mexer. No momento.

Desesperado para nos levar para casa.

Seguimos andando. Estamos nos aproximando da casa. As janelas estão quadradas, pretas e silenciosas. A Ala Oeste. Old Hall.

— Queria que a vovó estivesse aqui — diz Jamie baixinho. — Estou com saudade.

— Bom, quando chegarmos à Carnhallow, eu sei que Cassie terá alguma coisa para nós, alguma coisa quente e gostosa.

Meus dedos estão doendo no frio, e meu telefone continua sem sinal. Temos de seguir sozinhos. Nos penhascos distantes, ouço as aves marinhas, e também as ondas batendo nas pedras embaixo das minas.

— Jamie?

Ele se soltou do meu braço e está correndo na direção da casa grande, na direção das portas de Carnhallow. As luzes estão acesas.

E o carro de Cassie sumiu.

Eu corro atrás dele, meu nariz e garganta ardendo pela respiração gelada. Reviro a bolsa com os dedos frios e abro a porta. Sem hesitar, nós dois vamos para a cozinha, ambos questionando: onde está Cassie?

A cozinha está acolhedora e iluminada, mas as minhas esperanças são imediatamente destruídas. Cassie deixou um bilhete junto à chaleira, preso por um Papai Noel de plástico, um enfeite que sobrou.

A caligrafia de Cassie está apressada, mas é legível.

Não vou ficar no Natal este ano, mas espero voltar para o Ano-Novo. Vi David na Mina Morvellan e acho que você precisa saber. Feliz Natal. Estou com medo da coisa que Jamie vê. Desculpe. Tchau.

Coloco o bilhete no lugar e olho a cozinha. As sacolas estão no chão, molhadas com a neve derretida que umedece a madeira polida. Jamie está tirando a capa. O que devo dizer a ele? Fecho os ouvidos para as vozes na minha cabeça, aproximo-me e dou um grande abraço no meu lindo enteado.

— Feliz Natal, Jamie. Feliz Natal.

Agora ele está sozinho. Comigo.

Véspera de Natal

Noite

Docemente, docemente, inspiro. Fico calma, não machuco ninguém. Dou leite e biscoitos para Jamie. Depois, vamos para a Sala de Estar Amarela e eu acendo o fogo na magnífica lareira de pedra. É um ato primitivo. Fogo para afastar os predadores.

A fada da árvore de Natal nos observa, calculista, do topo.

Nós estamos de olho.

Eu ligo a televisão e Jamie fica deitado de bruços no grande tapete turco comprado pela mãe dele, enquanto assiste a *O Conto de Natal dos Muppets*, um especial de véspera de Natal. E eu fico sentada no sofá, abraçando uma almofada de veludo cara, tentando não pensar que estamos sozinhos naquela casa enorme, tão incrivelmente vulneráveis. Ele e eu. A madrasta com um filho que não é dela, um garoto que está totalmente à mercê de sua mente falha.

Suicida. E infanticida.

Meu celular toca. Eu dou um pulo. É David.

— Rachel. Finalmente. Estou tentando ligar há um tempo. Jamie está bem?

Quero gritar; quero implorar por ajuda; quero contar tudo. Mas eu o odeio e desprezo, e tenho medo dele. Que coisas ele poderia ter feito com a primeira esposa? O que poderia fazer comigo, para tornar aquele desejo de Natal realidade?

— Espere.

Eu me levanto e vou para o corredor, e para New Hall, onde os entalhes antigos das minas Kerthen cobrem as paredes. Posso estar perdida e confusa, mas eu sei que o Jamie não pode ouvir essa conversa.

— Ele está ótimo, David. Nós estamos bem.

— Mas a neve...

— Eu reparei. Sim. Nós temos neve. — Não vou contar sobre o carro. Pode acabar dando a ele uma desculpa para vir até aqui. Ele deve estar doido por uma desculpa. — Acho que você não vai poder vê-lo amanhã, David. As estradas estão fechadas. E você não pode vir aqui, não é?

— Bom. É isso. Eu achei que você podia...

— Achou que eu podia o quê? — Minha voz está alta, não consigo evitar. — Achou que eu podia deixar para lá porque é Natal, deixar você entrar aqui e me dar uma surra de novo, é mesmo? É mesmo? Porque é Natal?

Espero que ele recue e peça desculpas. Mas ele fica quieto e depois é breve.

— Cuide do meu filho. Você está sã o bastante para isso?

— Vá se foder, David.

— Cuide de Jamie e mande Cassie deixá-lo comigo assim que a neve tiver derretido...

— Cassie foi embora.

O sibilar do silêncio. Imagino o seu rosto enraivecido, belo e furioso. Os olhos cintilando.

— O que você quer dizer com Cassie foi embora?

— O que eu disse. Ela foi embora. Foi passar o Natal fora. Deixou um bilhete. David, nós vamos ficar bem. Pare com isso.

— Cassie pediu demissão? E você está aí sozinha? Com o meu garoto? Fantástico. Olha, Rachel, isso é ridículo, você não pode ficar sozinha nessa casa, com o meu filho, durante o Natal. Você não é capaz, não agora. Vou andando até Carnhallow amanhã. Eu consigo ir andando. Pela costa. Vou buscar vocês.

O medo toma conta de mim. Nós dois sozinhos e ele chegando pelos penhascos. Ninguém para nos proteger um do outro.

— NÃO. Se você ousar vir até aqui, eu vou ligar para a polícia.

— Rachel.

— Não! Há uma medida restritiva, e vão prender você. Não seja idiota, David. Não. Não faça isso. Não.

Isso aparentemente o faz entender. Ele não diz nada, mas suspira, e o suspiro seguinte é preocupado, até conciliatório. É porque ele sabe que eu estou certa? Ou está fingindo, me enganando?

— Por favor, Rachel. Só estou pedindo para você tomar cuidado. Não deixe o Jamie sair de casa. É perigoso com essa neve. E tem outra coisa. Morvellan.

Minha vez de reagir.

— Eu sei. *Eu sei.* Cassie viu você. Você esteve lá. Você violou a ordem judicial.

Ele fica em silêncio, depois fala.

— Fui. É verdade. Eu fui. Droga, a questão é que eu deixei a porcaria da porta aberta, aberta e destrancada, a porta da casa do poço. Eu lembrei.

— O quê? Por que você faria isso?

Os Muppets estão cantando uma música de Natal na televisão. Escuto pela porta. *Estrela maravilhosa, estrela da noite, estrela de real beleza iluminada.* David responde:

— Eu apenas fiz, eu esqueci. Saí de lá sem pensar. A questão, Rachel, é que é Natal! O Natal é a pior época, sempre foi. É aniversário dele logo depois do Natal, e a mãe dele morreu logo depois do Natal. Pelo amor de Deus, você sabe disso.

— Mas...

— Escute! Ano passado, no Natal, ele tentou entrar na mina, mas não encontrou a chave. Você sabe onde fica. Longe do alcance dele.

Você tem que cuidar para que ele fique protegido. — Ele faz uma pausa estranha e continua falando. — Se ele for a Morvellan, pode cair. Vá trancar a porta, por favor. Pelo meu filho. Por favor.

David nunca implora nem suplica. O que ele está escondendo? Alguma coisa sobre Morvellan.

— David, eu vou mantê-lo dentro de casa...

— Não!

Que raiva é essa, que desespero é esse?

— Por favor. Eu sei que você me abomina, Rachel. Sei disso. Mas tranque aquela maldita porta. Eu imploro a você como pai, não como marido. Faça porque gosta de Jamie.

Ele parece sincero. Mesmo com todas as mentiras e manipulações, é um pai que está falando.

— Tudo bem, David, chega. Eu vou trancar a porta.

— Obrigado.

Mas a raiva cresce de novo.

— Não me agradeça, seu hipócrita. Você violou a ordem judicial. Por quê? O que estava planejando? Me atirar de um penhasco, em um poço, como fez com a Nina?

— Rachel...

— Você pode ligar de novo amanhã, e desejar a Jamie um feliz Natal, mas não faça mais nada. Estou falando sério. Se você fizer de novo, se chegar a oito quilômetros dessa porra de casa, eu vou chamar a polícia. Vou mesmo. Você sabe que vou. Não ouse vir aqui.

O celular faz um clique e fica mudo. Fico ali parada, o coração disparado. *Morvellan*. Não sei bem que jogo David está fazendo com as minhas ansiedades, mas a ansiedade dele por Jamie parece clara e verdadeira. Não tenho alternativa. Terei de ir lá agora.

Enquanto penso nisso, percebo que nunca estive em Morvellan. O lugar onde tudo aconteceu. Nem uma vez sequer eu abri a porta maltratada pela ação do tempo e fechada por um cadeado que leva àquele lugar terrível. O lugar que pode explicar tudo. No dia antes ao que devo morrer?

Eu tenho de ir, para proteger o Jamie. Tenho de fazer isso por ele. Proteger a criança.

Na sala de estar, meu enteado ainda está prestando atenção no filme, os Muppets fazendo Dickens, o fantasma de um Natal passado. Eu digo que vou sair para dar uma olhada em algumas coisas. Ele assente sem se virar, absorto, o queixo apoiado nas palmas das mãos. Aparentemente calmo, como se a maior parte disso estivesse na minha cabeça.

Vou até a cozinha, coloco o banco embaixo do armário grande atrás do freezer, subo e abro a porta, que fica muito além do alcance de mãos infantis. Eu mesma mal consigo alcançar. Olho o painel de chaves, com as etiquetas antigas, manuscritas. Copa. Quarto Chinês. Casa da bomba.

Aqui está. Uma chavinha humilde em um gancho, embaixo de uma etiqueta que diz *Casa do Poço de Morvellan*. Pego uma lanterna de cabeça em uma gaveta, troco os tênis por galochas e vou até a porta, que abro no frio e na escuridão envolventes.

O caminho cheio de sombras pelo Vale de Carnhallow está coberto de neve. Duas ou três vezes eu caio para a esquerda, deixando marcas de mãos nos montinhos acolchoados de neve. Marcando meu caminho irregular. Que pesadelo fazer isso de saltos, na escuridão da noite, em dezembro, embriagada de culpa, tentando salvar o filho. Em pânico, tropeçando. Gritando.

Jamie, Jamie, Jamie. Jamie, estou chegando!

Gotas de água gelada caem das sorveiras no meu pescoço quando passo pelos galhos baixos. As tamargueiras miram nos meus olhos. As árvores tremem na brisa do Atlântico quando cedem espaço ao céu aberto e ao ar mais agitado. Estou exposta no campo açoitado pelo vento e coberto de neve que leva ao caminho do penhasco e à pequena enseada, um cantinho particular. A neve está mais leve aqui, derretida pelo borrifo do mar. Mas ainda muito escorregadia.

Estou com medo. Não quero cair em nenhum poço de mina, no frio e na escuridão. Mas também estou determinada.

Com dificuldade, sigo pelo caminho estreito do penhasco que serpenteia para cima e para baixo, apertado demais para que duas pessoas andem lado a lado. A terra despenca à minha direita até as ondas enormes e agitadas. Respingos de sal fazem o meu rosto arder. Uma gaivota prateada enorme passa repentinamente por perto, talvez atraída pela luz da minha lanterna de cabeça.

Quase lá. O caminho bifurca agora, indo pela esquerda por um aclive intenso até a casa da bomba e, para a direita, descendo em um declive ainda mais íngreme até a casa do poço. Pego o segundo caminho, agachada, quase deslizando pela neve e com cascalho no traseiro.

Estou aqui.

David estava certo. A porta balança ao vento, convidando-me a entrar. As correntes do cadeado estão soltas. Não consigo resistir: tenho de ver onde aconteceu o drama que controla nossas vidas, quase dois anos depois.

Ajusto a lanterna na cabeça e me preparo. Estou prestes a fazer o que nunca fiz antes: entrar na casa do poço de Morvellan. Por um momento, pondero se isso era exatamente o que David pretendia. Se é uma armadilha. Se ele quer que eu caia.

Mas não ligo. Minha curiosidade é sufocante.

A porta já está aberta; eu a atravesso.

Lá dentro é um pouco menor do que eu esperava, e bem mais frio. O fervor do mar fica abafado na mesma hora, de forma espetacular.

As paredes de granito são pretas, com umidade e musgo até a altura da cabeça. Não há telhado. O polígono de céu estrelado está brutalmente emoldurado acima. As janelas em arco não têm vidro, como as de qualquer ruína; o local parece a torre de um priorado antigo e destruído.

Agora, olho para o lugar que não quero ver.

O poço, o buraco, o túmulo no mar.

É mais largo do que eu esperava. Talvez com quatro metros de diâmetro. David dissera uma vez que os poços de minas córnicos não eram mais largos do que chaminés, mas talvez ele estivesse se referindo aos primeiros poços, dos séculos XVI ou XVII. Mas Morvellan gerou tanto dinheiro que investiram na mina até os anos 1880.

Acho que isso quis dizer que alargaram o poço para que acomodasse o transporte das máquinas: baldes e motores, bombas e jaulas. A ironia é brutal. Seria mais difícil cair em um poço mais estreito. Se os Kerthen não tivessem ganhado tanto dinheiro, talvez a esposa e mãe não tivesse morrido.

Se ela morreu. Você sabe que ela voltou.

Também consigo ver como seria fácil cair aqui. Não tem grade acima do buraco aberto. Nem muro de proteção, tampouco uma cerca. Só concreto plano, úmido e escorregadio, cercando um grande buraco preto. Como a boca do inferno, gritando e esperando para me engolir.

Chego para a frente com nervosismo e depois fico de joelhos para olhar dentro do poço.

Nada.

Não há nada visível. No alto, consigo ver as paredes curvas de pedra bem polida. Existem algumas reentrâncias discretas, feitas para máquinas, talvez, peças de metal há muito recolhidas para ferro-velho. Não há nada que possa ser usado como apoio. Se alguém caísse ali, cairia rápido e com força, sem esperanças.

Mas onde está a água? Estou surpresa; achei que a mina estivesse tomada de água. Mas então me dou conta: o nível do mar, que fica de doze a quinze metros abaixo de mim, deve subir e descer com as ondas e as marés, como uma criatura viva, expandindo-se e contraindo. Respirando.

O raio de luz da minha lanterna avista algo ao longe, um círculo cinza-cobre de escuridão.

Eu tateio no frio procurando por uma pedra ou cascalho, alguma coisa para atirar. Encontro algo que vai servir. Um pedaço de pedra escura, com marcas de estanho preto. Um pedaço dos mortos. Eu me inclino, largo a pedra no poço e espero. Um. Dois. *Splash.*

Então, há água lá embaixo. Mais uma vez, imagino o terror mental de Nina ao cair nesse buraco sufocante, batendo-se pelas paredes, cortando-se em algum pedaço de metal ou pedra, a dor excruciante, o jorro de sangue... e, por fim, o impacto na água. O frio. A espuma. O afogamento.

Alguns minutos sozinha na água negra, nessa casa gelada e escura de mina, e você teria sangue escorrendo pelos dedos ao tentar se agarrar nas paredes com desespero, quebrando unhas com a água puxando com uma gravidade gelada. Eu me pergunto se no final ela se entregou, se aceitou e afogou-se pacificamente.

Não. Ela sentiu terror até o final, sem dúvida. Um jeito tão horrível de morrer. Tentando salvar o filho. Isso se ele realmente estava lá. E se realmente era ele aqui. E se ela realmente morreu aqui. E se ela não foi assassinada.

Isso se ela já esteve mesmo ali.

Os túneis se projetam pelo fundo do mar, e eu nunca irei encontrar o fim deles.

A água salgada, gelada e presa se agita bem abaixo de mim. Consigo ouvir o movimento. Curiosa, olho mais uma vez no poço. E agora minha lanterna mostra algo muito diferente.

Coloco a mão na boca para sufocar meu próprio grito.

Estou vendo Nina Kerthen, ou o que resta dela. A água negra subiu e está exibindo o corpo de Nina, como se ela estivesse erguida em um carro fúnebre de veludo.

Os dedos estão cortados nas pontas, um braço está erguido acima da cabeça, saudando-me; metade do rosto dela sumiu, mas é reconhecível como sendo de uma jovem, com um vestido vermelho-rosado de festa.

Seus pés parecem tão tristes e expostos, como se tivessem percorrido um longo caminho; ela deve ter tirado os sapatos em uma tentativa de subir. E o cabelo louro forma uma coroa, como se a sua cabeça estivesse soltando filamentos prateados ou capturando fios de luz das estrelas. Eu me pergunto há quanto tempo ela está ali, flutuando na mina, triste e sem ser vista.

Mas uma coisa me chama a atenção, mesmo de longe, mesmo com a desfiguração horrível do rosto. Aquela é mesmo Nina Kerthen? É mesmo a mãe de Jamie? A decomposição é horrível. Os ferimentos não ajudam; o sangue das mãos, o cabelo prateado, as unhas.

— Dava para ver o vapor da respiração dos mineiros.

Eu me viro, sobressaltada. É a voz de Jamie. Meu primeiro pensamento é: Nina. Lá embaixo. Ele não pode vê-la. É desolador demais. Mas onde ele está? Minha luz procura na escuridão.

— Jamie?

Onde ele está? Eu imaginei isso?

— Jamie? Não me assuste. Jamie!

— Estou aqui. — Ele sai da escuridão. Estava logo atrás da porta. Ele segura uma lanterna na mão, e a aponta para o meu rosto, cegando-me.

— Por favor, Jamie. Não consigo enxergar.

— Desculpe, Rachel. — Ele abaixa a lanterna e mexe em um botão, diminuindo a intensidade da luz.

— Jamie. Como você sabia que eu estava aqui?

Ele dá de ombros, retraído e constrangido; o rosto está contraído de frio. Ele chega mais perto, quase entrando na casa do poço, olhando para aquele lugar horrível.

Ele não pode olhar dentro do poço.

— Eu vi o armário aberto na cozinha e a chave tinha sumido. Ninguém vem muito aqui, não mais, desde... — As palavras dele somem. Ele olha em volta. Chega mais perto.

— Não!

Eu me levanto e o faço andar para trás antes que ele possa ver. Seguro-o e o empurro para longe da porta da casa do poço.

Ele fica sobressaltado.

— O quê? O que foi? Tem alguma coisa ali? É a mamãe? Ela voltou?

— Não. Não, Jamie. Ela não está lá, não está lá. — Com dificuldade por causa do frio, eu passo a corrente na porta e fecho o cadeado. — Jamie, aqui é muito perigoso. Seu pai me ligou e pediu que eu trancasse a porta da mina. Só isso. Vamos voltar. Vamos ver mais televisão.

Jamie olha para mim e depois para as pedras da mina, e seus olhos se enchem de tristeza quando ele observa a chaminé pontuda, acusando o céu estrelado. Ali é um lugar de morte.

— Eu também venho aqui às vezes. Venho, sim. Mas não conte para o papai, ele me mandou nunca vir aqui. Mas às vezes eu venho até aqui e fico parado aqui fora, pensando na mamãe. Mas nunca posso entrar. Eu nunca entro para ver se ela está lá dentro. — A voz dele está incoerente de tristeza. Ele ainda está olhando para a chaminé. Em seguida, seu olhar recai sobre o mar agitado.

— Jamie, nós temos que ir. — Eu coloco o braço com firmeza no ombro dele. Ele não resiste. — Venha, vamos para casa.

Juntos, refazemos nossos passos pelo caminho traiçoeiro, meu coração pulsando na garganta com a tensão. De braços dados, chegamos a um terreno mais firme, o caminho de cascalho até o vale coberto de neve. Flocos de neve voam sem rumo. Tenho neve em meu nariz, limpa e pura e fragrante. Estamos tão silenciosos e sufocados quanto a paisagem imobilizada pela neve. Tenho um pensamento que domina todos os outros. Nina Kerthen pode não estar morta. Outra pessoa se afogou na mina. Talvez isso solucione tudo.

Abro a porta da cozinha e nós entramos. Fecho a porta. E Jamie reage na mesma hora. Agarra o meu braço e grita:

— A mamãe está aqui. É o perfume dela. Ela está aqui. Você disse que ela não está na mina, então ela deve estar aqui agora.

Véspera de Natal

Fim de noite

— Jamie!

Não sei como acalmá-lo. O corpinho dele está rígido de medo. Meus próprios temores mal estão controlados. A cozinha está tão normal, com a chaleira vermelha cintilante, a geladeira de aço inoxidável, as bancadas frias de granito. Mas tudo cintila agora com um potencial extraordinário. Cada reflexo em metal e vidro pode ser ela, movendo-se, entrando, abrindo. Sorrindo.

Estou ouvindo você.

— *Rachel?*

Eu luto para ser racional.

Preciso parecer o mais natural possível. Então, tenho de incorporar o Natal. Tenho de executar os ritos e as rotinas de uma véspera de Natal; isso vai acalmar meu enteado. E a mim.

— Jamie. — Eu seguro a mão suada e o sento à mesa da cozinha. Em seguida, pego um copo de leite. Ele toma um gole grande e corajoso, e digo: — Jamie, não há ninguém aqui.

Você está mentindo.

O leite branco mancha os lábios vermelhos dele.

— Mas o perfume! É da mamãe. Você não está sentindo o cheiro? Quero que a mamãe fique morta agora. Já chega, não é?

— Não estou sentindo o cheiro do perfume dela.

E não estou mesmo. Não dessa vez. Mas talvez esteja detectando outra presença. Uma mulher má, capaz de coisas más.

— Quero que a mamãe fique na mina. Ou no túmulo em Zennor, onde ela estiver, eu sinto falta dela, mas não quero mais que ela fale comigo.

— Jamie, ela não está falando com você. Não pode estar.

Mas como eu posso ter certeza? Aquele rosto na escuridão, eu o vi vindo de Old Hall. E eu não voltei a Old Hall desde aquele dia. Uma ala inteira da casa me assusta; voltei a ser criança. Com medo da coisa atrás da porta. Apavorada com a voz do meu pai bêbado ao pé da escada, subindo para me visitar.

— Ela fala comigo. Fala.

— Como?

— Ela não quer que eu conte pra você. — Jamie está piscando rapidamente, a confusão profunda e dolorosa visível em seus olhos. — Eu até me encontrei com ela, de verdade, mas não era ela, só que era. Foi como um sonho, era a mamãe, mas não era. Eu a encontrei na mina. Com o elevador de homens. — Ele se levanta abruptamente e corre até a porta, gritando para o corredor: — Não preciso de você aqui, mamãe! Fique longe.

A casa responde com um silêncio de desprezo.

Jamie espera que sua mãe morta responda. Eu espero minhas próprias vozes. A loucura que ele empurrou para dentro de mim, com seus dedos e seu hálito de uísque.

Talvez David esteja certo e eu não esteja em condições de cuidar de uma criança; talvez eu esteja me iludindo. Talvez eu devesse desistir, ligar para a polícia, ir embora de Carnhallow, deixar David voltar. Mas ele não é melhor do que eu. Está envolvido na morte de Nina. Talvez nem mesmo seja o pai de Jamie.

A confusão é labiríntica. Mais uma vez, todos os túneis terminam em grande escuridão. Forço minha mente a se voltar aos rituais necessários.

— Jamie, é Natal. Vamos deixar algumas coisas para o Papai Noel.

Não fico surpresa quando o menino olha para mim, como se eu fosse louca. Ele vê a minha loucura crescente.

— Você sabe, Jamie. Uma cenoura para Rudolph, um copo de xerez doce para o Papai Noel. Vamos deixar junto da lareira, para quando ele trouxer os presentes.

Era o que a minha mãe fazia. É uma das minhas lembranças felizes do Natal. Minha mãe, minha irmã e eu, nós colocávamos a cenoura do lado de fora, e minha mãe fingia mordê-la como uma rena, e nós ríamos, porque sabíamos que era mentira, mas, de alguma forma, queríamos acreditar mesmo assim. Porque a realidade era bem pior.

O feitiço funciona. No fundo da geladeira encontro uma cenoura meio mofada. No fundo do armário, xerez doce. A expressão de Jamie muda para uma esperança aflita. A magia branca do Natal está funcionando.

Juntos, Jamie e eu andamos corajosamente pelo corredor até a Sala de Estar Amarela, onde a árvore verde cintila e a fadinha branca sorri. A varinha dela está erguida. A televisão ainda está ligada, transmitindo uma missa de algum lugar da gelada Inglaterra, pessoas de ternos e casacos entoando cantigas de Natal. *As esperanças e os medos de todos os anos estão em vocês esta noite.*

Percebo que deve ser tarde, já passou tanto tempo. É a Missa do Galo? Olho para o lado de fora, as cortinas estão abertas. As nuvens estão indo embora, mostrando uma lua amarelada, porém mais neve macia está caindo, fazendo desenhos maníacos e obsessivos além das janelas. Minha casa parece um cartão de Natal. Um rosto malicioso aparece na janela.

Piranha.

Não. Eu não vou ouvir. Não vou deixar as vozes me assustarem. Se eu deixar, não vou voltar, não dessa vez.

— Venha, Jamie, está muito tarde.

Ele assente, obediente, confiante. O resto da casa se espalha à nossa volta, enorme e escura, totalmente fora de escala. Nós somos duas pessoas em um de cem aposentos vazios.

— Vamos deixar isso para o Papai Noel e vamos dormir. Está muito tarde, e amanhã é Natal, e depois do Natal você vai poder ver o seu pai e tudo vai ficar bem de novo.

— Sim, Rachel.

O copo de xerez fica na prateleira acima da lareira. A cenoura, balançando no pires, fica nas pedras bem na frente do fogo.

E agora tudo fica preto. A televisão pisca e apaga, as luzes somem. Uma música infinita e quase inaudível parou abruptamente, deixando um silêncio massacrante.

É uma queda de energia. Só isso. Mas estamos imersos na escuridão. A casa é invadida pela noite. A única luz vem da neve iluminada pelas estrelas na janela e do medo rígido nos olhos brancos de Jamie.

— Foi ela. — Ele me segura, me abraça. — Ela fez isso. Por favor, não deixe que ela faça isso, por favor, não vá, não morra, mamãe, não me deixe aqui com ela.

Estico os braços para o som da voz dele e abraço os ombros trêmulos.

— Shh. Jamie. Shh. É só uma queda de energia, a neve deve ter afetado os fios.

— Medo, Rachel. Medo, medo, medo.

Meu coração bate desesperadamente no peito. Com força demais. Dói.

— Não tenha medo, não tenha. Nós vamos ficar bem. Vamos para a cama agora, e aposto que, quando acordarmos, a luz já terá voltado.

A linguagem corporal dele diz *não acredito em você*, e eu não o culpo. Agora tem um monte de rostos atrás dele, curiosos, encostados na janela, muitas espirais e redemoinhos de neve, iluminados pela lua.

— Jamie, eu voltei. Oi, querido.

Essa voz foi real?

Socorro. Estou desmoronando. A voz pareceu terrivelmente real... vinda de trás da árvore de Natal, um triângulo preto em um canto preto, ou talvez do outro lado, perto da televisão, outra forma sombria na escuridão. Tenho de esconder meu pavor e minha confusão. Não posso deixar que o Jamie saiba que também estou desmoronando; caindo longe demais, muito mais longe do que ele.

Desesperada, com urgência, procuro meu celular. E a lanterna. Outra pontada de medo toma conta de mim quando percebo que deixei o aparelho na cozinha. Teremos de ir até o outro cômodo no escuro, passando pelo longo corredor que leva a Old Hall.

— Vamos buscar meu celular e depois vamos para a cama — digo para Jamie, estendendo a mão para ele na escuridão.

Ele se aproxima, esconde o rosto na minha barriga, o rosto virado para baixo. Como fez em Levant, quando previu minha morte. Foi lá que tudo começou, a minha loucura. Foi quando tive minha primeira alucinação. A garotinha com as botinhas pequenas demais. Como a criança no supermercado. Uma criança deformada, mais ou menos da idade que a minha filha teria se estivesse viva.

Mas agora é tarde demais. Eu entendi tarde demais.

Sim, é tarde demais agora.

Jamie murmura:

— Com medo, Rachel, estou com medo do escuro, não quero ir até onde a mamãe está.

— Shh. Hum hum... — Estou procurando uma solução, uma forma de seguirmos pelas próximas vinte e quatro horas; de *nós dois* seguirmos ilesos. Posso ter que ligar para a polícia, condenar-me. Mas a minha mente se rebela ferozmente contra essa ideia. *Não vou* deixar meu pai vencer. Eu posso fazer isso. *Só tenho que sobreviver ao Natal.*

— Tudo bem, Jamie. Já sei. Sei o que podemos fazer. Você pode dormir no meu quarto. No meu quarto e do papai. Só esta noite.

Ele olha para mim, e seus olhos cintilam com esperança.

— Eu posso?

— Vou arrumar a caminha. Pode.

— E a gente pode acender velas? Nós sempre acendemos velas na véspera de Natal, porque a mamãe gostava, era por isso que ela gostava do Christingle.

— Sim. Claro. Sim.

A náusea cresce dentro de mim e recua. Eu olho para o aposento escuro, para as janelas, onde tantas rosas negras florescem. Juro que consigo sentir o cheiro delas, e não é muito diferente de Chanel.

— Venha.

Minha mão está tremendo mais do que a dele. Juntos, seguimos pela sala, unidos como mineiros em um túnel perigoso, o cego guiando o condenado. A forma indiscernível da porta está esperando. A escuridão deixou a casa mais silenciosa do que nunca. Todos os sons estão lá fora. O vento gelado sacode as sorveiras, o mar distante com sua fúria infinita.

— Por aqui.

Está ainda mais escuro no corredor do que na sala de estar. Mal consigo identificar as formas brancas das velhas gravuras das antigas minas nas paredes. As fotos das *bal maidens*, olhando com a testa franzida para o futuro. Os rostos sujos e infelizes acusando os Kerthen. *Foram vocês, vocês. A culpa de termos morrido é de vocês.*

Seguimos até o patamar. Temos de chegar ao corredor e depois estaremos em segurança na cozinha. Assim, podemos encontrar luz.

— Jamie, cheguei em casa.

Meu enteado não ouviu. Só eu ouvi.

Jamie aperta mais a minha mão.

— Eu ouvi alguma coisa.

— O quê?

O rosto de Jamie é um borrão oval na escuridão, os olhos arregalados de surpresa. Sinto necessidade de tocar o rosto dele, de saber que alguma coisa, alguém, é real.

— Eu a ouvi. Agora mesmo, a mamãe.

— A cozinha não está longe. — Estou puxando-o com tanta rapidez que ele pode acabar caindo. Sinto tanto medo. Não posso olhar para o corredor.

Jamie me puxa.

— Mas eu ouvi! E sei onde ela está! Ela está em Old Hall. Ela me chamou.

— Jamie, não há nada lá.

Ele está me puxando agora, suplicante e exigente, uma sombra disforme na escuridão iluminada pelas estrelas.

— Nós temos que ir até lá!

Não tenho escolha e estou em pânico.

— Tudo bem, Jamie, shh, shh. Podemos olhar amanhã...

— Não! Não, não, é véspera de Natal. Ela deve estar voltando e está em Old Hall, ela está, ela está, ela está...

— Mas espere. — Estou desesperada agora. — Vamos buscar a luz primeiro. Está escuro demais para enxergarmos. Podemos acabar caindo.

Tenho de fazer isso rápido, isso se eu conseguir. Aos tropeços e esbarrando em cadeiras, seguimos pelo corredor de sombras e penumbra, e chegamos à cozinha. A lua lança a luz antiga no vazio cintilante. Mas, sim, ali está, na bancada de granito: meu celular. Quando ligo o aplicativo, o cone iluminado gera sombras mais profundas na escuridão ao redor.

— Pronto. Estamos bem. Agora vamos subir e...

— Não. Você disse que podíamos pegar velas! Disse que podíamos ir a Old Hall! Você disse.

Ele corre para longe de mim e para em um canto, encostado na parede da cozinha, o rosto apoiado nos braços. Tentando não chorar. O garoto corajoso.

Todas as partes da minha mente ardem de pena. As lágrimas imperativas e impossíveis de ignorar de uma criança que perdeu a mãe. O medo arde, mas a culpa também.

Aceito meu papel, inclino-me e mexo em uma gaveta.

— Olha. Pronto.

Duas velas e um isqueiro. Ele se vira parcialmente. Eu encontro dois pires e acendo as velas. Pelo menos isso vai poupar a bateria do meu telefone.

— Vamos grudar aqui. Olha. — Inclino os pavios para a chama do isqueiro, derreto a cera e grudo as velas.

Jamie se mexe e me observa. E chega mais perto, as feições dançando na luz tremeluzente.

— Está melhor, não está, Rachel? É o que a mamãe quer. Ela ama velas. Quero mostrar a ela. — Ele está olhando para as chamas amarelas que tremem na brisa silenciosa e inexplicável. A não ser que haja uma porta aberta na casa.

— Pronto. Você fica com uma vela e eu fico com a outra. Tome cuidado para não deixá-la cair.

— Tá.

O patamar comprido e escuro treme de surpresa ao nos ver surgindo da cozinha, um enteado e uma madrasta, cada um carregando um pires e cada um encarregado de uma frágil chama de vela.

Agora estamos seguindo pelo corredor e viramos à direita. Estamos agindo. Caminhando pelo corredor, atravessando o limite onde acabou a reforma, onde Nina morreu, onde alguém morreu. A porta de Old Hall está lá na frente, estupefata diante de nossa idiotice.

Não consigo, não sou capaz de abrir a porta. Estou com muito medo, meu pai está lá dentro.

Jamie empurra a porta.

Ela se abre em um tipo diferente de escuridão. Essa escuridão recua com um sussurro desconsolado quando entramos com nossas velas.

Estamos dentro de Old Hall. Onde ela espera, olhando como a mulher de vestido que flutua na mina, o sorriso fixo de esqueleto. Fico me perguntando se ela consegue nos ver em seus sonhos infinitos, à medida que o cabelo vai se espalhando pela água gelada.

A escuridão é tão intensa quanto o frio. As janelas altas e estreitas mostram o círculo perfeito da lua de inverno como uma máscara japonesa branca. Jamie está completamente imóvel, olhando intensamente, o rosto iluminado pela chama tremeluzente da vela. Ele olha impressionado para alguma coisa no canto. Eu não ouso olhar, não consigo enfrentar isso. Talvez ela esteja chegando perto dele, ali, chegando mais perto, indo até o filho.

— Oi, Rachel.

Uma mão me segura na escuridão atrás de mim. Segura-me pelo cabelo, torcendo os fios, forçando-me para baixo.

Eu ofego e caio para a frente. Eu imaginei isso? Claro que sim. Os horrores da minha infância voltam. Estou de joelhos, sendo socada por trás pelos meus medos alucinados. Deixei a vela cair, sua luz morre no piso de pedra. Jamie me observa, atônito por ver a madrasta de joelhos, apavorada.

— Rachel, você está bem? Você a viu? Você viu, não viu?

— Não, não. Eu só estava. Não foi nada. Não é nada.

Eu pego a vela. Com mãos trêmulas e apavoradas, acendo o isqueiro, boto fogo no pavio, e espanto a escuridão. Old Hall está nos libertando. Ela não está aqui. Não há ninguém aqui. Não há ninguém por quilômetros, as charnecas desfolhadas estão cobertas de neve, os penhascos estão desolados e gelados.

Estou no andar de cima.

Jamie segura a minha mão e diz:

— Vamos subir.

Natal

Meia-noite

— Eu estou com medo.

— Tudo bem, Jamie, tudo bem.

David andou até a janela do quarto de hotel, o telefone preso com o queixo. Ele conseguia ouvir as pessoas comemorando nos pubs de Truro, nas ruas de pedra cobertas de neve. Bêbadas. No Natal.

Ele fechou a janela, apesar de o quarto estar quente demais; ele queria, precisava ouvir cada palavra que seu filho dissesse.

— Tantas coisas aconteceram, papai, coisas assustadoras, o carro bateu e eu fui até a mina e a Rachel está...

— O carro bateu? Tente falar com calma, Jamie. Por favor, tente ficar calmo. Você está bem?

— Sim, eu estou bem, só estou com medo. Na verdade, a Rachel também está com medo, eu vejo, e ela está voltando, a mamãe voltou, como prometeu, eu sinto o cheiro do perfume dela, papai, eu a vi em Old Hall, e ela está aqui na casa e...

— Jamie, mais devagar.

— Eu sei, eu sei. Mas é difícil.

— Onde você está agora?

Uma garrafa de cerveja se quebrou em uma parede lá fora; as comemorações se transformando em baderna. Gritos violentos subiram das ruas.

— Estou no meu quarto, mas estou dormindo no seu quarto, no quarto da mamãe, quero dizer, no quarto da Rachel, só hoje, mas você pode vir amanhã? Acho que a Rachel não está bem. Papai?

A raiva dele aumentou; David lutou para permanecer sensato, para permanecer lúcido.

— Ela está se comportando de um jeito estranho?

— Ela fala com pessoas que não estão aqui. Caiu em Old Hall como se tivesse sido empurrada.

— O que vocês estavam fazendo lá?

— Eu achei que tinha ouvido a voz da mamãe. Sei que fantasmas não existem, papai, mas eu abracei a mamãe em Levant e a vejo em toda parte, e não é ela, mas é. E agora está faltando luz e está escuro. Tudo está gelado.

— Tudo bem. Eu estarei aí logo, prometo.

Já bastava. Ele ficara sem alternativas. Ele teria de ir até St. Ives e seguir pelo caminho da costa pela neve e pelo gelo. Pela noite. Fossem quais fossem os riscos.

— Jamie, eu estou a caminho.

— Promete?

Enquanto consolava o filho, David procurou o peso da chave do carro nos bolsos. Era a decisão certa e a única decisão possível: dirigir e andar e resolver isso. E lidar com Rachel de uma vez por todas.

— Pai, tenho que desligar, estou ouvindo a Rachel se aproximar, ela está vindo, ela está vindo, não quero que ela me escute falando com você, ela vai ficar zangada. Tchau, papai.

A ligação morreu. David sequer teve a chance de se despedir. Talvez não importasse.

Ele precisava se apressar. O tempo estava se esgotando terrivelmente; seu filho estava resvalando para a loucura em uma casa na qual a única outra pessoa já estava psicótica. Jamie estava correndo sério perigo.

David amarrou as botas, pegou uma lanterna de cabeça, luvas, e saiu pelo corredor silencioso do hotel para o estacionamento coberto de neve. As alegres luzes de Natal de Truro balançavam e giravam no vento gelado. Seus pensamentos rodopiavam como demônios de neve correndo pelas ruas vazias.

As únicas pessoas em Carnhallow estavam no limite. Mas elas eram as únicas pessoas lá?

As provas só se acumulavam. Jamie insistia que conseguia vê-la. Sua própria mãe agora tinha dúvidas. A verdade estava surgindo da neblina do mar.

Talvez o impossível estivesse se tornando realidade. A mãe de Jamie havia voltado.

Dia de Natal

Meia-noite

Jamie está demorando demais. Eu fiz a caminha no meu quarto, mas (olho o relógio) já passa da meia-noite e ele ainda não voltou. Eu mandei que ele fosse vestir o pijama. Mas isso foi há meia hora.

Abro a porta alguns centímetros tensos e chamo por ele. Os quartos são próximos o suficiente par que ele possa me ouvir.

— Jamie.

Ele não responde. Consigo ver formas, figuras escuras, aqui no corredor. Estão na minha cabeça. Elas pulam, como crianças brincando. Pezinhos batendo no chão. Em seguida, silêncio, o mar, o som de escuridão. E a gargalhada triste e solitária de uma criança que ficou para trás. *Voltem, voltem. Não me deixem aqui.*

Não há lugar seguro nesta casa sussurrante, nem na minha mente. No patamar, pelo patamar, eu corro, ridícula e histérica, a camisola balançando, o celular na mão, e empurro a porta de Jamie sem nem mesmo bater.

Ele está sentado na cama de pijama... e levanta o rosto, sobressaltado, iluminado pela luz do celular se apagando. Então, ele estava ligando ou mandando mensagem de texto para alguém. O pai é meu palpite.

Eles virão todos atrás de você agora.

O garoto parece exausto, pálido como a neve.

— Jamie, venha!

Ele se encolhe. Por que estou gritando?

Você sabe por quê.

— Por favor, Jamie. Por favor. Vamos para o meu quarto e ficar lá até o amanhecer. Depois...

Depois o quê?

A ideia de nos sentarmos em volta da árvore para abrir presentes é ridícula. E cruel.

— Venha, Jamie. Por favor!

Com um olhar de desconfiança para mim, talvez de medo, ele desce da cama, segura a minha mão com alguma relutância, e andamos de volta pela escuridão, tendo meu celular como única luz no breu. Sem energia e sem aquecimento, a casa está terrivelmente gelada. Meu telefone está quase sem bateria; usei a lanterna por tempo demais.

E claro que não posso recarregá-lo, pois não temos energia.

Tudo está se afastando. Todo o contato com o mundo externo está morrendo, a neve está construindo muros em volta de Carnhallow. Então, temos de construir uma fortaleza interna no meu quarto, para manter as coisas ruins longe. As ideias ruins na minha cabeça.

Guio Jamie com urgência para a caminha, cubro-o, e ele fica deitado com a cabeça no travesseiro e o cabelo escuro tocando na bochecha branca, e ele olha para mim no frio envolvente, com a luz do meu celular fazendo sombras de animais silenciosos no teto.

— Você está bem, Rachel?

— Sim, estou bem. Nós precisamos dormir e sobreviver até amanhã.

Os olhos dele, herdados da mãe, se arregalam em silêncio. Tão cansados, rosados e violeta.

— Você está me assustando.

— Me desculpe — digo. — Me desculpe mesmo. Não sou eu mesma. Mas vou ficar bem.

Não diga a ele o que você irá fazer com ele.

Agora eu desligo a preciosa luz, e Jamie diz na escuridão:

— Rachel, eu fiz uma coisa ruim. Me desculpe.

Eu estico a mão para segurar a dele. É pequena e está fria.

— Eu menti, Rachel. Fui eu quem colocou todas as letras de fogo em Old Hall. Eu queria fazer um feitiço para a mamãe voltar, como ela prometeu, porque senti que ela estava chegando mais perto quando a abracei nas minas, quando fizemos as fotos.

Pelo menos um mistério está explicado, mas os outros continuam em aberto, sombrios.

— Jamie, todo mundo mente. Todo mundo. Eu, seu pai, os adultos também mentem.

Ele não fica mais calmo. Ouço seu suspiro, apesar de mal conseguir ver o seu rosto. A voz está trêmula, ansiosa.

— Mas ela não voltou, Rachel, e eu menti porque... porque... e menti outras vezes, menti em Levant sobre o Natal, sobre você, eu queria que você fosse embora no Natal, para a mamãe real poder voltar. Queria que você fosse embora, e disse que você ia morrer, mas agora, agora eu acho que é verdade, não sei.

A ansiedade se mistura a bocejos. Ele está desesperadamente cansado, apesar de sua mão apertar a minha com força. As palavras saem rápidas e furiosas, roucas, desesperadas. Misturam-se com os barulhos da casa. As batidas chegando mais perto.

— A mamãe disse na mina que o Natal, depois do Natal, era o meu dia, meu dia especial, e disse que sabia que um dia minha mãe voltaria e me contaria tudo isso, e que era por isso que o Natal a deixava triste e era por isso que eu não a amava como amava o papai, e... é por isso que eu acho que ela está voltando agora e é por isso que você tinha que estar longe no Natal, mas era um segredo, um segredo enorme. O papai disse que eu nunca podia contar para ninguém o que ela disse, ele disse que eu nem devia pensar nisso nem nada!

Ele para, exausto, os olhos bem fechados.

Eu nem consigo começar a entender o que ele está dizendo, mas entendo a agonia de uma criança desamparada. E talvez eu possa ajudá-lo uma última vez. Antes que eu me perca. Antes que seja tarde demais.

— Jamie. — Eu estou sussurrando. — Vou contar um segredo. Eu também menti. Menti uma vez, quando eu era pequena, uma mentira enorme. Mas fiz pelo motivo certo.

Eu nem sei direito se ele está acordado.

— Eu disse que meu pai tinha feito uma coisa ruim para mim, e ele fez mesmo, mas fez quando eu era bem mais nova, mas foi uma mentira boa, de qualquer forma. Explicava as coisas. Explicava por que eu estava grávida, por que estava tendo um bebê tão especial. E salvou a minha mãe. Uma boa mentira. Às vezes, as pessoas contam boas mentiras.

Não há resposta; Jamie caiu em um sono exausto. Talvez ele não tenha me ouvido. Mas a casa ouviu.

Por um momento final, eu olho para ele. As pálpebras tremem enquanto ele sonha. Eu me pergunto com o que ele está sonhando dessa vez.

E então, enquanto estou pensando nos sonhos dele, uma espécie de resposta se forma. Os ferimentos de Nina. Claro. Cabelo e sangue e unhas. *Claro*. Tudo ecoa o sonho de Jamie de meses atrás. Lebre e sangue e mãos. Então foi isso o que aconteceu na mente de Jamie? A previsão aparente foi uma reelaboração da morte da mãe dele, dos detalhes horrendos do inquérito? Conheço o suficiente sobre psicologia. Li livros suficientes sobre depressão e similares. Sei como a mente sonhadora funciona. Trocadilhos, rimas e ecos.

Mas, mesmo que explique *alguma coisa*, é tarde demais agora. O mistério foi além de Jamie. O mistério está em mim. Eu me tornei a fonte de escuridão. E de perigo.

Atravesso o quarto pela escuridão, para longe dele. Eu tenho de ficar longe.

Deito-me na minha cama, os olhos ardendo, e fico olhando para o nada. Não me arrependo de ter mentido, de ter dito que ele me estuprou, que me engravidou; isso fez com que ele sumisse. E, de qualquer forma, ele tinha abusado de mim todas aquelas outras vezes.

Mas a gravidez me deixou louca, assim como essa está me deixando louca.

Sim, eu voltei. Tarde demais agora, Rachel.

Acima de mim, o rosto dele está pintado no teto.

Tarde demais para a verdade.

As estatísticas são um poema. Tenho de repetir: cinco por cento de risco de suicídio; quatro por cento de risco de infanticídio. Psicose relacionada à gravidez.

Como me esconder de mim mesma? A tempestade está aqui, na minha cabeça. As águas negras se fecham porque o papai está no quarto de novo. O papai voltou. O papai está subindo a escada. E ouço as batidas dos mineiros abaixo de nós. Eles estão trabalhando de novo: a mina está ganhando vida. Toda a vida secreta e subterrânea está emergindo, subindo a escada.

Oi, Rachel, minha rosinha de Tralee.

Não!

A porta se abre.

Não.

Eu grito, luto. Sou uma garota de 12 anos lutando para se soltar do pai... mas dessa vez ele vence. Talvez ele sempre vença no final; talvez essa seja a vingança dele, entrar na minha cabeça, obrigar-me a fazer coisas. Por mais que eu feche os olhos, eu vejo coisas. Como o pescoço vulnerável do meu enteado. Mas eu o amo. Então, preciso protegê-lo, escondê-lo. Escondê-lo na água, na escuridão. Escondê-lo nas minas com a mãe dele.

Não.

Vá para a cozinha.

Não! Eu imploro para o ar gelado. Deixe-me em paz. Permita-me não fazer isso. Poupe-me. Pare com isso. Deixe-me sobreviver ao

Natal. Eu fecho os olhos para o terror da loucura, viro-me, puxo o travesseiro frio e úmido sobre a cabeça para lutar contra os sons e as vozes. Mas meus braços coçam. O sono é uma fantasia ridícula. Estou deitada aqui na noite de Natal, os olhos coçando e amedrontados, e os penhascos cobertos de neve descem até o mar, tentando calar as vozes. O barulho, o silêncio.

As charnecas estão mortas esta noite, os corvos dormem com os olhos abertos na carqueja trêmula.

Corvos conseguem prever o futuro também. Você sabia? Você sabe o que acontece agora.

Eu me pergunto se Jamie sente a minha loucura se esgueirando. A criança do fogo prevendo o perigo em mim? Não. Não, não, não. É tarde demais.

Aí vem. Aí vem. A água negra subindo. Tap tap tap. Consigo ouvir os martelos das bal maidens *martelando os mortos.*

Eu não devo deixar que ele vença. Mas é tarde demais. Ele está vencendo. Sempre vencendo. Mais forte do que eu. Ah, sim. Ah, sim. *Ah, papai.* Ele está me segurando. A loucura é maior e mais velha, uma figura escura acima de mim.

Papai, fique aí embaixo. Papai, não suba. Papai, fique longe.

Eu me viro, as unhas enfiadas com tanta força nas palmas das mãos que eu acho que consigo sentir o sangue quente. Como se eu estivesse me cortando. E por que não? Sou boa em cortes, sempre consigo cortar.

Então eu tenho de cortar e picar. Tenho de abrir com uma faca.

Está feito. Não posso mais lutar contra isso, não mais. A noite de Natal não vai terminar nunca, então só tem um jeito de acabar com ela. Cantar meus medos para que sumam, como eu fazia quando o papai fazia o que fazia no dia de Natal.

Eu vi três barquinhos.

Se eu cantar isso, não vou ligar para o que está acontecendo, não vou perceber. Não vou sentir nada, não vou ligar para como eu corto. Foi assim que lidei com o papai, foi assim que o bloqueei. *Eu vi três barquinhos chegando. E todos os sinos na terra vão tocar.*

É minha música de Natal especial. O terço dos estuprados.

Agora meus olhos se abrem e cintilam na escuridão, porque eu estou pronta.

A respiração de Jamie está profunda e lenta, satisfeita. Como se ele soubesse o que vai acontecer, o que vou fazer com ele. Como se aceitasse e entendesse: que eu faço porque o amo. Eu tenho de salvá-lo deste mundo terrível. Do fantasma da mãe dele, com o corpo flutuando mais perto à medida que a água sobe.

Eu vi três barquinhos.

Enquanto eu continuar cantando, ficarei bem. Não preciso de polícia, de ambulância, nem de médicos ou psicólogos.

Eu vi três barquinhos chegando, no dia de Natal, de manhã.

Eu tenho de cuidar das coisas. Com leveza e delicadeza, eu tiro as pernas da cama. Há certa flexibilidade em mim agora. É tudo bem mais fácil do que o esperado. Vai ser bem mais simples do que qualquer pessoa disse. Parece que eu posso voar.

Vou até a escada e medito sobre a minha tarefa; preciso pegar uma das facas maiores, elas irão me servir melhor. Slish slash, slish slash. Muito, muito melhor. Não há motivo para o pequeno Jamie sofrer nem mais um segundo. Posso colocá-lo no túmulo ao lado da mãe. Ele se tornará um fantasma como ela. Poderá voltar sempre que quiser, flutuando pelas nossas vidas, será libertado dessa tormenta.

Consigo ver no escuro. É maravilhoso. As vozes viraram luzes. Elas guiam os meus pés descalços e velozes até a cozinha gelada, que está tão silenciosa quanto eu me lembro. Todos os eletrodomésticos morreram. São cadáveres agora. A geladeira, o freezer, tudo morto. Carnhallow House é um necrotério, o lugar onde tudo vem para morrer. Onde tudo é movido no subterrâneo, para o porão e para os túneis das minas.

Aqui está a minha faca. Eu a tiro do bloco triangular de madeira como se fosse uma princesa lendária, e essa, minha tarefa mítica. Fico maravilhada com a sua beleza. Saabaaatieer. O peso é agradável na minha mão. A luz das estrelas é suficiente para que eu enxergue o fio da lâmina. David mantém essas facas tão afiadas, ele ama que estejam afiadas, esse meu marido, esse agressor de mulheres, com uma esposa assassina.

Eu.

Suba rapidamente.

Se eu passar a lâmina com rapidez no pescoço branco de Jamie, ninguém vai reparar; apenas eu verei o sangue manchando a neve dos lençóis como água de rosas em uma raspadinha. Vou salvá-lo do pai violento, do fantasma da mãe.

Estou cantando a música só para mim, a música alegre, a linda cantiga de Natal.

E o que tinha nos barquinhos, nos três,
No dia de Natal, no dia de Natal?
O que tinha nos barquinhos, nos três?

Uma faca. Uma faca. Uma faca.

Uma mãe. Uma mãe. Uma mãe.

Volto para o quarto. Seguro a faca com mais força. A fada da árvore de Natal está sorrindo lá embaixo, um sorriso largo de aprovação, prestes a balançar a varinha e fazer o Jamie sumir em um jorro de pó cintilante de Natal. Simples assim. No dia de Natal, de manhã.

Deixe a mamãe beijar você.

Esse é o meu trabalho agora, a última coisa que tenho de fazer. Na penumbra sombria e amarelada do luar de Natal, vejo o corpo adormecido de Jamie na caminha, coberto por mim com cuidado maternal, com lençóis e cobertores.

Mas eu não sou a mãe dele de verdade. Sou melhor do que uma mãe de verdade, eu estou viva. Tenho duas mãos, uma para segurar o cabelo dele, a outra para passar a lâmina pelo pescoço assustado e apavorado, de forma que o sangue saia com facilidade e sem dor.

A morte vai ser fácil, fácil, fácil, como Jamie quer morrer, quer ver o sangue escarlate se espalhar como suco de cereja, girando em uma tigelinha Stuart de prata.

É madrugada de Natal, uma ou duas horas antes do amanhecer.

Eu me ajoelho ao lado da cama de Jamie. O rosto dele está sereno e tranquilo, as pálpebras brancas tremendo enquanto ele sonha. O sono de um anjo; os lindos olhos fechados, prontos, esperando, inocentes. Os cílios vão tremer quando eu cortar, mas ele não vai entrar em pânico, vai aceitar seu destino.

Eu sou a mãe, ele é o filho, eu tenho permissão de fazer isso, nós só não temos parentesco como pessoas normais. A faca pesa na minha mão quando me inclino, sem cantar a minha música, tentando decidir o melhor jeito de matá-lo.

Quatro por cento de risco de infanticídio. Uma em vinte e cinco. Nada mau.

Coloco uma das mãos na cabeça adormecida de Jamie e acaricio delicadamente o cabelo. O cabelo brilhoso, macio e lindo está sendo acariciado pela minha mão; ele ainda está dormindo, tranquilo, eu tenho de levantar a cabeça e passar a faca.

Passar. Cortar.

Desenhar. Como desenhar uma linha, como cortar uma linha na neve.

Eu o sustento. Esse momento.

A faca está a um milímetro da pele inocente. Na luz suave e triste, eu vejo onde o sangue pulsa na artéria, um batimento suave de sangue. Começar ali. Sim.

Coloque a lâmina ali.

Faca. Criança. Voz.

Música. Frio. Escuridão.

Estrela. Dor. Ar.

Comer. Amar. Matar.

Papai. Papai. Papai.

Papai papai papai papai PARE PARE PARE PARE PARE.

Elevador de homens elevador de homens elevador de homens. Ele me abraçou me abraçou me abraçou. Na mina com o elevador de homens.

Pare.

Eu não consigo respirar.

Perplexa, a faca na mão suada, eu olho na escuridão para meus joelhos ásperos e nus; o que estou fazendo aqui, agachada ao lado da cama dele? Olho para minhas mãos brancas e tristes, muito arranhadas. Eu fico me arranhando, as mãos segurando uma faca.

Eu estou louca. Isso é loucura.

Está tudo na minha cabeça.

Arranhões são parte da psicose. Porque eu estou tendo uma psicose. E se eu sei que estou tendo uma psicose, há esperança.

Oscilo para a esquerda e para a direita, ajoelhada no piso de carvalho frio e encerado, e fecho os olhos com força. Conheço o processo, essas idas e vindas da racionalidade, como uma onda que quebra e recua, revelando as pedras cintilantes, só para a água voltar com tudo de novo.

Eu me puxo pelo próprio cabelo, arrasto-me para longe da cama de Jamie, obrigo-me a ir para o canto mais distante desse quarto frio e escuro. A faca cai da minha mão enquanto engatinho. Não ligo para onde ela cai. No canto oposto do quarto, as costas na parede, eu abraço os joelhos no peito e choro, soluço e me balanço para a frente e para trás, chorando por mim, por Jamie, por isso, pela tristeza de uma garotinha apavorada no quarto, apavorada por causa dos passos na escada, indo ver sua trêmula rosa de Tralee. Pela mãe deitada na cama chorando enquanto levavam a filha, o bebê que ela nunca viu, a criança prematura.

E aí você morreu, minha querida. Disseram que havia algo de errado com você, disseram que você tinha morrido. Eu acreditei neles. Tornou tudo mais fácil.

Porque um filho se nos deu.

Quanto tempo eu fico aqui, arranhando e me balançando, arranhando e me balançando? Eu nunca mais vou dormir. Mas pego no sono. Agachada. Inerte, sem conseguir me mexer, sem me permitir me mexer. Para o caso de eu procurar a faca.

Quando desperto da minha mudez poeirenta, abro a boca como um gato. Aqui estou eu, aqui estou eu. Ainda é Natal.

Há um leve tom de cinza na beirada do papel preto funerário, lá fora, atrás das janelas geladas, então o amanhecer talvez não esteja tão longe.

A faca. No chão. Faça o que eu mando.

Eu coloco as mãos nos ouvidos e sussurro a minha música. Se conseguir ficar sã o suficiente até o amanhecer, ligarei para alguém, ligarei para a polícia, ligarei para todo mundo, não importa mais. Eu quase matei o Jamie. A polícia que me tranque para sempre, eu mereço.

Mas a morte é o preço que pagamos pela beleza.

— Não! — Eu estou falando com ninguém e com todos. — Deixem-me em paz.

Cante, Rachel, cante a música.

A Virgem Maria e Cristo estavam lá,
No dia de Natal, de manhã.

Pare. E pare de novo. Fico sobressaltada com um clarão; parece que consigo ver no escuro, parece que a energia voltou.

Virgem.

Eu olho em volta. A mobília do quarto parece me encarar: formas escuras que não se mexem. A respiração de Jamie é o único som. Ele não sabe o que eu quase fiz, o que talvez ainda faça. Mas não vou fazer. Porque consigo ver pela luz da mente, por uma janela de lógica. Ver a resposta.

A Virgem Maria. *Faça suas orações para a Virgem Santa Abençoada, Rachel Daly.*

É aniversário dele no Natal. É o seu momento especial. Quando sua mamãe vai voltar para buscá-lo. Seu dia especial.

Eu a abracei na mina com o elevador de homens. Eu a abracei em Levant. Foi onde eu abracei a mamãe. Você não vê, você não vê, você não vê...

Vejo a luz da manhã de Natal. Vejo uma mulher abraçando um garoto, vejo a luz de Levant.

Pego o celular e ligo a lanterna. Ainda tem mais alguns minutos de bateria. Se for suficiente, suficiente, suficiente. Dou um pulo, saio correndo do quarto, passo pelo garoto adormecido, desço para a sala de estar, onde a fada na árvore de Natal está escondida na escuridão, mas ela não pode mais debochar de mim. Só eu consigo ver. Estou tremendo à beira de uma linda verdade.

Aqui está: a revista, com a foto de David e Jamie e Nina, perfeitos e elegantes na linda casa. Pego a revista e aponto a lanterna para a imagem e percebo por que me incomodou tantos meses atrás. E tento lutar contra a enorme onda de emoções.

Não é nada no conteúdo da foto; é o estilo, o rosto do bebê, que mal se vê. Lembro-me de um fotógrafo em particular que fazia isso, era sua marca registrada modesta. Desesperada e trêmula, eu abro a revista no final, usando a lanterna fraca... e leio os créditos, na menor das letras, essa informação trivial que não é do interesse de ninguém além do fotografado. E de mim. Fotógrafo, Kerthen, páginas 27–31: *Philip Slater.*

Philip Slater.

Philip Slater.

Vejo o rosto dele vividamente. O cara que queria que eu entrasse na Goldsmiths. O professor freelancer, amigo do fotógrafo de quem eu era assistente. Ele ia ao estúdio: paquerador, manipulador, mais velho, falando da faculdade. Gostava do meu trabalho, talvez gostasse até demais, agora que estou pensando nisso. Mas falou de uma forma bem mansa no dia que fez a sugestão. *Sei de um jeito para você ganhar dinheiro, ter um bebê, por doação de esperma. Um casal rico. Ela é estéril. Está tentando encontrar uma pessoa para fazer uma barriga de aluguel.*

Como Nina conhecia Philip Slater? Talvez ela conhecesse alguém que o conhecia? E por que eu me importo? Não importa... ela me escolheu, Jamie, escolheu-me para você, porque eu era perfeita. Eu até me parecia com ela, com a linda Nina Kerthen. E ela deve ter sido discreta, deve ter escondido minha identidade de David, então ele nunca soube. Talvez ela nunca tenha sabido os detalhes, nunca tenha sabido quem eu era, para preservar a distância, para isolá-los da verdade.

Mas ela me escolheu.

A neve parou de cair, consigo ver as últimas estrelas pela janela. A aurora chegou.

Eu era pobre e linda, estava desesperada para pagar pelo meu ingresso na faculdade; era uma garota desesperada para tirar a mãe de um abrigo, para que ela pudesse passar os últimos anos de sua vida em uma casa decente; eu era uma garota que queria escapar do pai, ainda que isso destruísse a família. E por que não, se ele tinha destruído a família anos antes? Não importava mais: *Dê-me o dinheiro. Salve a minha mãe. Deixe-me fugir.*

As estrelas cintilam. A noite está morrendo. A manhã de Natal chegou.

Você nasceu tão prematuro, no final de dezembro, e não no começo de março. Não o que diz na certidão de nascimento. Eu lembro quando as enfermeiras levaram você, fizeram você desaparecer como um feitiço mágico, como se você nunca tivesse existido. E foi fácil, tão fácil; eu nunca vi nenhuma das ultras, nunca toquei em você após o seu nascimento, não o segurei, não o beijei, não olhei para você. Nada. Porque não queria o laço. E me disseram que você tinha morrido, e fazia sentido, você nasceu tão prematuro: deformado, disseram. E me deram o dinheiro mesmo assim, como se sentissem culpa também. Eles me pagaram por ter carregado um bebê que morreu.

Mas a minha filha não morreu porque ela sequer existiu. Eu tive um menino, não uma menina. Mentiram para mim. Nós todos mentimos, o tempo todo. Os adultos mentem.

A revista treme em minhas mãos. Todas as luzes estão tremendo. Eu me pergunto por que estou chorando. Talvez eu esteja exagerando.

E todas as almas na terra vão cantar
No dia de Natal, no dia de Natal

As respostas vieram tão rápido, de uma forma brusca e gloriosa na minha mente insana. Uma rachadura se espalhando rápido no gelo derretendo. Sabe aquele primeiro dia em que eu vi você, quando achei que tinha me apaixonado por David? Não foi isso, Jamie, eu me apaixonei por *você*. Eu me apaixonei pelo meu próprio filho. E a mulher que você abraçou na mina Levant, quando você sentiu sua mamãe... era *eu*. E o rosto que você viu em St. Just? Não era a Nina, também era *eu*, refletida na janela do carro. Eu inventei o resto, a mulher no ônibus, no começo da minha loucura. E o retrato que David desenhou naquele dia de verão também não era Nina, também era eu. Ele me fez parecida com a Nina porque não conseguiu evitar. Porque eu me pareço com a Nina. Porque me pareço com a sua mãe.

Porque eu sou a sua mãe.

E agora Nina está na mina de Morvellan, e sua mãe de verdade voltou.

Ah, Jamie. Meu próprio filho. Eu andei caçando você e você andou me caçando. Nós somos os dois fantasmas em Carnhallow, assustando um ao outro, mas agora a escuridão está virando luz. E estou tremendo com uma sensação assustadora de felicidade. Quero acordar o mundo e contar esse segredo. *Então vamos nos alegrar novamente. No dia de Natal, no dia de Natal.* Mas eu sei que tenho de tomar cuidado; o Natal não acabou ainda, a loucura não acabou. Não vai embora assim, eu preciso pensar direito.

Não vou incomodar Jamie; ele terá de descobrir da forma mais delicada possível. Talvez eu conte a ele de manhã. Aí vou abraçar meu filho direito, pela primeira vez na vida. Mas talvez eu possa ligar para o David. Eu tenho de ligar para o David.

Mas como?

Tem um telefone na casa que talvez ainda tenha energia. O de Jamie. No quarto dele. Quando fico de pé, vejo que a casa está se enchendo com a primeira luz da manhã de Natal. Subo a escadaria e ali está o celular, embaixo do travesseiro. Está apagado, mas não desligado. Eu ligo o aparelho. O celular não tem senha. Vejo que ele ligou para o pai às 23h30, foi a ligação que eu interrompi.

Eu aperto o botão de rediscagem.

O telefone toca e cai na caixa postal.

Onde ele está? Dormindo? Vindo para cá? O quê?

Ele está vindo atrás de você, está a caminho.

Eu grito com as vozes. A loucura ainda está aqui. Mas eu tenho uma arma agora.

A verdade.

Eu falo com a caixa postal.

— David, eu sei de tudo. A verdade. Eu sei. — Não consigo segurar o triunfo. Não consigo segurar a exultação. Eu venci a casa. Venci as vozes. Entendi tudo, e da forma mais impossível. *Um filho se nos deu.* — David, escute... — Eu hesito, decidindo como dizer essa coisa incrível. — *Escute.* Eu vi o corpo. Vi o corpo de Nina em Morvellan. Mas, David, eu sei a verdade agora. Ela não é a mãe de Jamie porque não podia ter filhos, podia? Mas vocês eram orgulhosos, queriam uma mãe de aluguel, fingiram...

A caixa postal faz um clique: acabou o espaço de mensagens. Mas quem se importa com isso, eu vou ligar de novo.

— David...

— Rachel?

Eu olho para cima.

— Rachel?

É o Jamie.

— A mamãe está na mina. Você disse no telefone, ela está na mina. Ela está em Morvellan?

A confusão dele é palpável. Ele deve ter acordado sozinho e com medo. Talvez eu o tenha acordado com a minha empolgação. Meus gritos.

Fico sentada na cama, atordoada, muda, olhando para o rosto do meu filho... que desaparece da porta e corre pelo patamar.

Deixe que ele vá, eu penso, *deixe que ele corra até o quarto, deixe que ele chore, deixe-o em paz agora. Haverá tempo suficiente.* Mas ainda estou oscilando, à beira da loucura. Tenho de fazer isso com calma, senão alguém ainda pode se ferir.

O que eu posso fazer? Ligar para o David de novo, talvez, ou ligar para o médico, dar um jeito em mim, não correr mais riscos.

O silêncio toma conta de mim. Fico sentada ali, vazia e exausta, olhando para o milagre de Natal, a criança no berço, o filho embaixo da estrela. Mas uma pontada intensa de consciência me desperta. Ah, Deus. *Jamie.* O que ele faria, aonde iria, armado com a informação que eu dei a ele?

Jesus. Para as minas.

Claro.

Corro até a janela que dá para o jardim de trás, que desce pelo vale até as minas, os penhascos, o mar. A luz é surpreendente; um dia azul de Natal está nascendo, e a luz forte do inverno é intensificada pela neve. Os belos montes de neve imaculada pelos quais meu filho está correndo a caminho da grande mina escura de Morvellan.

Dia de Natal

Manhã

Botas em pés descalços, casaco por cima de camisola, correndo pelo patamar, pelo corredor, pela cozinha. Quando corro para a porta dos fundos, olho para o armário alto acima do freezer: o armário está fechado. Jamie não tem a chave da casa do poço. Pelo menos eu tenho esse consolo.

A porta está escancarada. Eu corro para o frio. O sol está forte em um céu azul amplo, e o ar gelado machuca meu rosto. Estou ofegante quando percorro os jardins e chego às árvores, esmagando a neve.

— Jamie!

O bosque está agitado com o gelo. Tilintando. Um mundo de cristal, de alegria, o sol nascente fazendo o gelo cintilar.

— Jamie, pare!

Tamargueiras e sorveiras, carvalhos e aveleiras, gelo e neve. O bosque dá lugar ao campo aberto, agora eu vejo as chaminés das minas acima das árvores e o mar azul-acinzentado agitado abaixo.

Meu filho de oito anos não está em lugar nenhum. Ele deve estar no alto dos penhascos. Eu saio do bosque e corro até lá.

— Jamie, volte!

Não ouço resposta, exceto o quebrar de ondas e o sibilar da espuma. O ar gelado faz doer a minha garganta e os meus pulmões. Eu devia estar fazendo isso, grávida? Claro que devia; foi culpa minha por gritar ao telefone com triunfo. E ele é *meu* filho.

No caminho que acompanha os penhascos, vejo Jamie na entrada da casa do poço. Ele está batendo com uma pedra no cadeado; meu garotinho desesperado procurando a mãe morta. A imagem é intensamente perturbadora. Porque a mãe dele está *aqui*. Eu estou viva e tentando salvá-lo, mesmo na minha loucura.

De onde estou, consigo ver o tamanho da pedra, é grande o bastante para quebrar o cadeado... se fosse batida com força suficiente.

E Jamie é forte para a sua idade, de tanto subir por todas as pedras e praias, de tanto andar sozinho. Meu filho de fogo.

Gaivotas voam em círculos, ignorantes, o ar brilhante olha de longe na direção das charnecas e dos moledros cheios de neve. Nosso drama é diminuído pela beleza da paisagem.

Estou perto o suficiente para ouvi-lo agora. Algumas centenas de metros pelos penhascos. Consigo ouvi-lo batendo no cadeado.

— Pare, por favor... Jamie.

Ele se vira, olha para mim como se eu fosse uma estranha. Ele está de pijama, com um casaco por cima. Mas está descalço. Ele correu até aqui descalço, pelo cascalho e pela neve e pelo gelo, pelo bosque cheio de espinhos. Ele volta a executar sua tarefa terrível e determinada.

Tum, tum, tum.

E então, com um movimento gracioso, a porta se abre e a corrente cai no chão.

A porta da casa do poço de Morvellan está entreaberta. Onde Nina Kerthen flutua. Imagino o sol de inverno entrando pelas janelas sem vidro. Talvez batendo no rosto dela, envolvido pela água preta e pelo cabelo prateado. Sorrindo para sempre e com frio para sempre. Ele irá vê-la, e vai cair, e eu vou perdê-lo de novo.

E agora ele entra na casa do poço, e eu estou correndo pelo caminho.

Eu o ouço gritar. Ele a viu.

A porta bate no vento, flocos de neve derretem na minha boca.

Eu cambaleio na corrida, caio para a direita, meu tornozelo torcido cedendo de uma forma que mal consigo andar. Mas por Jamie, por Jamie, consigo andar, consigo correr, consigo fazer qualquer coisa.

Eu me arrasto para ficar de pé e vejo Jamie saindo da casa do poço. As gaivotas e os airos circulam acima, olhando para nós.

— Jamie, não é ela.

Ele me encara.

— Jamie, aquela não é a sua mãe.

O mar fica em silêncio, o sol brilha, a neve compactada cintila como diamantes feitos para cortar.

— Jamie, *eu* sou a sua mãe. Sou eu.

As lágrimas descem pelo meu rosto. Não vão parar agora.

— Eu sou a sua mamãe, querido. Eu sou a sua mamãe. Jamie querido, fui eu o tempo todo. Lembra-se de quando você me abraçou na mina Levant? Você sentiu, não sentiu? — Não consigo parar de chorar. — Sou eu. Estou aqui. Eu estava aqui o tempo todo, só que nós não sabíamos. Seu feitiço com o fogo funcionou. A mamãe voltou. Eu estou aqui.

Jamie olha para mim. Eu não queria contar para ele dessa forma; porém aconteceu. Ele franze a testa e seus olhos se arregalam, como se ele começasse a me reconhecer, mas então escuto um homem gritar:

— *Jamie!* — Jamie olha para além de mim, para a beirada do penhasco gelado, até a prainha de Zawn Hanna. A Enseada Murmurante.

Não se mexa, eu penso. *Por favor, não se mexa. Não tenha medo.*

A beirada ao redor da casa do poço é perigosa até mesmo no auge do verão. Hoje, deve estar terrivelmente escorregadia, um rinque de patinação de gelo duro sobre granito polido.

Mas eu preciso ver o que chamou a atenção dele. Eu subo em uma rocha e olho para a enseada.

O pai dele está lá. Na areia, no ar puro e límpido dessa manhã gelada e brilhante de Natal.

— Papai — grita Jamie. — Papai!

David está correndo para o pé do penhasco.

Jamie começa a descê-lo. As gaivotas circulam acima, procurando peixes no mar gelado.

Eu grito:

— Pare, por favor...

Nós dois estamos gritando para ele.

— Pare, Jamie, pare!

Mas ele viu a mãe morta. E ouviu que sua mãe está viva. Ele está com tanto medo e tão confuso quanto qualquer criança ficaria.

Ele cai.

Num momento frágil, ele está descendo as pedras com ansiedade, um terrível segundo depois ele cai. Ele cai no mar; é uma queda direta de uns seis metros.

O barulho que ele faz na água é mínimo. É uma criança pequena, apesar da grandeza de emoções em torno dele. O mar o engole sem preocupação.

— Jamie!

Mas ele já sumiu, eu não o vejo. Ou talvez seja ele: aparecendo, cuspindo, lutando. Ele sabe nadar, mas nenhuma criança consegue lutar contra o frio e as ondas brutais. As ondas vão e voltam, perguntando-se onde afogar meu filho, ou se devem jogá-lo contra as pedras pretas. Ou roubar o corpo dele.

Minhas vozes estão quietas. A única voz que escuto agora é *salve-o, salve-o, salve-o*. Mas eu tenho um filho dentro de mim. Meu segundo filho.

— Jamie! — Eu corro até a beirada do penhasco.

Mas o pai dele é mais rápido. É o reflexo de pai. Eu refaço meus passos, o tornozelo doendo. Não ligo. Não ligo se eu morrer, desde que possa salvar o meu filho. Pego o único caminho. Está cheio de neve, mas não é traiçoeiro. Segue um riacho antigo que desembocava em Zawn Hanna. Tropeço em rochas e desço até a praia, tiro o casaco e mergulho.

Eu sou a sua mãe. É isso que as mães fazem.

O pavor me percorre quando mergulho nas ondas geladas, a água fria o bastante para parar um coração, mas não o meu, não esse amor. Pelo jorro de água do mar, consigo ver você lutando, afogando-se. Seu pai também está na água. Nadando desesperadamente para salvar você.

Eu mergulho. A água do mar está fria demais. Mas eu não devo morrer ainda. Tenho de salvar você. Mas não consigo. Nós vamos todos nos afogar neste mar de Natal, debaixo desse singular céu azul. Estou de cabeça para baixo, de lado. Estou me afogando, ofegando, debatendo-me.

— Mamãe! — você grita, aparecendo na superfície. Percebo que estou perto de você, posso esticar a mão e tocá-lo. Pego uma mão molhada e puxo, um punhado de camisa de pijama; eu puxo você na minha direção. Você se debate, em pânico, e me empurra para baixo. Eu luto para ir na direção do ar, luto para inspirar o ar gelado, para nos manter vivos e para erguer você.

Eu tirei você das pedras. Agora, o seu pai chegou, e pegou você. Ele é mais forte do que eu, coloca você nos ombros e nada, salvando a sua vida. Eu observo, maltratada pelas ondas, nadando pela água, cuspindo salmoura gelada. Há uma pedra escorregadia aqui, granito projetado no pé de um penhasco; oferece certo apoio, mas meus braços estão ficando fracos, o frio está me devorando. O apetite do mar é insaciável e vai me levar.

Eu afundo. A água gelada me engole. Meu nariz se enche de líquido ardido, e eu engulo um pouco. Vou até a superfície e vomito. Estou olhando para o mar, virada para o outro lado. Mas ainda estou aqui, ainda estou viva. Talvez eu consiga sobreviver, arrastar-me de pedra em pedra, pelo pé do penhasco, até meus pés tocarem pedrinhas e areia. Talvez não. Estou afundando.

Sinto uma mão no meu ombro trêmulo e dolorido. É o David. O rosto dele está branco com o frio sufocante, mas os movimentos são fortes. Ele segura meu braço, está me segurando, salvando-me. Nadando para longe das ondas e das pedras. Nós começamos a nadar para a praia.

Os olhos dele estão vermelhos do sal, o rosto branco do frio. Afundo quando engulo água salgada, e a mão dele me segura.

Estou indo longe demais, inspirando água salgada. Faço um esforço final, cuspo água, estico a mão para a de David, para a luz do dia, mas uma onda grande e conquistadora me puxa para baixo, agita-me, vira-me, e eu me sinto quebrar. Não consigo lutar contra isso. Acabou. É o fim. Estou caindo cada vez mais fundo no azul, depois no preto. Entregando-me ao meu destino, afundando na escuridão. E os pensamentos descem conforme o frio me domina. Que importância isso tem, afinal, Jamie? Eu sou apenas eu. Estou lutando para nadar, mas já estou desistindo. Que o mar dissolva minhas lembranças tolas, aquela não carreira, os anos de tristeza e vergonha. Talvez eu só confundisse você se sobrevivesse. Eu nunca tive importância. E você não entenderia. O mar que me leve.

Mas o mundo é lindo, lindo, lindo. E estou chorando enquanto morro, no frio escuro. A tristeza é sublime. A entrega intrincada. Eu só queria poder dizer quanto eu amo você. Eu sou sua mãe. Eu nunca conheci você. Mas, ah, Jamie, meu garotinho: o amor.

Verão

Manhã

David colocou a xícara de chá no peitoril da janela e ficou observando Jamie. O garoto estava brincando no jardim ensolarado com Rollo, seu antigo amigo de escola, jogando uma bola meio murcha para o cachorro pegar.

Os garotos riram alto quando o terrier filhote pegou a bola e começou a sacudi-la, como um terrier de verdade faria, sem dúvida acreditando que fosse algum tipo de rato.

David suspirou.

— Olhe aquilo. Um cachorro. Um cachorrinho o faz feliz. Depois de tudo o que ele viu.

Oliver assentiu.

— Você devia ter comprado um cachorro para ele antes.

— Eu sei, Oliver, eu sei. Mas ali está. O que se pode fazer?

David falou com firmeza demais. A culpa nunca o abandonou, a culpa do que tinha feito. Agindo como o pai, o bruto Richard Kerthen. Mas crucificar a si mesmo, por mais justificável que fosse, não iria ajudar Jamie nem Eliza. Então, David estava determinado a ver o lado positivo. Não havia escolha. Um ano e meio se passara. Era hora de olhar para a frente, como Rachel estava fazendo.

O que aconteceu passou. Era história familiar agora.

Se a família durasse mais um ou dois séculos (e por que não duraria, considerando que já tinha durado mil anos), a estranha história de Nina Kerthen e da verdadeira mãe de Jamie só se tornaria mais uma peça de folclore. Mais uma parte da lenda contada no pub. Era o que David desejava com fervor. Do contrário, o remorso ameaçava sufocá-lo.

Oliver falou com cautela.

— Não é meio estranho vir até aqui... para ver o Jamie?

— Estranho?

— Agora que você não mora mais aqui.

— Não — respondeu David, com sinceridade. — Há um motivo para eu não ter lutado contra o divórcio. Eu me dei conta de que nunca conseguiria ser feliz em Carnhallow. E, depois do que eu fiz, merecia perder a casa.

Oliver olhou para David com a expressão severa, avaliando-o. Oliver provavelmente estava pensando em quanto o amigo parecia diminuído, mais velho, mais silencioso, mais grisalho. Que fosse. Era o preço que ele tinha pagado, além de dar a casa para Rachel. E ele ficou feliz em fazê-lo, porque também ganhou: David Kerthen perdeu o passado, e também todas as suas preocupações. Seu dinheiro pagava a manutenção, seu filho e sua filha herdariam a propriedade, mas David nunca mais residiria naquela casa em que tantas coisas horríveis haviam acontecido.

Ele não precisava viver perto da mina Morvellan, de Zawn Hanna ou dos penhascos no final do vale. Da praia na qual todos eles quase se afogaram; onde David salvou a vida do filho e da mãe dele, quando quase foi tarde demais. Tão perto de uma verdadeira tragédia. Eles chegaram bem perto. Tudo podia ter sido muito pior.

Ele perdeu quase tudo. Foi um grande tolo. E teve sorte.

No jardim, Jamie, o amigo e o cachorro saíram correndo na direção do bosque. Oliver terminou o chá e disse:

— Uma das amigas de Rachel, a Jessica, fez perguntas no jantar de ontem.

— Fez?

— Sobre você e Nina. E a barriga de aluguel. Eu nunca sei direito o que dizer para as pessoas quando elas perguntam. Ainda há muita curiosidade.

— A verdade — respondeu David. — Conte a verdade. Eu estava totalmente apaixonado pela Nina, obcecado até. E ela era profundamente apaixonada por mim, da mesma forma. Eu não poderia abrir mão dela. E ela não poderia abrir mão de mim. Mas ela não podia ter filhos.

— Claro, mas...

— Você sabe como eu era na época. Um Kerthen de Carnhallow, o nome significava tudo. — David apontou para a amplidão do salão em que eles estavam. — Eu poderia ter deixado a linhagem morrer, ficaria satisfeito em morrer sem herdeiros? Era uma escolha terrível. Eu tinha que abrir mão de Nina, encontrar uma nova esposa, ou ficar com ela... Mas aí teria que aceitar que eu nunca teria meus próprios filhos. E, assim, mil anos de Kerthen acabariam em mim.

Oliver franziu a testa.

— Mas o que Jessica disse é que a maioria das pessoas adotaria um filho. É o que todo mundo faz.

— Que se danem! — David retribuiu a cara de confusão com um movimento de ombros. — Eu tinha orgulho demais para adotar; queria minha prole genética. E Nina queria fazer isso; foi ideia dela, ainda que tenha ido falar com Edmund e o amigo dele, Philip. Ela tomou *todas* as decisões, pagou pessoas para procurarem por uma mulher desesperada, e alguém que se parecesse com ela. Ela cuidou para que nenhum de nós dois soubesse a verdadeira identidade da mãe. Para manter a distância.

— Sim, eu conheço a *história* — interrompeu Oliver. — O que incomoda as pessoas são todas as enganações e as consequências. Você me enganou, por exemplo. Foi um amigo de Edmund que me apresentou a Rachel. Anos atrás. E eu não tinha nem ideia!

— Nem eu, Oliver.

— Mas você enganou todas as outras pessoas. Disse para o mundo que Jamie era filho de Nina, disse para *Jamie* que ele era de Nina. Ele irá passar a vida sabendo que Nina se arrependeu, que sentiu ciúmes de você por ter um laço mais forte...

David não se deixou afetar.

— Tudo verdade. Mas, se não tivéssemos feito a barriga de aluguel, Jamie sequer existiria. E é um argumento e tanto. Não é? De qualquer modo... — David olhou para o relógio — eu não moro mais aqui. Já me despedi de Jamie e quero pôr umas flores no túmulo da minha mãe antes de ir para casa, e no túmulo de Nina também. O trânsito de Zennor vai estar carregado, com todos esses turistas indo almoçar no Tinners.

Oliver assentiu.

David perguntou:

— Alguma ideia de onde Rachel possa estar? Preciso agradecer a ela. Ela não é obrigada a me deixar entrar em Carnhallow, não está no acordo.

— Foi vista em Old Hall, dando ordens aos operários.

Depois de se despedir, David fez uma rápida busca pela casa, dando passagem para operários com tábuas e para eletricistas ajeitando escadas. Old Hall estava particularmente movimentado, uma agitação de carpinteiros e decoradores. O espaço austero se tornaria o centro do retiro no qual artistas poderiam exibir quadros, esculturas e fotografias feitas durante sua permanência na Ala Leste, que agora estava totalmente isolada dos aposentos da família.

Foi ideia da Rachel: ela estava dando vida à casa, fazendo com que se mantesse por si só, de uma forma que David nunca teria considerado. Ela estava salvando o lugar, para que pudesse permanecer na família por mais mil anos, para que Jamie e sua irmã herdassem um negócio próspero, além de uma casa maravilhosa.

Rachel Kerthen era uma sobrevivente, e David a respeitava ainda mais por isso. O raro caso de psicose pré-parto piorou depois daquela terrível manhã de Natal, e ela ficou hospitalizada por várias semanas. Mas agora ela estava completamente recuperada. E, desde que não tivesse mais filhos, os médicos diziam que ela ficaria bem.

Ele a encontrou na cozinha. Estava amamentando a filha, Eliza, cantando uma música e se balançando de leve para acalmar o bebê. O sol que entrava pela janela a fez parecer por um momento uma Madona da Renascença. Rafaelita, talvez.

Havia uma distância fria e significativa entre eles agora, mas era o certo. O importante era que não havia distância em relação aos filhos. David tomou Eliza nos braços e deu um beijo delicado em sua testa, depois a devolveu à mãe. O bebê deles era bonito.

— É melhor eu ir. Obrigado por me deixar vir ver o Jamie.

— Tudo bem. Ele gosta.

Ela olhou para ele, a expressão vazia, sem emoção. Os dois ficaram em silêncio. E a atenção de Rachel se voltou para as janelas e para a vista dos jardins até os penhascos e até Morvellan. David acompanhou o olhar dela até as minas. Era difícil não olhar para elas.

Mas ela se virou e abriu um sorrisinho rápido, e o feitiço se rompeu. David se despediu e foi até a porta.

O aroma de flores nos jardins estava forte. As campânulas cintilavam em Ladies Wood como uma chama azul fria, lambendo o verde. Ele sentiu uma onda momentânea de tristeza, o amor e a culpa que nunca iriam embora, como sombras e luz nos jardins de rosas. Tanto se perdera. Mas, ao entrar no carro, ele percebeu: estava ansioso para chegar em casa, seu pequeno chalé em St. Ives. Era bom para chegar até Jamie e não era difícil de manter. E a vista do chalé era bonita e boa de pintar, voltada para a praia Porthmeor. Sem uma única mina por perto.

Tarde

Meus hóspedes de fim de semana foram embora. Jessica foi a última a partir. Os operários também já foram embora. David passou algum tempo com Jamie. A mãe de Rollo veio buscá-lo, com um convite para jantarmos em sua casa na próxima semana.

Carnhallow está restrita a seus ocupantes de direito: eu, minha filha, Cassie e Jamie. O silêncio especial da casa enche os aposentos, assim como o doce cheiro de tinta. O mar está falando sozinho; Carnhallow está respondendo. O sol pega fogo em tapetes vermelhos, nos muros em tom vermelho-framboesa da horta. Brilha nas flores brancas sob as janelas.

Amo mais este lugar a cada dia, à medida que vai ficando lindo de novo. Só queria que Juliet tivesse vivido para ver. Nós todos sentimos saudade dela.

Eliza está bem e feliz; minha filha costuma dormir perto das cinco ou seis horas todas as tardes. Acabo tendo um tempo precioso para me sentar à mesa da cozinha com uma xícara de chá.

Jamie entra correndo no cômodo, bronzeado, de camiseta.

— Rachel, quero falar com o papai esta noite, tudo bem?

— Claro. Você pode ligar para ele quando quiser.

As outras palavras não são ditas. *Sim, você pode ver seu pai todos os fins de semana, pode ligar para ele todas as noites. Mas ele nunca mais vai dormir na minha casa.* Mas não preciso dizer isso. Todos nós sabemos disso.

Jamie assente.

— Obrigado. A que horas será o jantar?

— Quando Cassie voltar do mercado. — Eu olho para o relógio. — Acho que daqui a pouco.

— Tudo bem. — Ele está parado na porta da cozinha, uma expressão pensativa no rosto. Mechas de cabelo preto caem nos olhos de uma tonalidade azul-violeta. Quando olho para ele, meu filho, gosto de imaginá-lo brincando com a irmã em Ladies Wood, em um dia de verão como hoje, daqui a alguns anos. Todas as janelas da casa estarão abertas, e eu ficarei sentada aqui, ouvindo as gargalhadas deles, enquanto minha garotinha corre descalça pelas clareiras cobertas de samambaias, atrás do irmão mais velho. Ela terá a infância feliz que eu não tive. Ou é o que espero. Mas ninguém pode prever o futuro.

Abruptamente, Jamie se aproxima correndo e me dá um abraço forte. Enfia a cabeça no meu pescoço sem dizer nada. Apenas me abraça, vira-se e sai correndo pela porta dos fundos, para a horta e depois para os gramados, chamando o cachorro. Nós o batizamos de Jago.

Fico sentada aqui, satisfeita em não fazer nada. Em ver Jamie brincando na grama com Jago e a gata, Genevieve, vendo as ondas baterem nas pedras ao longe.

Enquanto tomo meu chá, alguns pensamentos passam pela minha cabeça. Lembranças aleatórias. Histórias sobre as minas, Carnhallow, a Cornualha.

Lembro-me de uma história que Juliet me contou uma vez sobre as minas costeiras: que nas noites mais escuras e agitadas, as esposas e mães dos mineiros ficavam nos penhascos, com velas em latas de melado, fazendo um coral de pequenas chamas cintilantes, como uma constelação de estrelas. Elas faziam isso para guiar os maridos que vinham das minas pelos penhascos, para que eles soubessem por onde subir. Devia ser uma visão estranhamente bela, uma expressão de amor em luz.

E então, quando o sol desce sobre Morvellan, ateando fogo no oceano, eu escuto a minha filha dormir e meu filho brincar com o cachorro, e penso nos túneis. Os túneis que vão para debaixo do mar.

Impresso no Brasil pela Gráfica Stamppa
em papel Lux Cream 70 g/m².